S. A. CHAKRABORTY

O
RIO
DE
PRATA

CONTOS DA TRILOGIA DE DAEVABAD

Tradução
Jorge Ritter

Copyright © 2022 por Shannon Chakraborty
Publicado em comum acordo com Harper Voyager,
um selo de Harper Collins Publishers.

Título original em inglês: The River of Silver

Direção editorial: Victor Gomes
Coordenação editorial: Aline Graça
Acompanhamento editorial: Lui Navarro e Thiago Bio
Tradução: Jorge Ritter
Preparação: Isadora Prospero
Revisão: Thiago Fraga
Design de capa: Micaela Alcaino © HarperCollins*Publishers* Ltd 2022
Mapas: Virginia Norey
Imagens de capa e internas: © Shutterstock
Adaptação de capa e diagramação: Beatriz Borges

Esta é uma obra de ficção. Nomes, personagens, lugares, organizações e situações são produtos da imaginação do autor ou usados como ficção. Qualquer semelhança com fatos reais é mera coincidência.

Todos os direitos reservados. Proibida a reprodução, no todo ou em partes, através de quaisquer meios. Os direitos morais do autor foram contemplados.

Dados Internacionais de Catalogação na Publicação (CIP)

C435r Chakraborty, Shannon A.
O Rio de Prata / S. A. Chakraborty ; Tradução: Jorge Ritter –
São Paulo : Morro Branco, 2023.
304 p. ; 14 x 21 cm.

ISBN: 978-65-86015-87-4

1. Literatura americana — Romance. 2. Ficção Young Adult.
I. Ritter, Jorge. II. Título.
CDD 813

Todos os direitos desta edição reservados à:
EDITORA MORRO BRANCO
Alameda Santos, 1357, 8º andar
01419-908 – São Paulo, SP – Brasil
Telefone (11) 3373-8168
www.editoramorrobranco.com.br

Impresso no Brasil
2023

*Para meus leitores.
Isto jamais teria sido possível sem vocês.*

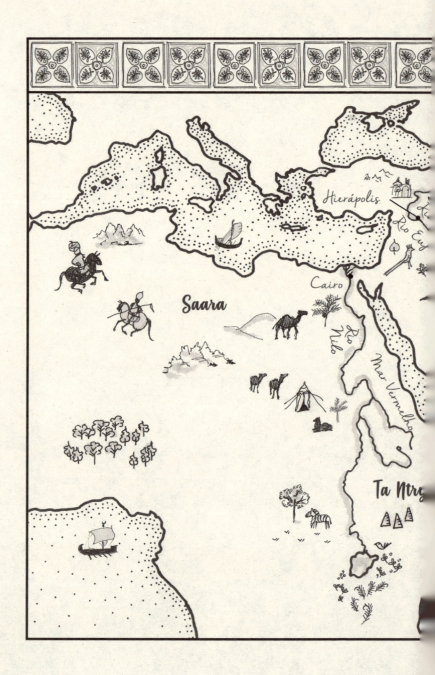

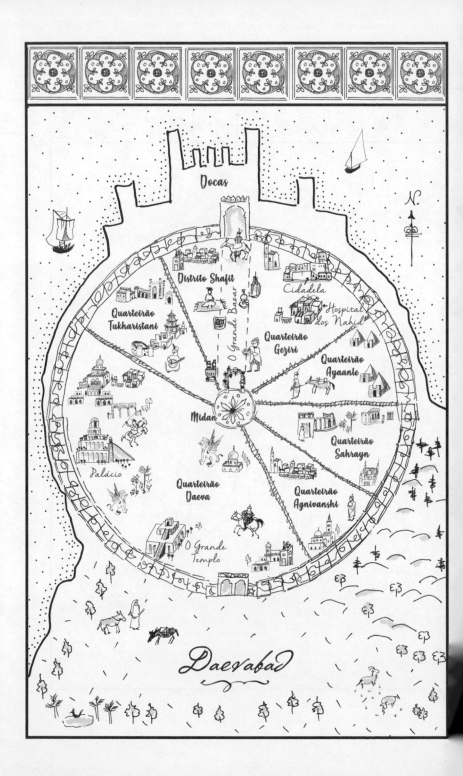

SUMÁRIO

PERSONAGENS	9
NOTA DA AUTORA	13
MANIZHEH	17
DURIYA	38
HATSET	53
MUNTADHIR	75
JAMSHID	95
DARA	106
JAMSHID	114
ALI	140
O BATEDOR	161
NAHRI	178
ALI	202
ZAYNAB	215
MUNTADHIR	236
UM EPÍLOGO ALTERNATIVO PARA O IMPÉRIO DE OURO	251
NAHRI	278
GLOSSÁRIO	296
AGRADECIMENTOS	301

PERSONAGENS

A Família Real

Daevabad atualmente é governada pela família Qahtani, descendentes de Zaydi al Qahtani, o guerreiro geziri que, há muitos séculos, liderou a rebelião que derrubou o Conselho Nahid e conquistou a igualdade política para os shafits.

GHASSAN AL QAHTANI, o rei dos djinns, defensor da fé

MUNTADHIR, o filho mais velho de Ghassan com sua primeira esposa geziri, já falecida, emir e sucessor do trono

HATSET, a segunda esposa de Ghassan, uma Ayaanle de uma poderosa família de Ta Ntry

ZAYNAB, a filha de Ghassan e Hatset, princesa de Daevabad

ALIZAYD, o filho mais novo do rei, banido para Am Gezira por traição

Sua Corte e a Guarda Real

WAJED, o qaid e líder do exército djinn

ABU NUWAS, um oficial geziri

KAVEH E-PRAMUKH, o grão-vizir daeva

ABUL DAWANIK, um emissário de negócios de Ta Ntry

JAMSHID, filho de Kaveh e mais próximo confidente do emir Muntadhir

ABU SAYF, um antigo soldado e batedor da Guarda Real

AQISA e LUBAYD, guerreiros e rastreadores de Bir Nabat, um vilarejo em Am Gezira

Os Mais Altos e Abençoados Nahid

Soberanos originais de Daevabad e descendentes de Anahid, os Nahid foram uma família com extraordinários poderes de cura pertencentes à tribo daeva.

ANAHID, o escolhido de Suleiman e o fundador de Daevabad

RUSTAM, um dos últimos curandeiros Nahid e um talentoso botânico, assassinado pelos ifrits

MANIZHEH, irmã de Rustam e uma das curandeiras Nahid mais poderosas em séculos, assassinada pelos ifrits

NAHRI, filha de Manizheh e de pai desconhecido, abandonada na primeira infância na terra humana do Egito

Seus apoiadores

DARAYAVAHOUSH, o último descendente dos Afshin, uma família daeva de casta militar que servia ao Conselho Nahid como mão direita, conhecido como o Flagelo de Qui-zi por sua violência durante a guerra e depois na resistência contra Zaydi al Qahtani

KARTIR, um alto-sacerdote daeva

NISREEN, a antiga assistente de Manizheh e de Rustam, atual mentora de Nahri

IRTEMIZ, MARDONIYE e BAHRAM, soldados

Os Shafits

Pessoas de ascendência mestiça entre djinns e humanos forçadas a viver em Daevabad, com seus direitos duramente limitados.

SHEIK ANAS, o antigo líder dos Tanzeem e mentor de Ali, executado pelo rei por traição

IRMÃ FATUMAI, a líder tanzeem que cuidava do orfanato do grupo, bem como de outros serviços de caridade

SUBHASHINI e PARIMAL SEN, médicos shafits

Os Ifrits

Daevas que se recusaram a submeter-se a Suleiman há milhares de anos e foram amaldiçoados por isso; são inimigos mortais dos Nahid.

AESHMA, o líder ifrit

VIZARESH, o ifrit que perseguiu Nahri no Cairo

QANDISHA, o ifrit que escravizou e assassinou Dara

Os escravos libertos dos Ifrits

Hostilizados e perseguidos depois da revolta de Dara, morto pelas mãos do príncipe Alizayd, restam apenas três antigos escravizados em Daevabad, libertos e ressuscitados por curandeiros Nahid anos antes.

RAZU, um apostador de Tukharistan

ELASHIA, um artista de Qart Sahar

ISSA, um acadêmico e historiador de Ta Ntry

NOTA DA AUTORA

EMBORA TENHA SIDO MAIS DE UMA DÉCADA ATRÁS, AINDA consigo me lembrar do primeiro dia em que compartilhei o que viria a ser *A Cidade de Bronze* com meu grupo de escrita lá no Brooklin. Nova no grupo, nova na escrita, e *extremamente* nova em relação a sentar-se no sofá de um estranho e abrir meu coração sobre meu trabalho, compartilhei um manuscrito com o que imaginei que uma fantasia épica deveria ser: uma história que incluísse o ponto de vista de pelo menos uma dúzia de personagens, múltiplas travessias entre países, um monte de cidades e vilarejos diferentes, vastas paisagens mágicas, além de páginas e mais páginas do passado de cada um, histórias entremeadas e descrições exaustivas.

Podemos dizer que eles discordaram.

Certamente existem histórias de fantasia épica que exigem esse tipo de exploração, eles argumentaram, mas, no seu cerne, *A Cidade de Bronze* falava sobre as jornadas de Nahri e Ali. Sobre uma jovem que foi arrancada de tudo que conhecia, forçada a reconstruir a vida vez após vez — e que ainda assim encontrava nessa sobrevivência uma determinação aguerrida de lutar por seu povo e sua felicidade. Sobre um jovem que luta para reconciliar sua fé e seus ideais de justiça com a realidade de que a cidade que ele ama é construída sobre a opressão — e que derrubar essa opressão significará derrubar o regime da própria família. E, embora eu quisesse colocá-los em um mundo minuciosamente construído em meio a uma rica constelação de amigos e familiares, amantes e inimigos, todos com suas próprias histórias, manias e objetivos, decidi de saída que *esta* história, em particular, se concentraria em Nahri e Ali, e mais tarde Dara.

No entanto, tenho uma grande afeição por meus personagens coadjuvantes e uma crença firme de que colocar as coisas no papel é a maneira mais orgânica de deixar as histórias crescerem e respirarem. Então, enquanto escrevia a trilogia, saí em missões paralelas com guias sem nome e mapeei a relação de Muntadhir e Jamshid com suas próprias palavras, vi Zaynab ascender como líder rebelde e mergulhei na juventude de Dara em uma Daevabad muito mais antiga. Escrevi cenas que apoiaram minha própria compreensão dos livros, mesmo que só tenha tirado delas uma linha ou um sentimento. A seu modo, elas foram as minhas notas de pesquisa, mas nunca pretendi compartilhá-las.

Então veio a pandemia. Sem mergulhar muito profundamente em minha experiência pessoal de uma crise que ainda não acabou, basta dizer que, durante os primeiros meses de confinamento, não consegui escrever uma palavra. O mundo estava em chamas, minha família precisava de mim e eu deveria ser capaz de *criar*? Em uma tentativa desesperada de escrever qualquer coisa, me vi voltando às minhas velhas cenas de Daevabad. Trabalhar em algo familiar e em parte já escrito, em um mundo que eu amava e conhecia intimamente, provou-se muito menos intimidante do que uma página em branco de um novo projeto. Aos poucos, as palavras começaram a voltar, então segui em frente, visualizando a vida dos meus personagens além da conclusão de *O Império de Ouro*, assim como as histórias de pessoas que haviam partido muito antes do início de *A Cidade de Bronze*.

Compartilho algumas dessas histórias com você agora. Elas estão organizadas cronologicamente, com uma breve introdução para permitir que você as situe no contexto da trilogia. Espero que aproveite este breve retorno a Daevabad tanto quanto eu e saiba que sou eternamente grata por ter decidido dar uma chance aos meus livros.

Que os fogos queimem forte para você,
Shannon Chakraborty

MANIZHEH

Esta cena ocorre algumas décadas antes de A Cidade de Bronze *e contém spoilers para os dois primeiros livros.*

O FILHO DELA ERA MARAVILHOSO.

Manizheh acariciou uma das orelhinhas de Jamshid com o dedo, sorvendo a visão do seu rostinho perfeito. Embora mal tivesse uma semana de vida, seus olhos negros ainda pareciam embaçados por uma bruma ardente. O corpo pequeno era quente e tenro, aconchegado seguramente no berço dos braços dela. Mesmo assim, Manizheh segurou-o mais apertado enquanto saía da tenda. Podia ser primavera, mas ainda era o começo da estação e Zariaspa seguia apegada às suas manhãs frias.

O vale diante dela reluzia na luz do amanhecer, lampejos de trevos róseos e violeta cintilando com orvalho contra a relva alta. Ela pisou cuidadosamente sobre as pedras e os tijolos quebrados espalhados pelo chão. Ela e Kaveh haviam armado a sua tenda em muitas das ruínas humanas que pontilhavam a região, e sobrava pouco agora para distinguir esses resquícios da encosta rochosa, salvo por alguns arcos e uma coluna atarracada e decorada com um padrão de diamantes. No entanto, enquanto caminhava, Manizheh se perguntava o que aquele lugar poderia ter sido um dia. Talvez um castelo, uma casa real percorrida por outros pais ansiosos e aterrorizados com o mundo para o qual trouxeram uma criança com sangue nobre?

Manizheh olhou de novo para o filho. O seu Jamshid. O nome dele vinha da realeza, tomado dos humanos há muito tempo como tantos dos nomes deles — um empréstimo que a maioria dos Daeva negaria, mas Manizheh havia sido educada como uma Nahid, aprendendo coisas que ao restante do seu povo não era permitido. Jamshid era um nome lendário, digno de reis. Um nome otimista, saído do último fio de esperança da sua alma.

— Esse é o meu lugar favorito no mundo — disse suavemente enquanto as pálpebras de Jamshid tremulavam, o bebê sonolento e embriagado pelo leite. Recostou a cabeça dele contra o seu ombro, inspirando o cheiro doce do pescoço de Jamshid. — Você viverá muitas aventuras por aqui. O seu baba vai lhe arranjar um pônei e lhe ensinar a montá-lo, e você poderá explorar por aí o quanto quiser. Eu quero que você explore, meu amor — sussurrou. — Quero que explore, sonhe e se perca em um lugar em que ninguém vai vigiá-lo. Onde ninguém o colocará em uma jaula.

Onde Ghassan não vai machucá-lo. Onde ele jamais saberá que você existe.

Pois, se havia uma coisa a respeito do futuro do seu bebê de que ela tinha certeza, era que Ghassan não podia ficar sabendo de Jamshid. A mera perspectiva deixava Manizheh doente de medo, e ela não era uma mulher que se assustava facilmente. Ghassan mataria Kaveh — disso ela não tinha dúvida — da maneira mais demorada e dolorida que pudesse imaginar. Ele puniria Rustam, arrebentando com o que sobrara do espírito traumatizado do seu irmão.

E Jamshid... Sua mente não a deixava contemplar as maneiras como Ghassan o usaria. Se Jamshid tivesse sorte, Ghassan se limitaria a lhe infligir a mesma vida de terror a que ela e Rustam foram submetidos: escravizados na enfermaria do palácio e lembrados todos os dias de que, se não fosse pela utilidade do seu sangue Nahid, a sua família teria sido exterminada havia muito tempo.

Mas ela não achava que o filho teria sorte. Manizheh havia observado os anos endurecerem Ghassan em um reflexo do pai tirânico. Talvez ela tivesse sido uma tola orgulhosa ao negar a Ghassan o que o seu coração mais queria; talvez tivesse sido melhor unir suas famílias e tribos, abrir um sorriso forçado em um casamento real e cerrar os olhos na escuridão da cama dele. Talvez o seu povo estaria respirando mais facilmente e o seu irmão não daria um salto quando alguém fechasse uma porta alto demais. Essa não era a melhor escolha para tantas mulheres, o máximo que elas poderiam esperar?

Manizheh, porém, não fizera essa escolha. Em vez disso, havia traído Ghassan da maneira mais pessoal possível, e sabia que, se ela e Kaveh fossem pegos, pagaria terrivelmente por isso.

Ela beijou o montinho de cabelo suave, macio e despenteado em torno da cabeça de Jamshid.

— Eu voltarei para encontrá-lo, pequeninho, prometo. E quando o fizer... oro para que você possa me perdoar.

Jamshid se mexeu no sono, fazendo um ruído baixinho que cravou uma faca de pesar no peito de Manizheh. Ela fechou os olhos, tentando memorizar cada detalhe daquele momento. O peso dele em seus braços e sua fragrância doce. A brisa sussurrando pela relva e o ar frio. Queria se lembrar de segurar o filho antes que tirasse tudo dele.

— Manu?

Manizheh ficou imóvel ao ouvir a voz hesitante de Kaveh, suas emoções em queda livre novamente. Kaveh — seu parceiro e conspirador desde que eles eram crianças escapulindo para roubar cavalos e passear pelo campo. Seu melhor amigo, depois seu amante quando a curiosidade e os desejos adolescentes tornaram-se toques desajeitados e momentos roubados.

Outra pessoa que ela estava prestes a perder. Manizheh passara três meses a mais do que devia em sua visita a Zariaspa, ignorando as cartas de Ghassan ordenando o seu retorno. Ficaria surpresa se o rei já não estivesse reunindo soldados para buscá-la. Uma coisa era certa: não teria outra chance de deixar Daevabad. Não enquanto Ghassan fosse o soberano, pelo menos.

O anel, ela tentou lembrar-se. *Enquanto você ainda tiver o anel, há esperança.* Mas sua fantasia de infância de libertar o guerreiro **Afshin** adormecido do anel de escravidão que ela e Rustam haviam encontrado há tanto tempo parecia exatamente isso naquele instante: uma fantasia.

Kaveh falou de novo.

— Eu preparei tudo que você pediu. Você... você está bem?

Manizheh queria rir. Queria chorar. Não, ela não estava bem. Apertou o bebê com mais força. Era inacreditável ter de abandoná-lo. Ela queria gritar com o seu Criador. Queria se jogar nos braços de Kaveh. Pelo menos uma vez, Manizheh queria que alguém *lhe* dissesse que tudo ficaria bem. Queria deixar de ser a Banu Nahida, a deusa que não podia demonstrar fraqueza.

Mas o seu não era um papel de que se podia escapar. Mesmo com Kaveh, ela sempre seria a sua Nahid antes de ser sua amante e amiga, e não abalaria a fé dele agora. Certificou-se de que a voz estava firme e os olhos secos antes de se virar.

O sofrimento estava escrito no rosto dele.

— Você fica linda com ele — sussurrou Kaveh, a reverência e a dor irrompendo em sua voz. Ele se aproximou, mirando o filho adormecido. — Tem certeza disso?

Manizheh acariciou as costas de Jamshid.

— É a única maneira de esconder quem ele é. A mágica Nahid é forte quando somos crianças. Se não fizermos isso agora, logo ele estará curando suas amas de leite e fechando ferimentos em joelhos por aí.

Kaveh a encarou, incerto.

— E se um dia ele precisar dessas habilidades?

Era uma pergunta válida. Em seus braços, Jamshid parecia tão pequenino e frágil. Havia doenças e maldições que ele poderia pegar. Poderia cair de um cavalo e quebrar o pescoço. Beber de um dos muitos regatos envenenados que corriam pelas florestas densas de Zariaspa.

No entanto, esses riscos ainda eram menores do que ser reconhecido como um Nahid.

Incrível como a morte pode ser preferível à vida em Daevabad.

— Não sei mais o que fazer, Kaveh — confessou enquanto voltava para a tenda. O altar de fogo ardia no canto leste. — Espero que chegue um dia em que eu possa remover a marca, mas esse dia não é hoje. Para ser sincera, estamos falando de uma magia tão antiga e incompreendida que só espero conseguir fazê-la funcionar.

— Como vamos saber se funcionou?

Manizheh encarou o filho, correndo um dedo por seu rostinho amassado. Ela tentou imaginar como Jamshid seria aos três meses de idade. Três anos. Treze. Não queria contemplar além disso. Não queria contemplar deixar de vê-lo crescer por completo.

— Se funcionar, não serei capaz de controlar a sua dor — respondeu. — E ele vai começar a gritar.

Três semanas depois de segurar o seu bebê pela última vez, Manizheh encontrava-se na sala do trono de Daevabad.

— Então veja... — disse ela, terminando sua desculpa fictícia e desajeitada por seu atraso de três meses em Zariaspa. — Meus experimentos eram promissores demais para serem abandonados. Eu precisava ficar e acompanhá-los até o fim.

Por um longo e tenso momento, a sala permaneceu em um silêncio tão profundo que seria possível ouvir um alfinete caindo no chão. Então, Ghassan se levantou do trono, a fúria inflamando sua expressão.

— Seus experimentos? — repetiu ele. — Você ficou em Zariaspa, ignorando meus apelos e mensageiros, para cuidar de seus experimentos? Minha esposa, sua rainha, está morta por causa dos seus *experimentos*?

Saffiyeh jamais foi minha rainha. Mas Manizheh não ousaria dizê-lo. Em vez disso, lutou para não perder o equilíbrio. Magia Nahid ou não, ela estava completamente exausta. As pernas e costas doíam da cavalgada e os seios estavam inchados com o leite que não parava de correr, a menor pressão dos panos e folhas de repolho enfiados por baixo da camisa para esconder a sua condição trazendo lágrimas ardentes aos olhos.

Superando tudo isso, ela disse:

— Não recebi suas mensagens a tempo. — Manizheh estava cansada e triste demais para fazer sua resposta soar sincera; mesmo ela podia perceber como suas palavras pareciam destituídas de preocupação. — Se o tivesse, teria retornado mais cedo.

Ghassan a encarou, parecendo traído. Havia uma dor genuína na sua expressão, uma emoção que Manizheh não via em seu rosto havia muito tempo. A cada década como tirano de Daevabad, ele expressava menos sentimentos, como se governar a cidade estivesse sugando o calor do seu coração.

Manizheh não tinha simpatia alguma. Ghassan mandara prendê-la — bem, não prender, pois nem mesmo o rei era aterrorizante o suficiente para fazer com que as pessoas a tocassem —, mas ela fora cercada pelos soldados e forçada a apear do cavalo no Portão Daeva e seguir a pé por todo o trajeto do bulevar principal, passando pelo quarteirão de sua tribo até o palácio. Manizheh perseverara, esforçando-se para manter a cabeça erguida e esconder que estava sem fôlego enquanto a estrada subia sinuosa pelas colinas de Daevabad. Seu povo a observava, os rostos amedrontados visíveis por trás das janelas e portas entreabertas, e Manizheh não podia deixar que os Daeva a vissem fraquejar. Ela era a Banu Nahida deles, sua luz. Era o dever dela.

Quando chegou ao palácio que seus ancestrais haviam construído, suas pedras cantando para ela, Manizheh estava um caco. As roupas estavam imundas, o vestido rasgado e enlameado. O chador havia caído sobre os ombros, revelando o cabelo despenteado e a testa manchada de cinzas. Tudo isso antes mesmo de a levarem para a sala do trono, o lugar sagrado onde o Conselho Nahid havia deliberado no passado.

Manizheh perguntou-se o que os seus ancestrais pensariam ao vê-la agora, desalinhada e suja aos pés do trono roubado de sua família, obrigada a prostrar-se diante dos descendentes dos djinns que os assassinaram.

Se fosse sábia, se desculparia. Era isso que Ghassan queria, Manizheh sabia. Ela o havia humilhado. A corte de Daevabad era feroz, e seus soberanos não eram poupados da fofoca dos cortesãos. Manizheh o fizera parecer fraco. O temível rei de Daevabad era realmente tão poderoso se a sua própria Nahid podia desafiá-lo? Se essa rebeldia matara a sua esposa? E a verdade era que, pela morte de Saffiyeh, Manizheh sentia muito. Jamais nutrira qualquer antipatia por Saffiyeh; pelo contrário, esperara que o casamento de Ghassan significasse que ele finalmente abriria mão de seus planos para ela. Desculpar-se não custaria nada, fora o orgulho, e talvez uma boa curandeira o faria, condoída pela perda desnecessária de vida.

Manizheh sustentou o olhar de Ghassan, consciente da corte que a encarava. O qaid dele, Wajed, outro djinn geziri. O grão-vizir ayaanle dele. Apesar de toda a conversa fiada de Ghassan sobre melhorar as relações entre os Daeva e as tribos djinns, não havia um único rosto daeva entre aqueles que a fitavam. E esses djinns não pareciam estar pesarosos. Pareciam ansiosos. Famintos. Todos apreciavam ver uma "adoradora do fogo" metida a besta colocada de volta no seu lugar.

Nós somos melhores que vocês. Eu *sou melhor do que vocês.* Não pela primeira vez, Manizheh sentiu-se tentada a ceder à ira que rugia dentro de si. Ela provavelmente poderia quebrar os ossos de metade dos homens que zombavam dela, ordenar ao teto que desabasse e enterrar a todos.

Mas Manizheh estava em minoria e, por um ato desses, sabia que todos os daevas na cidade morreriam. Ela seria pulverizada pelas armas dos homens que sobrevivessem, e então Rustam seria executado, assim como Nisreen, sua assistente e mais leal amiga. Depois, seria a vez dos sacerdotes no templo e das crianças na escola. O quarteirão deles seria banhado em sangue inocente.

Então ela baixou o olhar. Mas não se desculpou.

— Terminamos? — perguntou em vez isso, a voz fria.

Podia ouvir a ira na voz de Ghassan.

— Não. Mas não há dúvida de que precisam de você na enfermaria para os outros pacientes que abandonou. Vá.

Vá. O comando queimou-a por dentro, humilhante. Manizheh girou nos calcanhares.

Mas ele não havia terminado.

— Você não deixará mais este palácio — declarou Ghassan às suas costas. — Não gostaríamos de que algo acontecesse a você.

As mãos de Manizheh ardiam com magia. Um estalar de dedos. Seria o suficiente para esmigalhar os ossos na base do crânio dele?

Ela endireitou os ombros e relaxou as mãos.

— Compreendido.

Os comentários maldosos cresceram em ondas enquanto ela andava a passos largos pela turba em direção à porta. Os olhares metálicos dos djinns eram hostis e acusadores. Uma bruxa sem coração, ela ouviu. Invejosa e cruel. Uma esnobe. Uma cadela.

Uma adoradora do fogo.

Manizheh manteve a cabeça erguida e cruzou a porta. Mas fora da sala do trono não estava mais fácil. Era meio-dia, e o palácio estava fervilhando com secretários, ministros, nobres e estudiosos. Com o chador imundo ainda caído sobre os ombros, Manizheh era instantaneamente reconhecível, e só podia imaginar quão esgotada parecia, suja e desacompanhada após ser punida pelo rei legítimo e fiel deles. O ruído do corredor morreu quando as pessoas pararam para encará-la.

Dois daevas do outro lado do corredor, parecendo preocupados, caminharam em sua direção. Manizheh encontrou seus olhares e balançou a cabeça de leve. Eles não podiam ajudá-la e ela não podia colocar mais ninguém do seu povo em risco. Em vez disso, enfrentou os sussurros sozinha. Ela era fria, sussurravam. Ela era diabólica. Praticamente matara Saffiyeh, a mais doce das rainhas, a fim de voltar para a cama de Ghassan.

A queimação havia avançado para os braços e o pescoço. Uma névoa dançava diante dos seus olhos. Manizheh conseguia sentir cada pedra, cada gota de sangue Nahid que fora derramado naquele lugar. Eles faziam ideia do quanto ela e o seu povo se sacrificaram para que eles estivessem ali, julgando-a agora?

É claro que não.

Consciente de que a magia do palácio iria simplesmente *tomar* a sua ira e empregá-la para algo indesejável se não recuperasse o controle, Manizheh se dirigiu, ofegante, para a primeira entrada que viu para o jardim. Pareceu assustar o guarda, que deu um salto ao vê-la, mas o homem recuperou-se a tempo de bater a porta e passar a tranca assim que ela havia entrado.

Ela recostou-se na parede de pedra e cobriu o rosto com as mãos. O corpo inteiro doía. Sua alma doía. Ela se sentia vazia e exausta, uma casca. Tudo que conseguia ver ao fechar os olhos eram Jamshid e Kaveh onde os deixara pela última vez — o homem que ela amava segurando o seu filho proibido em meio às ruínas e flores da primavera. Ainda conseguia ouvir o pranto de Jamshid enquanto ela tatuava a marca no seu ombro, separando-o de sua herança. O som reverberava em seus ouvidos desde que ela partira. Gritos em meio a soluços e um choro abafado, repetidas vezes.

Então Manizheh parou e prestou atenção. Não era apenas a memória dos lamentos de Jamshid que ouvia; ela ouvia outra criança, chorando em algum lugar além da rede emaranhada da folhagem.

Hesitou. Aquele era o canto mais selvagem do jardim, negligenciado por séculos e agora essencialmente uma selva bravia. As árvores imensas elevavam-se além dos muros do palácio, videiras espinhosas impediam a passagem pelos caminhos, e a mata rasteira era tão densa que o chão da floresta se tornara escuro e escorregadio com as folhas apodrecidas e o musgo. Ali, o canal que corria pelo palácio era silencioso e insondavelmente profundo, sua água escura tomando para si pelo menos uma vida por ano. É claro que, em se tratando de Daevabad, não era só a natureza que era perigosa. A magia do palácio, que fluía por suas veias, sempre parecera mais selvagem em meio àquelas árvores silenciosas. Como se algo antigo e ferido houvesse se enterrado ali, alimentando-se do sangue e do sofrimento de milênios.

Por consequência, aquela parte do jardim era evitada por qualquer pessoa com bom senso. Aconteciam coisas naquela mata que os djinns não compreendiam. Uma vez, um gato antes magricela havia emergido como um tigre com dentes de vidro e rabo de serpente. Dizia-se que as sombras se descolavam do chão e engoliam os incautos. Uma mistura de fofoca e magia genuína — era difícil discernir a linha que separava as histórias contadas para assustar as crianças e os criados que realmente desapareciam.

Histórias que nunca haviam assustado Manizheh — até agora. Sim, ela era uma Nahid e a magia do palácio jamais a feriria. Mas não conseguia imaginar o que teria atraído uma criança até ali, e por um momento perguntou-se se o ruído poderia ser um truque, uma artimanha cruelmente pessoal.

O choro sofrido entremeado de soluços não parava, truque ou não. Cada vez mais preocupada, ela seguiu o som, quase esperando encontrar um pássaro monstruosamente grande imitando uma criança.

Mas não foi com um pássaro que se deparou. Debaixo de um cedro enorme, envolto por raízes tão emaranhadas que a pessoa teria de ser muito pequena para passar por entre elas, havia um garotinho. Ele estava encolhido de lado no chão musgoso, abraçando os joelhos contra o peito enquanto o peito inteiro se sacudia com os soluços. O refinamento de suas roupas se destacava na escuridão. Onde elas não estavam manchadas por folhas e terra, seu dishdasha de algodão era tão branco que brilhava. A faixa em sua cintura era de seda; um padrão de bronze e índigo contra um cobre vivo. Ouro adornava os pulsos e orelhas, pérolas dando voltas em seu pescoço. Não eram trajes que a maioria dos garotinhos brincando na rua usaria — certamente não seu próprio filho, que vestiria lã feita em casa e gorros remendados enquanto tremesse durante os invernos de Zariaspa.

Porém, é claro, o garotinho diante dela não era como a maioria. Ele seria o próximo rei djinn.

Também era tolo demais. Logo ficou claro que o jovem Muntadhir al Qahtani parecia estar sozinho e desarmado, um erro atrás do outro. Manizheh não conseguia imaginar o que levara o cordeirinho real a estar ali sozinho, chorando na mata.

Você não consegue imaginar mesmo? Afinal de contas, Manizheh havia sido criança na realeza e aprendera cedo a mascarar as emoções. No palácio, elas eram uma fraqueza, um risco de que os outros poderiam se aproveitar para prejudicá-la. E Muntadhir não era apenas o filho do rei — ele vinha de uma família de guerreiros, de um povo que se orgulhava de sua dureza. Claramente tinha idade suficiente para saber o preço de chorar onde pudesse ser observado.

Também seria comido por uma criatura das sombras se continuasse ali, fato que provavelmente cairia na conta dos irmãos Nahid, então Manizheh deu um passo em sua direção.

— Que a paz esteja com você, pequeno príncipe.

Muntadhir tomou um susto, erguendo a cabeça de imediato. Seus olhos marejados mal haviam cruzado com o olhar dela quando se arregalaram de medo. Ele se levantou trôpego, recostando-se contra o tronco da árvore.

Manizheh ergueu as mãos.

— Não quero machucá-lo — disse suavemente. — Mas este não é um lugar seguro.

O príncipe apenas piscou os olhos. Ele era uma criança linda, com grandes olhos cinzentos brilhantes emoldurados por longos cílios negros. Um toque castanho-avermelhado reluzia nas tranças negras que caíam em cachos perfeitos passando o seu queixo. Mais próxima agora, Manizheh podia ver que minúsculos amuletos de vidro polido foram pregados em suas roupas. Um colar de materiais similares adornava o pescoço, as contas de vidro claras entremeadas com contas de madeira e conchas emolduravam um pingente de cobre batido. O pendente era provavelmente preenchido com versos sagrados escritos em fragmentos minúsculos de papel. Superstições do vilarejo para proteger o jovem real de todo tipo de mau-olhado. A mãe dele vinha de um pequeno povoado costeiro, e mesmo que Manizheh tivesse considerado Saffiyeh uma pessoa meiga e serena, não lhe passava despercebido que ainda assim tentara proteger o próprio filho com o que sabia.

Agora Saffiyeh não estava mais entre eles. Muntadhir havia congelado, como um coelho na presença de um falcão.

Manizheh ajoelhou-se, esperando parecer menos ameaçadora. Apesar do que os djinns acreditavam, ela jamais machucaria uma criança.

— Sinto muito por sua mãe, pequeninho.

— Então por que a matou? — irrompeu Muntadhir. Ele limpou o nariz na manga da camisa e começou a chorar de novo. — Ela nunca fez nada para você. Ela era uma pessoa boa e gentil... Era a minha amma — choramingou. — Eu preciso dela.

— Eu sei, e sinto muito. Também perdi minha mãe quando era jovem.

Perdi era uma palavra cruelmente precisa, pois a mãe de Manizheh estivera entre os muitos daevas que desapareceram sob o reinado brutal de Khader, pai de Ghassan.

— E eu sei que parece impossível agora, mas você sobreviverá a ela. Sua mãe iria querer que fizesse isso. Você tem pessoas aqui que o amam, e elas cuidarão de você. — A última parte parecia uma mentira, ou ao menos uma meia verdade. A realidade era que as pessoas de fato se jogariam sobre o jovem príncipe órfão de mãe, mas elas teriam as próprias razões.

Muntadhir apenas a encarou. Parecia completamente perdido.

— Por que você a matou? — sussurrou ele de novo.

— Eu não a matei — respondeu Manizheh, mantendo a voz calma, mas as palavras firmes. — A sua amma estava muito doente. Eu não recebi a mensagem do seu pai a tempo, e não queria machucá-la. Jamais faria isso.

Muntadhir deu um passo em sua direção. Ele segurava com tanta força um dos galhos musgosos que os separavam que os nós dos dedos ficaram brancos.

— Eles disseram que você falaria isso. Disseram que você mentiria. Tudo que os Daeva *fazem* é mentir. Eles disseram que você a matou para casar com meu pai.

Ouvir tamanha falácia murmurada por cortesãos adultos era uma coisa; da boca de uma criança enlutada era muito pior. Manizheh se viu sem palavras diante do olhar acusador do garoto. Muntadhir estava de pé agora, cada centímetro dele o futuro emir.

— Eu verei você morta um dia. — O principezinho Qahtani tremia enquanto emitia as palavras, mas as emitiu, como se testando uma nova habilidade que ainda não tinha dominado. E então, antes que ela pudesse responder, fugiu mata adentro.

Manizheh observou as costas que se afastavam. Muntadhir parecia tão pequenino contra a mata rasteira envolvida pela névoa. Por um momento fugaz, desejou que o príncipe fosse consumido pela selva, a natureza cuidando de uma ameaça que ela sabia que iria crescer.

E foi por isso que você deixou Jamshid para trás. Abandonar o filho talvez tivesse partido o coração dela, mas pelo menos ele não cresceria naquele lugar terrível.

Manizheh forçou-se a continuar em frente, mas logo estava exausta, o calor úmido sugando a pouca força que ainda lhe restava. Suas pernas estavam trôpegas, e havia uma nova oleosidade onde elas se juntavam. Embora fizesse semanas desde o nascimento de Jamshid, ela ainda sangrava de vez em quando. Não fazia ideia se isso era normal, se os corpos dos Nahid reagiam de forma diferente ao nascimento de um bebê. Quando ela tinha idade suficiente para fazer tais perguntas, não restavam mulheres Nahid que pudessem respondê-las.

Mas a dor dela não importava, porque quanto mais se aproximava da enfermaria, mais claro ficava que outro Nahid precisava de sua ajuda.

Se a magia do palácio era de Manizheh, o interior da mata crescida era de Rustam. Seu irmãozinho nunca fora um curandeiro como ela — ninguém era um curandeiro como ela —, mas era um sábio genuíno quando se falava em plantas, e o jardim estava tão sintonizado com ele quanto um cão leal e afetuoso com o seu dono.

Agora havia saído de controle. Novas vinhas de heras e flores gigantescas que lembravam clarins estavam por toda parte, o brilho verde contrastando com o mato novo. Bem antes de entrar à vista, Manizheh podia sentir o cheiro do pomar de laranjas que Rustam tanto amava, o aroma excessivamente doce e pesado das frutas cítricas passadas e podres no ar. Manizheh sobressaltou-se quando deu a volta. O jardim da enfermaria parecia ter tomado uma dúzia de doses de uma poção de crescimento. Arbustos de hortelã prateados, que antes atingiam a altura da sua cintura, agora tinham a altura de árvores, ao lado de rosas do tamanho de travessas e cujos espinhos poderiam servir como adagas. O orquidário de Rustam, sua alegria e motivo de orgulho, se tornara um mato selvagem, debruçando-se sobre o restante do jardim como uma enorme aranha.

A explosão de frutas devia ter sido demais até para os voluntários que coletavam o que sobrava para as feiras de alimentos doados ao Templo, pois havia laranjas apodrecendo no chão.

Manizheh abriu caminho em meio à relva o mais rápido que pôde — o que não era tanto assim. A cabeça latejava e uma camada de cinzas cobria a sua pele. Ela já não tinha mais o chador, pinçado por uma árvore, e o cabelo sujo caía solto sobre os ombros. Mal tinha chegado ao pavilhão quando uma dor aguda trespassou sua pélvis. Ela se dobrou, segurando um grito.

— Minha senhora!

Manizheh ergueu o olhar e viu Nisreen largando os instrumentos médicos que estivera colocando ao sol. Ela correu para o lado de Manizheh.

— Banu Nahida... — Nisreen parou, seus olhos arregalados e preocupados mirando Manizheh em choque.

Manizheh cerrou os dentes enquanto a dor vinha de novo em seu útero. *Respire. Apenas respire.*

— Onde está Rustam? — conseguiu dizer.

— Ele está no meio de um procedimento. Já tinha começado quando ficamos sabendo que a senhora estava de volta.

— Ele está bem?

Nisreen abriu e fechou a boca, parecendo estar em busca de uma resposta.

— Ele está vivo.

Não era uma resposta que a deixasse tranquila. Manizheh sabia que ele estaria vivo. Ghassan não podia arriscar matar o seu único Nahid enquanto ela ainda estava fora. Mas havia um número enorme de outras coisas que poderia fazer com Rustam.

— Minha senhora, você precisa de ajuda — insistiu Nisreen. — Deixe-me levá-la ao hammam.

Manizheh pressionou o punho com mais força contra a barriga. No momento, ela não tinha certeza se conseguiria chegar ao hammam, muito menos se lavar sem desmaiar. Mas os sinais no seu corpo seriam óbvios no momento em que se despisse.

Ela encontrou o olhar de Nisreen. Sua assistente, o mais próximo que Manizheh tinha de uma amiga. Talvez mais importante, uma mulher que preferiria a morte a trair uma Nahid. Ela hesitou apenas um momento mais antes de tomar o braço estendido de Nisreen e apoiar-se pesadamente nele.

— Ninguém pode me ver — murmurou Manizheh. — Quando chegarmos ao hammam, certifique-se de que ninguém esteja ali. E obstrua a porta atrás de nós.

— Obstruir a porta?

— Sim. Vou precisar da sua ajuda, minha querida. Mas precisarei do seu silêncio ainda mais.

Manizheh acabou não desmaiando na banheira, embora se sentisse tão tonta que era quase como se tivesse. O tempo passou como uma bruma de vapor e água quente, entre as fragrâncias de sabão de rosas e sangue velho. Nisreen foi cuidadosa e silenciosa. Houve um momento de hesitação, quando primeiro tirou as roupas empoeiradas de Manizheh, mas então ela começou a trabalhar, confiável como sempre. Enquanto a banhava e esfregava, a água assumindo um tom cinzento feio, talvez Manizheh tivesse chorado, as lágrimas correndo com o sabão por seu rosto. Não tinha certeza. Não se importava.

Uma vez em sua cama habitual, no entanto, caiu no sono e dormiu profundamente. Quando acordou, seu quarto estava escuro, exceto pela luz do altar de fogo e de uma pequena lamparina a óleo que havia sido colocada junto à sua cama.

Ela não estava sozinha; os seus sentidos Nahid conseguiam perceber o batimento cardíaco e a respiração de outro Nahid tão bem quanto seus olhos o teriam percebido em uma luz melhor. Desorientada, Manizheh tentou sentar-se e conseguiu apenas provocar outra pontada de dor na barriga.

— Está tudo bem — uma voz suave assegurou-a. — Sou só eu.

— Rustam? — Manizheh piscou. O irmão entrou em seu campo de visão em partes confusas: os olhos escuros que eles compartilhavam e o branco reluzente do seu véu.

— Baga Nahid no momento. — Rustam colocou cuidadosamente outro travesseiro sob a cabeça dela e levou um copo com um cheiro terrível aos seus lábios. — Beba.

Manizheh obedeceu. Quando Rustam e-Nahid lhe preparava pessoalmente uma poção, você a bebia sem questionar. O alívio veio tão rápido que Manizheh se engasgou; as dores, o inchamento por todo o corpo e o latejar na cabeça imediatamente melhoraram.

— Que o Criador o abençoe — disse ela, rouca.

— Você deveria comer — falou ele em resposta. — E tomar um pouco de água.

Ela bebeu de um copo novo que o irmão ofereceu, mas balançou a cabeça quando ele estendeu uma pequena travessa de frutas cortadas e pão simples.

— Não estou com fome.

— Você precisa comer, Manu. Seu corpo está fraco.

Rustam buscou a mão dela.

Manizheh puxou-a antes que ele pudesse tocá-la.

— Eu disse que não estou com fome.

Houve um momento de silêncio. Ela ainda não conseguia vê-lo bem. O olhar dele mirava o chão, como sempre. Rustam raramente fitava as pessoas nos olhos e, quando o fazia, lutava para sustentar o olhar. Ele falou novamente.

— Talvez eu não tenha os seus talentos, irmã, mas sou tão Nahid quanto você. Não preciso tocar a sua mão para saber o que aconteceu.

Novas lágrimas queimaram nos olhos dela. Manizheh não chorava havia anos antes do nascimento de Jamshid.

— Nada aconteceu. Estou bem. Foi só uma jornada dura.

— Manizheh...

— Foi uma jornada dura — ela repetiu com a voz veemente. — Você compreende? Não há nada para conversarmos. Nada para ficar sabendo. Você não pode ser culpado pelo que não sabe.

— Nós dois sabemos que isso não é verdade. — Rustam estalou os dedos e a lamparina a óleo queimou mais forte, lançando luz e sombras tempestuosas pelo aposento. — Não carregue este fardo sozinha. Você não pode. Não isso.

— Não há nada a contar.

— Claro que há! Você não pode desaparecer por um ano e voltar depois de ter um...

O quarto inteiro tremeu. Houve uma onda intensa de calor e as chamas no altar de fogo elevaram-se, queimando o teto e fazendo o efeito de Rustam parecer uma brincadeira de criança.

— Se continuar essa frase, jamais voltará a falar — ela avisou. — Compreende?

Rustam pegou o copo vazio das mãos dela, mas ele estava tremendo. Suas mãos faziam isso quando estava com medo, um distúrbio que não conseguia controlar e que só piorara com o passar dos anos. Mal conseguia segurar um objeto sem fazer ruído na presença de Ghassan e, quando tinha de comparecer a funções públicas, ele e Manizheh haviam passado a amarrar ataduras nos seus pulsos com nós nas pontas que ele pudesse agarrar para se controlar.

E agora Manizheh o havia feito tremer. Não tivera escolha — ele era um tolo ao falar abertamente quando Ghassan tinha olhos e ouvidos escondidos por toda parte —, mas o arrependimento imediatamente tomou conta dela.

— Rustam, sinto muito. Eu só...

— Eu compreendo — disse ele bruscamente. — Que você tenha chegado a me ameaçar é resposta suficiente. — Ele abriu e fechou os punhos e então pressionou as mãos contra os joelhos, lutando pelo controle. — Eu odeio isso — sussurrou. — Eu os odeio. Que eu não possa nem perguntar se...

— Eu sei. — Manizheh tomou a mão dele. — Posso perguntar algo a *você*?

— É claro.

— Você acrescentaria a suas orações o que eu não posso lhe contar?

Rustam ergueu o olhar para ela de novo.

— Todos os dias, irmã.

A sinceridade nos seus olhos apenas fez Manizheh se sentir pior. Ela queria contar-lhe. Queria deitar-se com ele debaixo da coberta, como faziam quando eram crianças, e chorar. Queria que outro Nahid dissesse a ela que tudo ficaria bem — que Ghassan cairia e que ela veria o filho de novo, que reverteriam o feitiço que ela tinha feito e retornariam a Daevabad para governar juntos como sua família merecia.

Mas seu irmão caçula parecia muito mal. Rustam tremia de leve, sua pele pálida num tom amarelado doentio. As olheiras eram tão pronunciadas que ele parecia ter sido socado, e ele perdera peso. Ela não conseguia ver o restante do seu rosto. Rustam removia o véu tão raramente que às vezes ela tinha de lembrá-lo de que ele podia quando estavam sós, e Manizheh sabia que não era apenas devoção. Ele havia se voltado para dentro para sobreviver à vida em Daevabad, recuando para trás de cada muro ao alcance até um lugar onde ninguém poderia tocá-lo.

Era o suficiente imaginar como o irmão devia ter sofrido no ano em que ela estivera longe. Não haveria outros sinais. Nunca havia. Os ossos de Rustam se recuperavam quando os capangas de Ghassan os quebravam, assim como os ferimentos deixados pelos chicotes e as queimaduras deixadas pelo ácido. Ghassan jamais erguera uma mão para Manizheh; não precisava. Aprendera havia muito tempo que bater no irmão faria com que ela se submetesse mais rápido do que qualquer outra coisa. No entanto, nem todas as marcas invisíveis em Rustam foram ali colocadas por Ghassan. Nos pulsos dele havia uma história diferente. O irmão tentara se matar mais de uma vez, mas fazê-lo de maneira bem-sucedida era difícil para um Nahid. Sua última tentativa — um envenenamento — acontecera anos antes, e fora Manizheh quem o trouxera de volta. Ele havia suplicado para que o deixasse morrer. Ela havia caído de joelhos e suplicado a *ele* que não a deixasse.

Fora a última vez que ela chorara antes do nascimento de Jamshid.

Ela não se apoiaria mais em Rustam. Em vez disso, tentou assumir uma expressão mais firme.

— Você poderia pedir à cozinha que me fizessem um chá de gengibre? — ela pediu. — Acho que vai apaziguar meu estômago o suficiente para que eu possa comer.

O alívio tomou o rosto dele. Ah, sim, ela conhecia a expressão de um curandeiro grato por ter uma missão de verdade.

— É claro. — Rustam se levantou e então remexeu nos bolsos da túnica. — Trouxe algo para você. Sei que você gosta de mantê-lo escondido, mas achei que... achei que poderia lhe dar um pouco de conforto. — Rustam colocou um objeto pequeno e duro na sua mão, fechando os dedos dela antes de afastar-se. — Que os fogos queimem forte para você, Manu.

O coração de Manizheh contorceu-se. Ela sabia o que havia em sua mão.

— Para você também, amado.

Ele a deixou com uma mesura e Manizheh ajeitou-se de volta na cama, encolhendo-se. Apenas quando ouviu a porta se fechar comandou as chamas a se extinguirem, devolvendo o quarto à escuridão.

Então ela enfiou no dedo o anel antigo que Rustam havia lhe dado. A peça estava bastante amassada. Manizheh conhecia cada um dos entalhes e arranhões — pois não havia objeto ao qual ela tivesse devotado mais atenção do que aquele anel contendo a única esperança de salvação do seu povo.

— Por favor, volte — ela sussurrou. — Por favor, nos salve.

DURIYA

Esta cena ocorre cerca de um ano após a cena anterior e contém spoilers para os três livros.

A MULHER DJINN PEGOU UMA DAS ATADURAS RECÉM-LAVADAS pela ponta, como se segurasse uma aranha. Soltou um ruído de escárnio.

— Isso é uma piada?

Duriya olhou para a atadura. Parecia perfeitamente respeitável para ela, esfregada em uma água tão quente que havia feito feridas nas suas mãos e depois descolorida pelo sol.

— Não compreendo, senhora — disse ela, procurando soar o mais intimidada possível. Odiava agir assim, mas aprendera havia muito tempo a maneirar o seu tom quando próxima daqueles demônios. Havia poucas coisas de que um djinn gostasse mais do que a oportunidade de colocar um "sangue-sujo" em seu devido lugar.

— Elas ainda estão úmidas. Você não sabe apontar a diferença entre um tecido seco e um molhado? Se eu mandar as ataduras desse jeito, elas vão ficar mofadas. A não ser que *você* queira explicar para Banu Manizheh por que há bolor crescendo em seu estoque, vai lavá-las de novo.

A mulher jogou o trapo de volta para Duriya. Ela o apanhou, olhando com aflição para a roupa suja que acabara de trazer. Era para ser a sua última cesta antes que pudesse ir para casa.

— Talvez eu possa deixá-las secar ao sol um pouco mais — sugeriu Duriya. — Acabei de tirá-las da corda, eu juro. Elas não...

Com um único chute, a mulher djinn derrubou a cesta de ataduras. Elas se espalharam pelo chão do depósito. Não que ele estivesse sujo — nada ligado à enfermaria ou aos seus habitantes aterrorizantes podia ser deixado sujo. O pequeno exército de criados shafits ao qual Duriya pertencia passava dia e noite varrendo chãos, esfregando roupas sujas e limpando líquidos derramados. Os pacientes mágicos ali dentro — para não dizer nada dos quebradores de ossos com olhos de ébano que os tratavam — não podiam de maneira alguma ser submetidos a condições insalubres, sequer por um momento.

Eu me pergunto se eles fazem alguma ideia de que os criados com que contam para manter os seus quartos tão limpos têm de passar por um rio de esgoto no distrito shafit toda vez que chove. Eu me pergunto se eles se importam. Nada disso importava, no entanto. As regras da enfermaria eram invioláveis.

Duriya baixou a cabeça.

— Sim, senhora. — Então pegou a sua roupa suja e saiu.

Estava um dia dolorosamente bonito, o céu azul e reluzente com pássaros matizados como joias gorjeando notas sonhadoras no topo das árvores. Mas Duriya cobriu o rosto com o lenço enquanto deixava a ala da enfermaria e seguiu pelos caminhos isolados que levavam ao canal. Era melhor não atrair atenção quando estava sozinha no palácio: muito poucos djinns viriam ao socorro de uma criada shafit. Era um dos muitos riscos de se trabalhar ali, a barganha que a pessoa tinha de aceitar pelo salário comparativamente decente que uma posição no palácio oferecia.

Riscos que Duriya temia ficaram mais numerosos. Quando assumira pela primeira vez um trabalho no palácio, fora para servir a rainha Saffiyeh e seu filhinho, o herdeiro ao trono djinn. A rainha falava de maneira calma e suave, uma entre os poucos djinns que se preocupavam em aprender os nomes e em certificar-se do bem-estar dos seus criados shafits. Duriya se sentia segura: ninguém tocava numa criada que estivesse vestida com as cores da rainha.

Agora que a rainha estava morta, Duriya duvidava que os novos mestres Nahid tivessem sequer notado um rosto estranho entre suas lavadeiras shafits, muito menos se preocupado com a sua segurança. Ou mesmo com a sua vida. Os shafits eram alertados de muitas coisas ao serem arrastados para Daevabad, mas havia um alerta que superava todos os outros:

Evitem os djinns de olhos negros, aqueles que se denominam daevas.

Histórias terríveis circulavam sobre esses daevas que diziam viver à parte dos outros djinns e adorar as chamas em vez de Deus. Duriya havia sido advertida a nunca encontrar o olhar de um daeva, a nunca falar em sua presença, a não ser que ele se dirigisse a ela, e a jamais tocar um deles — shafits tinham perdido uma mão por menos. E os seus novos mestres Nahid não eram apenas daeva — eram os *líderes* dos Daeva. Os últimos de uma dinastia antiga que supostamente liderou uma guerra para exterminar os shafits, combatida com um exército de guerreiros magicamente fortalecidos que conseguiam atirar sessenta flechas por vez e soterrar vivas cidades inteiras.

Duriya não tinha certeza se acreditava em todos os rumores: aquela era uma cidade de mentirosos, afinal. Mas a presença constante de soldados armados na enfermaria — soldados que não desviavam o olhar hostil de nenhum dos irmãos Nahid enquanto estes trabalhavam nos pacientes djinns — era o suficiente para que ela se perguntasse se talvez fosse o momento de começar a procurar por outro trabalho.

A margem do canal onde lavavam roupa estava vazia. Duriya jogou a cesta na água e começou a pendurar as ataduras molhadas em uma corda esticada em uma clareira ensolarada nas árvores. Apesar de sua demonstração de subserviência, tinha pouca intenção de realmente esfregar aqueles malditos trapos pela segunda vez. Talvez ataduras mofadas ajudassem os djinns com seu mau humor.

Ela trabalhava rápido. O canal se tornara uma lembrança penosa de como ela estava presa em Daevabad, e ela não gostava de ficar ali. Quando Duriya começara a trabalhar no palácio, quase chorara ao ver a corrente de água escura que passava pelo jardim. Não havia rios ou regatos no distrito shafit, mas ali, finalmente, uma chance havia se apresentado.

Ao contrário do que ela tinha deixado a maioria das pessoas acreditar, Daevabad e os seus djinns não foram a primeira introdução de Duriya à magia.

A introdução acontecera muito antes, às margens do Nilo, onde uma garotinha solitária havia feito a mais incomum amizade de uma vida inteira. E assim, na primeira oportunidade, Duriya tinha corrido até o canal. Chamara aquele amigo da única maneira que conhecia, uma maneira que nunca lhe falhara: mordendo o dedo até sangrar e mergulhando a mão na água fria.

— Sobek! — implorara ela. — Por favor... por favor, me ouça, velho amigo. Eu preciso de você!

Mas se Sobek fora capaz de ouvir o seu chamado naquelas águas estrangeiras, não o respondera. Tampouco viera em qualquer uma das outras vezes que ela tentara convocá-lo. Talvez não pudesse. Ele era o senhor do Nilo, no fim das contas, e Duriya estava do outro lado do mundo do Egito deles. No entanto, isso não impedira que essa possibilidade de resgate assombrasse os seus sonhos. Sonhos em que o lago assumia o tom marrom denso do Nilo na cheia e devorava a cidade djinn. Sonhos em que ela ficava parada ao lado de Sobek enquanto ele rasgava ao meio o caçador de recompensas que a havia capturado, seus dentes de crocodilo manchados de sangue.

— Existem djinns que podem tornar-se animais? — perguntara Duriya uma vez à irmã Fatumai. Duriya e o pai conheceram

Hui Fatumai na primeira semana deles no distrito shafit, após serem largados lá pelo caçador de recompensas que os raptara. A mulher nascida em Daevabad era uma organizadora entre os shafits e ajudava os recém-chegados a se acomodarem. Fora a irmã Fatumai que explicara para eles o funcionamento da cidade mágica e os colocara aos cuidados da pequena comunidade egípcia que hospedara os dois em suas casas.

Em relação a Sobek e à questão das criaturas mágicas, no entanto, a irmã Fatumai não fora encorajadora.

— Ouvi as histórias que o seu povo conta dos djinns — respondera. — De que assumem a forma de gatos e serpentes com asas, de brisas quentes que suspiram através das árvores e gritos assustadores que atraem as vítimas humanas para as margens dos rios. Estes não são aqueles djinns. Estes são mais parecidos conosco; acreditam que são os descendentes do grande djinn que o profeta Suleiman, que a paz esteja com ele, puniu no passado. São supostamente as criaturas de fogo mais fracas.

Duriya se lembrara da maneira como o caçador de recompensas os havia raptado para Daevabad em um barco que voava sobre a areia e o mar, e de sua primeira visão da cidade de tirar o fôlego, com seus minaretes de vidro suspensos, mercados de tecidos cintilantes e enfeites de escama de dragão.

— Esses djinns são os *mais fracos*? — repetira Duriya.

— Coloca as coisas em perspectiva, não é? — observara a irmã Fatumai. — Das outras criaturas, não tenho muito a lhe contar. Muita coisa é um mistério, mesmo para os chamados estudiosos de sangue puro desta cidade. Pode ser um mistério destinado apenas a Deus.

Havia um aviso silencioso naquelas palavras, um esforço diplomático de mudar de assunto. Porém, desesperada para encontrar uma saída para sua situação, Duriya insistira.

— Eu conheci um deles.

A irmã Fatumai largara a cesta de comida que estava desempacotando.

— Você *o quê?*

— Eu conheci um deles — insistira Duriya. — Lá no Egito. Tenho um companheiro desde que sou criança, um espírito na forma de um dos crocodilos do Nilo. Se eu pudesse convocá-lo, tenho certeza de que ele levaria meu pai e eu para casa. Ele me deve um fav...

A mão da irmã Fatumai voara para cobrir a boca de Duriya, seus olhos castanhos arregalados de susto.

— Filha, se quiser sobreviver a este lugar, precisa esquecer que disse isso. Pelo Altíssimo... se um djinn a ouvir falando de convocar um espírito do rio, você e o seu pai serão executados na manhã seguinte. Se você tiver a sorte de viver até lá. Entendeu?

Duriya entendera. Ela só não tinha dado ouvidos. Ainda tentara convocar Sobek. Porém, à medida que se somavam os anos passados naquela cidade miserável, suas esperanças morriam uma morte lenta e repulsiva.

— O seu rosto não mudou desde que chegamos aqui — o pai havia dito delicadamente na outra semana, tocando sua bochecha. Ele sempre falava delicadamente agora, as coisas que aconteceram durante as longas noites em sua jornada até Daevabad traumatizaram os dois. — Talvez vá envelhecer como os djinns. Talvez Deus lhe concederá uma longa vida como a deles.

Bem do que eu preciso, mais séculos esfregando malditos trapos no canal. Duriya sabia que os shafits construíam vidas ali. Eles não tinham escolha. Casavam, tinham filhos e aproveitavam o máximo que podiam, acreditando em uma justiça que viria no mundo seguinte.

Mas isso não era o que Duriya queria.

Ela se aproximou do canal e ajoelhou-se na margem úmida. Seu reflexo surgiu em pequenas ondulações sobre a superfície. Será que Sobek a ouviria se ela doasse mais do que um punhado de sangue? Se fizesse um corte maior, fundo o suficiente para deixar a água vermelha? Será que ela adormeceria debaixo d'água e seria levada para casa?

Você quer dizer adormecer de um jeito que partiria o coração do seu pai?

Duriya estremeceu. Não, isso não era uma opção. Ela deu alguns passos para trás, tentando libertar-se da desesperança que parecia pesar cada vez mais sobre seus ombros com o passar dos dias. A roupa levaria um tempo para secar, mas ela precisava se afastar do canal.

Então Duriya seguiu para um dos poucos lugares que lhe davam prazer.

As sementes de molokhia custaram dois meses do salário de Duriya, uma soma que ela guardou cuidadosamente, semana a semana, até ter o suficiente para visitar no mercado o malandro comerciante de vegetais que tinha criado um nicho de comércio contrabandeando sementes do mundo humano para cobrar preços abusivos de clientes shafits com saudades de casa. Ao ouvir o sotaque de Duriya, ele até tentara cobrar ainda mais dela — um truque de que desistiu assim que ela o ameaçou com a faca de lâmina curva que comprara para picar as folhas quando as plantas tivessem crescido.

Na realidade, ela teria pagado ainda mais. Ela e o pai tinham perdido tanto: as brincadeiras no seu vilarejo, a casa de telhado de sapê que havia abrigado gerações da sua família, os xales e tapetes que a sua falecida mãe havia tecido e a música ruidosa dos festivais religiosos. Duriya não podia trazer nada disso de volta, mas podia fazer o prato favorito do pai. Ele era um cozinheiro muito melhor do que ela — tão talentoso que conseguira um posto na cozinha do palácio —, mas a sopa era tão simples que, tendo os ingredientes, Duriya podia prepará-la. E embora uma refeição de casa pudesse parecer algo pequeno, ela sabia o quanto isso significaria para ele.

Gastara uma fortuna nas sementes, então Duriya havia sido muito criteriosa ao decidir onde plantá-las. Seu olhar era cuidadoso — ela fora criada em um vilarejo de agricultores e sob a tutela do senhor do Nilo em pessoa. E tinha encontrado um lugar ótimo… bem, mais ou menos. Havia um lugar no jardim que todos pareciam evitar: o pomar de laranjeiras monstruosamente grande que dominava o limite do terreno da enfermaria. O pomar havia se tornado tão denso que os ramos carregados de frutas e as enormes flores brancas formavam um muro impenetrável. Porém, no extremo a leste, o canal corria próximo, formando um triângulo estreito escondido perto da mata ameaçadora que oferecia a ela as condições perfeitas de sol, umidade e discrição. Era tão próximo da enfermaria que Duriya conseguiria facilmente escapulir até ali para cuidar das plantas, mesmo que tivesse de tomar cuidado para evitar os jardineiros daeva; eles eram os únicos com permissão de tocar nas ervas curativas Nahid cultivadas ali perto.

Absorta em seus pensamentos e com a visão ligeiramente ofuscada pelo brilho do sol enquanto deixava a sombra do cedro imponente, Duriya quase chegara ao seu canteiro de plantas clandestinas quando percebeu que não estava sozinha. Um jardineiro — trajando uma túnica manchada de terra e com as mangas dobradas revelando braços dourados — estava apoiado sobre os joelhos e as mãos no trecho rico de terra que até pouco antes tinha alojado plantas de molokhia altas o suficiente para tocarem a cintura dela. Plantas que custaram a Duriya semanas de salário e das quais ela havia cuidado com carinho desde o princípio, inalando a fragrância que a fazia lembrar-se de casa e rezando para que o presente que prepararia para o pai pudesse fazê-lo finalmente sorrir de novo.

As plantas foram arrancadas violentamente de suas raízes. Seu trabalho duro e salários perdidos encontravam-se descartados em uma pilha de ervas daninhas agora. Apenas uma única planta de molokhia seguia enraizada no chão e, enquanto ela observava, o jardineiro, ainda de costas para ela, estendeu a mão em sua direção.

O bom senso de Duriya — a sabedoria que a fizera baixar a cabeça diante de sua senhora obcecada por roupas secas e calado a boca sobre Sobek — desapareceu.

— Não toque nela! — Ela se atirou na direção da mão do jardineiro. Ele deu um salto e se voltou surpreso, o que significou que, em vez de afastar o pulso dele, Duriya acertou-o com tudo na boca. Ele deu um grito e caiu para trás, pousando sobre o traseiro na terra.

Olhos negros, grandes e perplexos encontraram os dela. Ela havia acertado o homem com força suficiente para arrancar o véu branco do seu rosto e fazer correr sangue dos seus lábios. Ele a encarou, completamente sem palavras.

Então o corte no lábio começou a curar-se. A pele se fechou, formou uma casca e o ferimento desapareceu, não deixando nada para trás fora algumas gotas de sangue ébano sobre o véu arruinado.

O véu... Ah, Deus. Havia apenas um homem no palácio que usava um véu branco sobre o rosto e cujas lesões se curavam em instantes.

Duriya acabara de socar o rosto de Baga Nahid em pessoa. Por causa de uma *molokhia*.

A mão dela voou sobre a própria boca em horror. Pelo Altíssimo, o que acabara de fazer? Deveria correr? Os shafits eram todos iguais para eles; se ela fugisse, com certeza Baga Rustam nunca seria capaz de distingui-la em meio à multidão de pessoas de sangue misto que atendiam às suas necessidades.

Mas e se ele fosse capaz? E se pegassem seu pai?

Duriya caiu de joelhos.

— Perdoe-me, meu senhor! — exclamou em um djinnistani vacilante. Sempre tivera dificuldade com a língua e ainda mais quando estava ansiosa. — Se eu... — Ah, pelo amor de Deus, como falaria *soubesse*? — Eu não teria batido no senhor, o Nahid.

O cenho dele franziu-se em confusão. É claro que Duriya não estava falando corretamente.

Tentou de novo:

— Eu não... vê? — *Essa é a palavra?* — Consciente...

— Fale a sua língua. — O djinnistani do Baga Nahid era compreensível e lento. — O seu dialeto.

— *Meu* dialeto? — ela repetiu, dividida entre a incerteza e o medo. Mas, quando ele apenas anuiu, Duriya trocou para o árabe, imaginando que valia a exígua chance de evitar a execução. — Perdoe-me — disse mais uma vez, de maneira muito mais calma. — Não percebi quem era o senhor. Se soubesse, jamais teria ousado tocá-lo... ou interrompê-lo — acrescentou depressa, lembrando que aquela era tecnicamente a faixa de terra dele que ela estava usando para cultivar suas plantas.

O Baga Nahid observou o rosto dela enquanto falava, seu olhar deslocando-se entre a boca e os olhos como se estudasse as palavras de Duriya.

— Então teria batido em outra pessoa?

Ele fez a pergunta em um árabe egípcio tão perfeito que Duriya deu um salto.

— Como o senhor... Quer dizer, não — falou rapidamente. Aquele não era o momento de perguntar como algum médico de fogo de outro reino falava árabe egípcio. — É só que... estas plantas são preciosas para mim. Quando vi que o senhor iria arrancar a última delas, reagi sem pensar.

Os olhos dele se estreitaram. Pelo Altíssimo, eles eram perturbadores, mais pretos que carvão, mais pretos que quaisquer olhos que pudessem ser considerados humanos. Ela estremeceu e, uma vez que começara, era impossível parar. Ah, Deus, era isso então. Ele a mataria. Quebraria seu pescoço com um estalar de dedos ou, pior, a daria à irmã dele. As pessoas diziam que Banu Manizheh gostava de fazer experimentos nos shafits; que, se o pegasse, forçaria venenos goela abaixo que derreteriam seus órgãos de dentro para fora e trituraria seus ossos até virarem pó para poções.

— Sinto muito — sussurrou Duriya novamente. Continuou de joelhos e baixou o olhar. Era assim que os djinns gostavam de ver os shafits. — Por favor, não me machuque.

— *Machucá-la?* Pelo Criador, não. — Agora era o Baga Nahid que soava confuso. — Você me surpreendeu. Eu me perco em pensamentos quando estou trabalhando no jardim e não esperava ser pego por uma mulher misteriosa saltando da mata. — Pelo canto do olho, Duriya o viu colocar-se de pé e limpar a terra das roupas. — Deixe-me ajudá-la.

Baga Rustam estendeu a mão em sua direção, e Duriya estava surpresa demais com o gesto para fazer qualquer coisa a não ser aceitar a ajuda para se levantar. Uma vez de pé, ela prontamente deu um passo para trás e puxou a mão de volta.

O curandeiro daeva não pareceu notar — ou talvez tenha percebido, mas estivesse acostumado com esse tipo de reação.

— Por que você disse que elas são preciosas? — perguntou ele.

Duriya o encarou.

— O quê? — Ela ainda estava tentando digerir o fato de que havia atacado um dos homens mais perigosos em Daevabad. Ter uma conversa com ele sobre a molokhia parecia um mergulho profundo demais no mundo de bizarrice.

— As plantas que eu estava limpando. — O árabe dele deixou de ser egípcio e assumira o dialeto e o sotaque exatos do vilarejo de Duriya. O efeito era profundamente desconcertante. Ela se lembrou então de ouvir falar que os Nahid tinham algum tipo de magia com as línguas, mas isso ia além de suas fantasias mais malucas. — Por que disse que elas são preciosas? — ele insistiu.

Parecia haver pouco perigo em responder à pergunta honestamente.

— Elas não são ervas daninhas. São um vegetal chamado molokhia. Eu comprei as sementes no mercado.

— E decidiu cultivá-las em meu jardim?

Duriya corou.

— O senhor tem um bom solo. Mas sinto muito. Sei que não deveria. É só que... meu pai anda com tanta saudade de casa. Achei que, se eu preparasse o seu prato favorito...

A expressão dele suavizou-se imediatamente.

— Compreendo. Bem, eu não gostaria de frustrar o trabalho duro de uma filha atenciosa.

Rustam ajoelhou-se de volta, enfiou os dedos na terra escura e ela irrompeu em vida.

Brotos cresceram em torno das suas mãos em gavinhas verde-claras, ascendendo como se o próprio tempo tivesse se acelerado, desenrolando folhas e caules que logo ultrapassaram a altura do corpo encurvado do Baga Nahid. A boca de Duriya se abriu de perplexidade à medida que um canteiro de molokhia ainda mais viçoso do que o dela cresceu alto ao seu redor. As folhas verde-esmeralda fizeram cócegas nos seus braços.

— Aí está — disse o Baga Nahid. Ele teve de empurrar algumas plantas para trás para sair do meio delas; as folhas estavam agarrando e aderindo aos seus braços e pernas como crianças carentes. — Espero que isso compense pela minha limpa indiscriminada.

— Como o senhor... *Por que* fez isso? — murmurou ela.

— Não havia raízes suficientes. — Rustam limpou as mãos nos joelhos e então deu de ombros como se não tivesse realizado um milagre. — Sinto que sou eu quem deveria estar perguntando a *você* como. Não é qualquer pessoa que consegue fazer uma planta crescer em meu jardim.

O orgulho a aqueceu.

— Bem, como eu disse, o senhor tem um solo bom. Não foi preciso muito mais do que os métodos usuais.

— Os métodos usuais?

Ela estava realmente discutindo jardinagem com o Baga Nahid? Duriya começou a pensar se não tinha batido a cabeça durante a briga e isso não passava de um sonho.

— De onde eu venho, nós usamos uma mistura de cinzas e nenúfares em decomposição para encorajar as sementes a crescer. E, é claro, misturamos esterco com a terra.

Rustam franziu o cenho.

— Esterco?

Certamente um jardineiro tão habilidoso quanto ele sabia o que era esterco. Talvez suas habilidades linguísticas não fossem tão avançadas quanto pareciam.

— Fezes de animais.

Ele arregalou os olhos.

— *Fezes de animais?* — repetiu. — Você usou fezes de animais... ao lado do meu laranjal... para cultivar suas sementes?

— É como fazemos de onde eu venho — protestou ela. — Eu juro! Não quis desrespeitá-lo. É uma técnica genuína, algo que até uma criança saberia. Eu jamais...

Rustam riu. Era quase um ruído estrangulado, como se ele não risse muitas vezes, mas o som se casava com a alegria reluzente em seus olhos tão escuros. Um sorriso passou fugaz por seu rosto, e Duriya se viu corando mais ainda.

— Fezes de animais — admirou-se Rustam. — Suponho que o Criador ainda tenha alguns mistérios guardados para mim. — Ele encarou-a novamente. — Quem *é* você?

Ela hesitou, considerando e desistindo de falar um nome falso. Talvez tivesse sido melhor permanecer anônima, mas se viu querendo contar a ele.

— Duriya.

— Duriya. Eu sou Rustam, embora suspeite que você saiba disso. — Havia um traço de autodepreciação na curva de seus lábios. — E onde fica a sua terra em que a molokhia é cultivada no esterco?

Duriya não teve como conter um sorriso próprio.

— Egito.

— Duriya do Egito. — Rustam disse o nome dela como se fosse um título e, embora o efeito talvez fosse desdenhoso vindo de outro djinn, não havia nada a não ser afeto em sua voz.

— Eu já a vi antes. Você é uma lavadeira na enfermaria, não é?

— Sim, mas eu ficaria surpresa se o senhor tivesse me notado. Nós tentamos ficar fora do seu caminho.

— Eu já a vi lavando roupa no canal com as outras mulheres. Você... você tem um sorriso realmente memorável. — Ele enrubesceu de leve e gaguejou. — E você... hum, gosta do seu trabalho?

Se ela gostava de lavar trapos para djinns cruéis? Ele queria ouvir a verdade?

— O pagamento é aceitável — respondeu Duriya sem transparecer emoção alguma.

Ele deu uma risadinha.

— Uma resposta diplomática — hesitou Rustam, baixando o olhar. — Quem sabe você gostaria de trabalhar aqui em vez disso? Quer dizer, no jardim. Para mim.

— O senhor quer que *eu* trabalhe no seu jardim?

— O que posso dizer? Fiquei intrigado com esses métodos humanos dos quais sou tão ignorante e uma criança humana é tão informada. Vai saber o que mais você poderá me ensinar?

Duriya ficou desconfiada. O Baga Nahid parecia bastante amigável — muito mais gentil do que as histórias o faziam parecer —, mas ela tinha aprendido da pior maneira possível a não confiar nos djinns.

— Trata-se de um convite que o senhor sempre estende às mulheres que o deixam sangrando?

Rustam encontrou o olhar dela.

— Trata-se de um convite que jamais estendi a alguém.

Ah. O coração de Duriya bateu um pouco mais rápido. Ela se perguntou se ele conseguia ouvir. As pessoas diziam que os Nahid podiam fazer isso.

As pessoas diziam que os Nahid podiam fazer muito pior. Eles eram os homens e mulheres sagrados dos daevas de olhos negros, com quem ela fora aconselhada a jamais se envolver. Os que ficavam sob guarda dia e noite porque eram considerados tão perigosos. E agora ela estava flertando — poderia muito bem admitir que eles haviam entrado nessa esfera — com o Baga Nahid em pessoa no jardim dele.

As pessoas diziam muita coisa, e ela se perguntou quantas haviam realmente conhecido um Nahid.

Sua coragem reapareceu.

— Ouvi dizer que o seu povo não gosta do meu — disparou bruscamente. — O senhor aceitaria alguém com sangue humano trabalhando no seu jardim? Isso é permitido?

— Decidir quem trabalha no meu jardim é uma das poucas liberdades que me restaram. — A boca dele retorceu-se em uma expressão amarga, mas então se suavizou e Rustam pareceu apenas nervoso. Ele tocou o véu, atrapalhando-se com os laços. — Mas apenas se você estiver interessada. Mesmo. Eu não a culparia se rejeitasse a oferta.

Rejeitar talvez fosse a escolha mais sábia. Duriya não era jovem nem boba e, mesmo que ele tivesse coberto o rosto com o véu de novo, não deixou de notar a vermelhidão na face de Rustam. Lavar trapos para djinns cruéis podia ser insuportável, mas atrair o olhar do Baga Nahid parecia perigoso em um nível completamente diferente.

E é assim que você vai passar as suas décadas aqui? Os seus séculos? Sentindo-se um pouco mais corajosa, Duriya estudou as mãos dele, seus longos dedos sujos com a terra em que fizera crescer novamente sua molokhia, e então mirou a escuridão de seus olhos delicados.

Ela respirou fundo.

— O senhor gosta de sopa, Baga Rustam?

Ele piscou.

— O quê?

Duriya passou a mão pelas plantas de molokhia.

— O senhor as deixou prontas para serem colhidas. Talvez eu possa fazer a sopa pela qual o ataquei e possamos discutir um salário justo?

Os olhos de Rustam enrugaram-se em um sorriso.

— Parece maravilhoso.

HATSET

*Esta cena ocorre algumas décadas antes de
A Cidade de Bronze e não contém spoilers.*

SEIF SHEFALA PARECIA DETERMINADO A TERMINAR O CASAmento dela antes que começasse.

— Ele parece velho — comentou seu pai, alto o suficiente para ser ouvido pelos outros. — Mais velho do que eles disseram.

— Baba, mal dá para vê-lo — replicou Hatset. O barco deles ainda precisava atracar junto ao passeio espectral do lado de fora dos muros de Daevabad, e seu futuro marido não passava de uma pequena figura em uma túnica escura. — Você não pode julgar a aparência dele daqui.

— Tenho olhos excelentes. Uma bênção desperdiçada neste antro miserável de névoa — resmungou Seif. — Eles poderiam ao menos ter arrumado o ancoradouro para a sua chegada.

Hatset queria poder discordar, mas a cidade à qual havia amarrado o seu destino não havia sido muito receptiva esta manhã. Ela estivera em Daevabad uma vez quando garota e ainda se lembrava da admiração reverente que sentira ao cruzar de barco o véu que escondia a ilha. Seus muros de bronze haviam reluzido contra o sol brilhante, as montanhas verdejantes formando o pano de fundo de um panorama urbano de mil torres e templos. Na época, Daevabad parecera a definição perfeita de magia.

Agora estava tão encoberta pelo nevoeiro que Hatset não conseguia ver nada da cidade, exceto um mínimo indício dos seus muros. O ancoradouro vazio se projetava da cerração, estacas alquebradas pontilhando a água ou caídas aos pedaços sobre a margem como corpos abandonados. O veleiro deslizava silenciosamente sobre a água parada do lago, e Hatset só conseguia imaginar quão estranho o barco deles devia parecer contra o fundo cinzento e sem vida. O povo dela o enfeitara para a celebração, como uma declaração orgulhosa de riqueza e poder ayaanle. A superfície havia sido pintada em tons dourados que brilhariam ao sol, mas agora lembravam mais o amarelo-claro de folhas caídas. As velas de seda absurdamente caras pendiam imóveis no ar sem vento, escondendo o emblema do seu povo.

Tudo parecia errado. Hatset segurou com mais força a amurada.

— Você não está me ajudando muito a relaxar.

— Eu não estou *tentando* relaxá-la. Estou tentando fazê-la desistir deste plano ridículo. — O pai virou-se para encará-la, a travessura em seus olhos dourados dando lugar à preocupação.

— Você não pertence a este lugar, filha, e deixá-la aqui vai me matar. É Shefala que você deve governar, não essa rocha daeva.

Eu quero mais que Shefala. Mas Hatset não disse isso.

— Voltar atrás não é possível, e você sabe disso. Se eu mudasse de ideia agora, insultaríamos tão terrivelmente os Geziri que levaria três séculos para o nosso povo ter qualquer influência aqui de novo. — Hatset apertou a mão do pai, tentando assumir uma expressão confiante. — E talvez você deva lembrar que esta escolha foi *minha*.

— Crianças não deveriam poder fazer escolhas.

— Baba, eu tenho cem anos de idade.

Ambos caíram em silêncio à medida que a tripulação sahrayn se aproximava do ancoradouro e começava as preparações para atracar a embarcação. Hatset sentiu um frio no estômago quando o barco parou com um tranco, e teve de segurar-se para não saltar. Uma nova cidade e um novo marido. Um novo futuro em um tabuleiro político inteiramente diferente. No momento em que desembarcasse, ela não representaria mais somente a si mesma. Seria Ta Ntry em pessoa, a primeira mulher não geziri a casar-se com um rei Qahtani em mil anos, e o destino do seu povo acompanharia o seu próprio para o bem e para o mal.

E agora o rei *estava* perto o suficiente para ser observado. Hatset olhou discretamente. Havia feito o possível para saber tudo o que podia de Ghassan al Qahtani nos meses que antecederam à sua partida e descobriu que o passado dele era um estudo em contrastes. Ele passara a juventude como um guerreiro nômade nas montanhas selvagens de Am Gezira e então fora um general na guerra sangrenta do seu pai Khader para acabar com as revoltas em Qart Sahar — antes de ser lançado em uma vida de opulência indizível como o rei de Daevabad, em um palácio luxuoso do qual diziam que raramente saía. Da guerra brutal à política brutal: Khader tinha sido notoriamente sectário, só promovendo oficiais geziri e banindo festivais religiosos daeva.

Hatset conseguiu descobrir que Ghassan tinha aquiescido calado às políticas do pai, apenas para reverter muitas delas como rei. Ele falava em aproximar as tribos, colocando essas palavras em ação quando decidiu aceitar uma esposa estrangeira. Dizia-se que, na verdade, ele avançara um pouco *mais* em direção aos Daeva do que a maioria dos djinns achava confortável. Tinha assumido o trono shedu como várias gerações de reis Qahtani fizeram, mas também proibira os shafits de criar associações e trabalhar no comércio, assim como obrigara suas mulheres e famílias a assumirem os costumes da realeza Nahid. Havia até rumores de que Ghassan planejava escolher como seu próximo grão-vizir — uma posição que fora mantida pelos Ayaanle desde a guerra — um membro da tribo daeva quando o atual ocupante se aposentasse.

Veremos. Mas Hatset colocou conchavos políticos futuros de lado para considerar direito o rei diante dela. Embora alguns fios grisalhos marcassem sua barba negra, Ghassan não parecia velho — pelo menos não muito mais velho do que ela. Era um homem robusto e parecia perfeitamente capaz de ainda saltar sobre um cavalo e perseguir rebeldes, apesar de sua túnica preta elegante e de roupas caras. Ele parecia... confiante, de uma maneira que Hatset suspeitava que poderia facilmente pender para o intimidador. De fato, não passou despercebido por ela que a maioria dos cortesãos que o cercavam — com exceção de seu qaid, com um sorriso largo e um turbante carmesim — mantinha uma distância cuidadosa de alguns passos, olhando para o chão.

No entanto, quando Ghassan mirou-a nos olhos, notando que Hatset o estudava apesar do cuidado dela para que não notasse, o sorriso que iluminou o rosto dele a surpreendeu. Era carinhoso, ainda que ligeiramente malicioso, como se eles fossem cúmplices e não estranhos, e isso fez com que o seu coração batesse mais rápido de uma maneira que não combinava nem um pouco com uma mulher de sua experiência e posição. Hatset quase cobriu o rosto com sua shayla.

— Paz e bênçãos a todos — cumprimentou-os Ghassan al Qahtani enquanto avançava a passos largos em sua direção, estendendo as mãos para o pai dela e o beijando no rosto como se fossem velhos amigos e não rei e seu súdito extremamente descontente. — Bem-vindos a Daevabad. Que a sua luz brilhe sobre a minha casa e o seu bem-estar seja encontrado em suas paredes.

— Essa maldita rocha daeva poderia ser um pouco mais ensolarada — disse Seif, mal-humorado, em ntaran.

Hatset chutou o pé do pai por baixo do vestido.

— Que a paz esteja com o senhor, meu rei — disse ela de modo caloroso em djinnistani. — É maravilhoso ter finalmente chegado.

— Imagino que a viagem não tenha sido árdua demais. — Ghassan lançou um olhar admirado ao barco deles. — Essa embarcação lembra mais um castelo.

— Quase cruzamos com um comboio de peregrinos humanos atravessando o mar de Juncos, mas acabou sendo uma aventura interessante para nós e presumivelmente uma história aterrorizante para eles.

— Tenho certeza — disse Ghassan com uma risadinha. Ele acenou para a fileira de oficiais que os aguardavam. — Muntadhir, venha. Junte-se a nós.

O grupo de homens abriu caminho e Hatset viu pela primeira vez o garoto que muitos dos parentes dela gostariam que os próprios filhos substituíssem um dia. Muntadhir era um belo jovem, sua aparência um reflexo idêntico do pai, do turbante brilhantemente colorido à túnica com bordas douradas. Em vez dos talismãs protetores que Hatset sabia que as crianças geziri com frequência usavam em torno do pescoço, ele usava o colar de um príncipe ornado por pérolas e rubis. Muntadhir não podia ter mais do que onze ou doze anos: jovem o suficiente para enfatizar sua juventude e parecer um futuro enteado, uma criança precisando de uma mãe.

Mas isso não parecia uma escolha deliberada e tampouco uma escolha sua — ele parecia jovem demais para esse tipo de maquinação.

— Lady Hatset, senhor Seif. — Os olhos de Muntadhir miraram o pai dela. Mais próxima agora, Hatset pôde perceber que o emir era um tanto magro e bastante pálido, como se não saísse o suficiente para a rua. — Que a paz esteja com ambos.

— E que a paz esteja convosco, emir Muntadhir — devolveu Hatset. — É um prazer conhecê-lo.

O olhar de Seif pousou sobre Muntadhir com um misto de preocupação paternal, tristeza e o tipo de julgamento impetuoso que Hatset conhecia muito bem e que significava que estava prestes a dizer algo repreensível.

— Parece que seu filho precisa brincar mais no sol do que ser arrastado para o frio para encontrar dignitários visitantes.

Uma coisa eram quebras de protocolo, outra era criticar diretamente as decisões paternais do rei de Daevabad. Hatset fechou os olhos, desejando por um momento que um buraco se abrisse sob os pés do seu pai e o levasse de volta a Shefala.

Em vez disso, o céu se abriu e a chuva que fora um mero chuvisco tornou-se um dilúvio.

— Infelizmente, não há sol — respondeu Ghassan, sem demonstrar emoção. Hatset abriu os olhos e o viu segurando o ombro de Muntadhir. — Por favor, entrem. Meu emir e eu não gostaríamos que nossos hóspedes ficassem um momento a mais do que o necessário na chuva.

Quando eles chegaram ao palácio, a chuva caía com uma força que rivalizaria as monções de Ta Ntry, e Hatset sentiu-se grata pela desculpa para ir diretamente ao hammam — mesmo que o tempo distante desse mais alguns minutos para o pai engendrar insultos adicionais na esperança de que ambos fossem expulsos de Daevabad. As criadas da casa de banho eram gentis, mesmo que muito mais caladas que as mulheres do seu povo, que estariam brincando com ela sobre a noite de núpcias iminente. Hatset certificou-se de tratá-las com carinho e deixou uma gorjeta em ouro para cada uma. Ela não queria ser o tipo de rainha que equiparava medo a poder.

Tinha acabado de se vestir quando houve uma batida à porta e uma mensageira entrou.

— Minha senhora, o rei pede por sua presença.

Hatset ficou surpresa.

— Já? Achei que nos veríamos novamente no jantar, não?

A mulher inclinou a cabeça.

— Ele está esperando do lado de fora.

Estava? Do lado de fora *dali*? Seu coração disparou. Será que tinha alguma relação com a falta de educação do pai? Hatset percebeu subitamente que as criadas a observavam, apenas alguns dos muitos olhares que seguiriam cada movimento seu até o dia em que morresse. Talvez a convocação significasse algo para elas.

Eu terei de fazer aliados aqui — e logo. Hatset teria de descobrir em quais dessas criadas ela poderia confiar. Em quais cortesãos e em quais secretários. Em quais guardas e em quais ministros. Qualquer sucesso político que esperasse encontrar em Daevabad dependeria de quão ampla se tornasse a sua rede de informações.

Ela sorriu graciosamente para a mensageira enquanto cobria a cabeça com a shayla.

— É claro.

O rei a esperava em um pequeno pavilhão coberto. Ele havia tirado a túnica real, mas a faixa dourada ricamente bordada na cintura e o corte do seu dishdasha negro eram igualmente suntuosos, com opalas adornando o colarinho.

— Lady Hatset... — Ghassan tocou o coração. — Imagino que esteja se sentindo um pouco mais descansada, não? Posso voltar mais tarde se ainda estiver cansada da jornada.

— Estou me sentindo bem melhor, graças a Deus — respondeu ela. — O seu lar é muito convidativo, meu rei. E devo dizer que, seja qual for o café que a sua cozinha prepara, ele é bastante forte.

— Fico feliz em ouvir que minha "maldita rocha daeva" proporciona alguns prazeres.

Ele repetiu as palavras do pai dela em um ntaran perfeito, com apenas um traço de sotaque, e Hatset se esforçou para não fazer uma careta.

— Peço desculpas pela falta de educação do meu pai. Ele não está contente em se despedir da única filha, mas o que disse sobre o seu filho foi cruel e injusto.

Uma emoção que ela não conseguiu ler cruzou o olhar cinzento do rei.

— Foi calculado, concedo isso a ele. Posso dar muitas coisas a Muntadhir, mas uma infância sem preocupações ao sol não é uma delas. — Ghassan fitou-a. — Eu não poderia dar a filho algum tal bênção.

Era um aviso, e Hatset aceitou-o sem se perturbar.

— Eu imaginaria que não. No entanto, também imagino que um lar caloroso poderia ser criado em qualquer lugar, contanto que as pessoas nele estivessem dispostas.

— Talvez, lady Hatset. — Ele ainda falava em ntaran, e Hatset sentiu-se mais à vontade. Ela era fluente em djinnistani, mas essa era a língua dos negócios: para comércio, governo e conversas com estranhos. Ntaran era para casa, como certamente o rei sabia. Mas Hatset estava há tempo suficiente na política para conseguir aproveitar um gesto dessa natureza sem esquecer que havia uma razão por trás dele.

Ghassan gesticulou na direção de um grande lance de escadas que fazia uma curva até perder-se de vista, sombreado por uma treliça cheia de flores amarelas.

— Na verdade, eu esperava falar com você sobre outro assunto... sem o seu pai, se me permitir. Gostaria de caminhar um pouco?

Ela se sentia cautelosa — e intrigada. Para dizer a verdade, havia poucas razões para eles conversarem antes do casamento — equipes inteiras de diplomatas, conselheiros políticos, secretários do tesouro, advogados e clérigos de ambas as tribos já tinham decidido cada detalhe do matrimônio, da cerimônia ao contrato que uniria suas tribos. O que o rei poderia querer saber que preferiria manter só entre os dois?

— É claro — disse Hatset com educação, mantendo seu tom agradavelmente despreocupado.

Eles seguiram em direção à escada. O rei anuiu para um guarda, mas o homem não os seguiu e, momentos mais tarde, eles estavam sozinhos. Hatset admirou o palácio enquanto caminhavam. O castelo da sua família tinha sido construído sobre ruínas humanas séculos antes, mas Daevabad já era antiga quando Shefala foi povoada, e tudo no palácio parecia cantar sobre seu passado mágico. Ela sentia como se pudesse fechar os olhos e ouvir os sussurros dos lendários Nahid enquanto passavam por resquícios de pinturas nas paredes e seguiam os passos dos primeiros Qahtani — sem mencionar os próprios ancestrais dela — que caminharam por aqueles corredores e refizeram o mundo.

A vista além da escada também não desapontava. Dos muros do palácio, Hatset podia ver Daevabad estendida abaixo, a cidade deslumbrante em miniatura. As fronteiras tribais se expandiam pela cidade como uma teia, prendendo em uma armadilha a vida de dezenas de milhares de pessoas.

— É de tirar o fôlego — disse ela.

— É mesmo — concordou Ghassan. — Tento ver esta vista pelo menos uma vez no dia. Embora, quando você se dá conta de que tem *responsabilidade* por tudo isso, a maneira como ela tira o seu fôlego é menos agradável.

Ela o olhou de relance. Ghassan não era o que se consideraria um homem bonito, embora Hatset suspeitasse que décadas antes uma de suas piscadelas teria feito as mulheres da nobreza enrubescerem. Em vez disso, tinha robustez, um quê de charme clássico. Seu perfil era forte, e as mãos, pesadas com anéis ornados de joias, ainda calejadas, lembranças das décadas como soldado. Então ele voltou a falar:

— Ouvi muitas histórias de sua Shefala. Um arquiteto me trouxe desenhos, e provavelmente irritei incontáveis viajantes ayaanle nos últimos meses perturbando-os em busca de qualquer coisa que pudessem me contar sobre sua cidade ou pessoa.

Hatset não julgaria a bisbilhotice dele — ela fizera o mesmo.

— E ficou sabendo de algo interessante?

— Muito. Mas é difícil fazer sentido do que descobri. Pois tudo que fico sabendo pinta o quadro de uma nobre inteligente e equilibrada com um futuro promissor em uma terra estável e idílica. — Ghassan acenou para a cidade abaixo deles. — Talvez sejamos bonitos, mas, apesar de meus esforços, *idílica* e *estável* não são palavras que eu usaria para descrever a minha Daevabad. Então suponho, lady Hatset... — Ele se virou para encará-la. — Estou me perguntando por que você está aqui.

Hatset recostou-se na mureta.

— Talvez eu tenha sido conquistada pelas histórias que busquei a *seu* respeito.

Ghassan riu com prazer.

— Um viúvo velho com um filho, uma cidade dividida e uma vida política que jamais lhe dará um segundo de paz... É com isso que as jovens sonham hoje em dia?

— Dificilmente você poderia me chamar de jovem, e sem dúvida sabe que tive maridos antes de você. — *Maridos* não seria a melhor palavra. *Consortes* talvez funcionasse melhor, homens com os quais ela havia trocado juramentos simples sob a compreensão de que eles seriam temporários e discretos. Muitas mulheres na sua posição faziam o mesmo. Um marido de verdade, um marido com as conexões políticas corretas e com o qual se poderia passar um século de vida, era uma escolha que djinn nenhuma apressaria. Companhia e desejo podiam ser passageiros e, embora ela tivesse gostado dos homens aos quais estivera ligada, todas as suas separações foram amigáveis.

— Eu sei. — Ele contemplou, pensativo. — Embora isso ainda não explique por que você aceitaria a minha proposta. Achei que talvez estivesse sendo pressionada por sua tribo ou por seu pai, mas posso ver que não é o caso. Ele parece disposto a sequestrá-la e levá-la de volta para casa, e você não me passa a impressão de ser uma mulher que seria pressionada a fazer coisa alguma. Então, por quê?

Hatset o encarou. Das centenas de cenários para os quais havia se preparado — um enteado hostil, a interferência de um político, seu pai *realmente* a sequestrando e a levando de volta para casa —, ser questionada de maneira tão direta pelo rei em pessoa quanto à razão por que havia escolhido esse caminho não era uma delas. Por que ele faria isso? Era um homem poderoso e confiante, e na experiência de Hatset, grande parte dos homens assim presumia que qualquer mulher teria sorte em tê-los. Por que o rei dos djinns questionaria o desejo dela de ser rainha?

Era o que todas as mulheres queriam, não era?

No entanto, ele tinha feito a pergunta, e por isso... Hatset se viu querendo responder com algo menos banal. Ela estava gostando mais do que deveria do jeito inteligente com que Ghassan empregava as palavras — pois pôde perceber mesmo no ancoradouro que aquele era um homem capaz de moldar a verdade tão magistralmente a ponto de fazer o próprio céu duvidar do seu matiz.

E era exatamente isso, não era? Hatset *gostava* de ser obrigada a ficar atenta a essa conversa. Ghassan não era como os consortes dela, plácidos e ansiosos por agradar de tal modo que nunca conseguia ter uma conversa genuína com eles, a quem jamais podia confidenciar algo. Seus dias em Shefala teriam passado como sempre, lidando com conflitos familiares e negociando com os mesmos mercadores e nobres com que seu pai, sua avó e seus bisavós tinham negociado. Era um trabalho duro — um trabalho que valia a pena — certificar-se de que as coisas andavam bem no mercado e que o seu povo estaria bem alimentado se a monção chegasse tarde, mas Shefala era um povoado.

Daevabad era *Daevabad*. Não havia outra cidade como ela no mundo. Hatset poderia tomar decisões ali que mudariam a vida de dezenas de milhares, não apenas na cidade em si, mas por toda a parte. Decisões que cimentariam o poder e a segurança do povo *dela*, como alçar um djinn ayaanle ao posto de grão-vizir. Decisões que eram corretas, como lutar para restaurar as proteções para os shafits que foram o motivo para os ancestrais deles tomarem a cidade em primeiro lugar.

— Ambição — disse ela finalmente.

A surpresa no rosto dele agradou-a.

— Ambição? — repetiu Ghassan.

— Exato. Suas histórias são precisas, meu rei. Ta Ntry é uma terra idílica, e imagino que eu seria feliz se a governasse. Jamais contemplei outro caminho. Mas então o conselho de mercadores trouxe a sua proposta para mim, e foi só no que pensei por uma semana. Eu amo Shefala, mas ela não é... isto — falou, anuindo para a vasta cidade que se estendia diante deles. — Ela não é o coração do nosso mundo, com todo o entusiasmo e terror que isso sugere. Terei oportunidades aqui para fazer a diferença, para conhecer pessoas e experimentar coisas que não poderia nem imaginar de onde vim. Pareceu-me uma aventura, um desafio, que eu não poderia deixar passar.

Ghassan pareceu considerar o que ela havia dito.

— E talvez uma chance para fortalecer o poder ayaanle também?

Hatset sorriu docemente.

— A oferta foi *sua* ideia. Você deveria fazer ideia de como a receberíamos.

Ele devolveu o sorriso franco dela.

— Gosto de você. Disse ao meu qaid que havia rumores de que você tinha uma língua inteligente, e ele me disse que seria uma bênção ter uma esposa que não tivesse medo de chamar minha atenção quando eu me equivocasse. Estou contente que escolheu vir aqui apesar da determinação do seu pai de ser uma pedra em meu caminho.

— E ele será uma pedra considerável. Mas sim... — acrescentou ela cautelosamente. — Também estou contente de estar aqui.

Ghassan fez uma pausa e, quando voltou a falar, o flerte tinha desaparecido de sua voz.

— Há algo mais que eu gostaria que compreendesse antes de aceitar o nosso casamento. Uma questão muito mais pessoal.

— E qual seria?

— Para mim, o bem-estar de Daevabad sempre virá primeiro. Sou um rei antes de qualquer coisa. Depois disso? Sou um *pai* antes de um marido. Muntadhir é o meu emir, e isso não vai mudar. Nem mesmo se tivermos um filho. — Havia um brilho emocionado em seus olhos novamente e, quando ele falou em seguida, sua voz ficara mais suave. — Eu devo isso a Muntadhir pela vida que ele leva aqui.

Hatset conteve sua reação, sem deixar de perceber a expressão dura na boca de Ghassan. Essa era uma batalha para a qual ela havia se preparado e uma batalha que ela sabia que seria uma longa e complicada guerra — se chegasse a isso. Afinal de contas, o povo dela não dava à luz com facilidade. Ela tinha esperanças, é claro, mas no momento eram só isso.

Ela afastou da mente os olhos tristes do garoto emir no ancoradouro.

— Eu compreendo. Apenas exijo que quaisquer filhos nossos tenham a mesma proteção, riqueza e um futuro assegurado.

— Mas é claro. Eles seriam Qahtani.

Eles seriam Qahtani.

Esse parecia um destino que poderia carregar consigo tanto maldições quanto privilégios. Mas ela olhou à sua volta, e as maldições — da maneira como se apresentavam — pareciam compensadas pelas bênçãos e oportunidades. Ela se recompôs.

— Então estamos de acordo, meu rei. — O coração de Hatset acelerou, mas ela estava mesmo de acordo. Não teria deixado Ta Ntry se não tivesse certeza. O fato de Ghassan a ter procurado para aquela conversa e lhe oferecido uma saída apenas fortalecera a sua convicção.

— Estou encantado, de verdade. E se me permitir... — Ghassan estendeu a mão para o braço dela e Hatset deixou-se pegar. — Eu gostaria de mostrar-lhe uma vista melhor.

Com essas palavras, Hatset arqueou uma sobrancelha.

Ghassan segurou uma risada, sua face enrubescendo brevemente.

— Juro que estas palavras soaram mais inocentes na minha cabeça.

— Talvez o meu pai esteja certo em desconfiar de você — ela brincou, mas deixou-se recostar contra o calor dele enquanto caminhavam.

— Os aposentos reais ficam nos andares superiores do zigurate — explicou Ghassan enquanto eles subiam mais ainda. — Trata-se de uma maneira excelente de se manter em forma ou de um ato de penitência. Depende do seu dia.

Hatset espiou a faixa verde de mata abaixo que formava o coração do palácio.

— Ninguém gosta dos jardins? Eles parecem tão belos, não sabia que ficavam aqui.

— Jamais soube de um Qahtani que se sentisse confortável neles. — Ghassan deu de ombros. — Você verá que a magia do palácio pode ter vontade própria... uma vontade que nem sempre aprova os djinns. Os jardins parecem cativantes e adoráveis durante o dia, mas eu não adentraria suas profundezas à noite, mesmo com Wajed ao meu lado. E isso sem falar das histórias bobas que os criados contam sobre o seu canal ser amaldiçoado por marids.

Hatset ficou tensa. De onde ela vinha, as histórias que as pessoas contavam de marids não eram bobas: havia relatos de famílias enlutadas que acordaram e descobriram que entes queridos foram atraídos para os rios e afogados, seus corpos de olhos vítreos deixados com marcas sangrentas por toda parte. Tratava-se de raras tragédias, graças a Deus, mas aconteceram vezes suficientes para que os Ayaanle tivessem uma compreensão muito, mas *muito* diferente dos marids — para eles, eram mais do que um mito desaparecido.

Uma compreensão que mantinham para si mesmos — ninguém precisava de estrangeiros encontrando uma razão para fazer perguntas em Ta Ntry.

— Então vamos ao andar superior do zigurate — disse ela com simplicidade.

O sol enfim começara a passar pelas nuvens quando chegaram a um grande terraço. Dava a impressão de que um dia — séculos antes — poderia ter contido aposentos reais. Paredes em ruínas e arcos caídos sobressaíam-se em uma praça tomada por ervas daninhas como dedos de pedra. Ou melhor... não pedra, Hatset percebeu. Era coral, como os castelos humanos em sua terra.

— Espere um pouco — sussurrou Ghassan, a respiração quente contra o ouvido dela.

Ergueu-se uma espiral de fumaça no ar, como se uma areia negra reluzente tivesse sido jogada para dançar contra as colunas nebulosas dos raios de sol. Um cheiro de madeira queimada, o aroma da magia.

A praça rearranjou-se. Paredes de coral ergueram-se sobre um complexo elegante de prédios cercando um pavilhão com vista para a cidade. Os prédios eram instantaneamente reconhecíveis — a arquitetura de torres robustas encimadas por ameias, ao lado de uma vista maravilhosa e estonteante de arcos e pequenas abóbodas, era uma imitação perfeita das ruínas humanas de Shefala, que seus ancestrais haviam encantado e transformado em lares djinns. As ervas daninhas e folhas apodrecidas entupindo as jardineiras emboloradas desapareceram, substituídas por gramíneas verdes e delicados nenúfares do Nilo flutuando sobre bacias espelhadas. Um baobá enorme estendia-se sobre um jardim suspenso que parecia tirado do Paraíso... Se o Paraíso tivesse plantas e flores exclusivas para Ta Ntry.

Hatset estava passeando por ali antes mesmo de perceber que dera um passo. Tecidos de linho cintilante em tons de roxo e dourado enfeitavam as passagens, atrás de braseiros fumegantes de mirra. Era uma homenagem à sua terra natal, como se projetada por um artista, e fosse devido à longa jornada ou às próprias incertezas a respeito do seu caminho, Hatset sentiu os olhos se encherem de lágrimas quando voltou a mirar Ghassan.

— Você não precisava fazer isso — disse depressa.

A frase provavelmente soou rude em comparação com as palavras bem articuladas de antes, mas Ghassan pareceu mais surpreso do que qualquer coisa.

— Queria que você tivesse um lugar para chamar de seu aqui, um lugar que lembrasse a sua terra natal. — Ele hesitou e então acrescentou com a voz mais baixa: — Eu gostaria de ter feito o mesmo para minha primeira esposa. Saffiyeh parecia sempre tão perdida, e só após sua morte percebi que eram as praias de Am Gezira que ela desejava, não as joias e os perfumes de Daevabad.

Hatset sabia que Ghassan era um político talentoso, mas o arrependimento que transparecia em sua voz parecia genuíno, um espelho de sua insistência emocional de que Muntadhir seguiria como seu sucessor. E embora a devoção à primeira esposa e ao filho não fosse necessariamente um sinal promissor para as maquinações políticas que o povo *dela* esperava colocar em prática, era um bom testemunho do homem com quem ela se casaria em breve, o homem com cuja vida ela compartilharia.

Ele não precisava fazer aquilo. Hatset vinha de uma família de nobres mercadores, criada com a crença de que, embora ouro e um nome de família fossem essenciais para o poder, apenas um podia ser comprado. Ela podia julgar com um olhar veloz a riqueza exorbitante necessária para criar um lugar tão encantador e sabia igualmente bem que Daevabad e estabilidade financeira não eram sinônimos — na realidade, ela era mais rica do que o seu marido. Ghassan poderia ter preparado com facilidade uma ala do palácio com os tesouros reais acumulados que já tinha, mas pagara para fazer algo novo. Um lar projetado somente para ela.

E só o tinha mostrado *depois* de ela ter concordado. Hatset sorriu de canto para Ghassan.

— O que você teria feito se a nossa discussão tivesse me feito voltar para o barco do meu pai?

— Me ajoelhado diante do Tesouro e suplicado por perdão?

— Então o pouparei de tal humilhação. Este lugar é lindo — afirmou ela, tomando seu braço novamente. — De verdade. Isso significa mais para mim do que consigo expressar.

Ele cobriu os dedos de Hatset com os seus.

— Então valeu a pena. Espero vê-la feliz aqui, lady Hatset. Não duvido de que será pressionada pela corte e pelas famílias reais que estão na cidade desde "o tempo de Anahid" — ele disse, imitando um sotaque divasti afetado. — Mas você tem minha bênção para incorporar quaisquer tradições que lhe tragam conforto. Espero que, no devido tempo, possamos ouvir o riso das crianças aqui, e que elas sejam uma fonte de conforto para nós dois.

Eles seriam Qahtani. As palavras — o aviso? — dele soaram pela mente de Hatset novamente. Ela tentou expulsar o pensamento.

— Posso mostrar este lugar para meu pai? — perguntou em vez disso. — Acho que isso *lhe* traria um pouco de conforto.

— Por favor, faça isso. Mas antes... tenho mais uma atração de Daevabad para lhe mostrar. — Ghassan lhe deu uma piscadela conspiratória. — Já conheceu um Nahid?

Um riso baixo recebeu-os enquanto andavam pelas curvas dos caminhos sinuosos do jardim que levavam à enfermaria. Ele ecoava o calor crescente no peito de Hatset; Ghassan passara a caminhada tortuosa fazendo-a rir, tão agressivamente carinhoso em seus elogios e histórias autodepreciativas de infância que ela havia zombado dele. O céu estava agora completamente azul, a luz do sol iluminando o caminho folhoso e dando uma aparência inofensiva à beleza do jardim do harém. Claro, os macacos que se balançavam nos galhos exibiam presas e garras afiadas como joias e, sim, uma raiz tentara agarrar um dos tornozelos de Ghassan, da qual ele habilmente escapara, mas Hatset era uma djinn. Era preciso mais para assustá-la.

No momento em que passavam por um laranjal enorme, o riso ficou mais alto, acompanhado por uma conversa que soava como uma variante de árabe para o ouvido limitado de Hatset; ela jamais dominara a língua sagrada humana mais do que o necessário para rezar. Talvez uma dupla de jardineiros shafits estivesse por perto... Porém, o tom claramente namorador da conversa — um tom que *dispensava* tradução — não sugeria que muito trabalho estivesse sendo feito. Hatset estava prestes a sugerir, com delicadeza, que Ghassan tomasse outro caminho quando eles chegaram a uma clareira ensolarada repleta de flores e que parecia conter todas as cores na criação. Arbustos de roseiras prateadas e rosa-claras elevavam-se em colunas mais altas que a sua cabeça e flores-de-cone cor de açafrão cresciam em tufos bem cuidados ao lado de lírios roxos, narcisos amarelos e papoulas vermelhas cintilantes.

A clareira não estava vazia. Mas o homem que Hatset viu primeiro, sentado confortavelmente com um bloco de notas sobre o colo, não era o jardineiro falando árabe que ela havia esperado. O corte de suas calças e os olhos negros que se arregalaram em um rosto pálido eram *daeva*. Ele se colocou prontamente de pé quando os viu, largando o bloco para cobrir o rosto com um véu de seda branco que estava pendurado em uma orelha.

Hatset piscou, surpresa. O véu branco... Certamente não poderia ser. Ela olhou de relance para sua colega de conversa risonha. Essa mulher com certeza *era* uma shafit, suas orelhas arredondadas e pele cor de terra opaca sendo óbvios sinais de sua herança humana. Estava sentada serenamente no chão, com uma cesta de ervas e folhas verdes nos braços. A jovem estava sorrindo largamente quando eles adentraram a clareira, mas a expressão morreu em seus lábios ao ver o casal real.

— Baga Rustam. — Ghassan parecia surpreso. — Fazendo um intervalo?

— Meu rei. — O Baga Nahid prontamente colocou-se entre Ghassan e a mulher shafit. — Perdoe-me, não ouvi o senhor se aproximando.

— Não há razão nenhuma para desculpar-se — respondeu Ghassan, magnânimo. Ele se curvou para pegar o bloco de notas que Rustam deixara cair. — Que belo desenho — observou, mal reparando na mulher meio escondida atrás do Baga Nahid. — Fico satisfeito em vê-lo aproveitando a vida em um dia tão bonito em vez de esconder-se nos seus aposentos.

Ele deu em Rustam o que pareceu um tapinha amigável no ombro, e Hatset não deixou de reparar em como o homem daeva se encolheu.

— S-sim — respondeu Rustam com a voz trêmula.

— Venha conhecer a sua próxima rainha. — Ghassan chamou-o em sua direção, e Hatset sorriu, tentando deixar o Nahid nervoso à vontade. Ela ouvira falar que os curandeiros eram peculiares. — Lady Hatset, este é Baga Rustam e-Nahid.

O olhar de Rustam não se desviou dos próprios pés.

— Que os fogos queimem forte para a senhora.

Hatset lançou um olhar questionador para Ghassan, que meramente deu de ombros.

— Ele é assim mesmo — disse o rei em ntaran.

— É um prazer conhecê-lo, Baga Rustam — respondeu ela gentilmente. — Espero que não tenhamos interrompido você e a sua... — Hatset ergueu o olhar, mas a mulher shafit havia desaparecido. — Companheira.

Os olhos de Rustam a miraram diretamente, tão escuros e fixos que Hatset quase deu um passo para trás.

— Ela não é minha companheira.

— Certo — respondeu Ghassan despreocupado, claramente acostumado com as excentricidades do Baga Nahid. Ele cutucou o ombro do outro homem. — Você tem um bisturi?

A expressão de Rustam estremeceu.

— Não — disse ele, a voz ficando rouca.

Ghassan sacou a khanjar da cintura.

— Então use isso. Mostre a ela o que pode fazer. — Ghassan abriu um largo sorriso para Hatset. — Só espere. Você nunca viu nada parecido.

Hatset olhou fixamente para a dupla, pasma e sem jeito. Os dedos de Rustam tinham se fechado em torno do cabo da adaga. Ele mirou a arma por um longo momento e então, com um único golpe, fez um corte no próprio punho.

Hatset deu um grito, dando um passo em sua direção no mesmo instante para ajudá-lo. Sangue negro jorrou do corte, pingando pelos dedos de Rustam e sobre as flores. Porém, enquanto Hatset procurava por algo para estancar o ferimento, percebeu que ele já estava se curando. Enquanto observava, a pele do daeva se fechava rapidamente, juntando-se sem uma cicatriz em segundos.

— Não é incrível? — perguntou Ghassan.

— O que está acontecendo aqui? — exigiu uma voz feminina atrás deles.

Sem palavras diante do que acabara de ver, Hatset sobressaltou-se quando outra mulher adentrou a clareira a passos largos. Ela era daeva, provavelmente da idade de Hatset, mas bem menor, com fios grisalhos prematuros no cabelo crespo e linhas cansadas em torno de seus olhos de águia. Suas roupas amassadas estavam manchadas de cinzas e sangue.

Não deveria haver nada de intimidador a respeito da mulher daeva desarrumada. No entanto, quando ela colocou os olhos em Baga Rustam, ainda segurando a khanjar ensanguentada, o próprio ar do jardim parou, como a calma inquietante antes de uma tempestade tropical.

— Banu Manizheh — cumprimentou Ghassan, sua voz assumindo um tom mais frio. — Como é incrível a sua pontualidade quando você deseja que seja.

Manizheh ignorou a resposta sarcástica do rei, olhando apenas para o irmão.

— Rustam, a febre de Sayyida Kuslovi ainda não está respondendo ao tratamento. Preciso que você prepare um tônico mais forte.

O olhar de Rustam voou em direção a Ghassan, e o rei acenou.

— Vá.

O Baga Nahid partira tão rápido que poderia ter sumido de vista em um piscar de olhos. O olhar avaliador da sua irmã voltou-se para Hatset, e ela forçou-se a sustentá-lo.

Então esta é a lendária Banu Manizheh. A Banu Nahida de que Hatset tinha ouvido tantas histórias a respeito, tantos avisos. Advertências que tinham sido fáceis de considerar como fofoca ou tentativa de amedrontá-la quando Hatset não estava diante de uma mulher que irradiava poder como ninguém que já tivesse encontrado na vida. Ela vira tubarões mortos com mais emoção nos olhos do que o olhar de Manizheh transmitia no momento.

Mas Hatset era uma diplomata.

— Que a paz esteja convosco, Banu Nahida — cumprimentou ela educadamente. — É uma hon...

A outra mulher a interrompeu:

— Você sofre de alguma doença?

Hatset ficou surpresa com a pergunta abrupta.

— Não?

— Bom. Se estiver doente ou em trabalho de parto, por favor, venha até mim imediatamente. Jamais correria o risco de você morrer e eu ser culpada. Outra vez. — Manizheh olhou com desprezo para Ghassan enquanto a ira tomava o rosto do rei. — Recebi o seu convite para o... evento de hoje à noite.

— Meu jantar de noivado — ele corrigiu. — Um banquete para dar as boas-vindas à sua futura rainha.

— Certo — desdenhou Manizheh. — Não vou comparecer. Meu irmão e eu temos pacientes. — Sem mais palavras, ela deu as costas e partiu.

A boca de Hatset estava seca. Bem, lá se iam quaisquer rumores que ela ouvira em relação a um caso entre aqueles dois. Ou ciúmes. Ou a Banu Nahida ter *qualquer* interesse romântico em Ghassan. Ela já vira o amor azedar. Não se tratava disso. O vinho podia tornar-se vinagre, claro.

Isso era ácido. Era ódio, puro e sem adulterações. E levando em consideração o que diabos Ghassan estivesse fazendo para levar Rustam a se machucar, Hatset não tinha certeza se podia culpar Manizheh.

— Meus estimados Nahid — disse Ghassan acidamente para ninguém em particular. — Não se assuste. Se precisar dos serviços deles, asseguro-lhe que seus modos com os pacientes melhoraram muito. O nascimento de Muntadhir foi bastante difícil e ambos os Nahid foram totalmente profissionais. Ficaram ao lado de Saffiyeh o tempo inteiro.

Hatset tentou imaginar ter aquela víbora de mulher ao seu lado enquanto dava à luz e rapidamente decidiu que isso não aconteceria. Se ela ficasse grávida, escreveria para Shefala e pediria uma parteira de sua terra natal.

Exceto, é claro, que o perigo para seus filhos não terminaria com seu nascimento. Isso seria apenas o começo. Hatset lembrou-se subitamente de algo que seu pai tinha dito lá em Ta Ntry quando estava começando a reconsiderar a proposta de Ghassan:

Filha, não se intrometa em uma guerra que não é sua. Você não compreende o tipo de violência que Daevabad testemunhou. Não compreende a inimizade que existe entre os Qahtani e os Nahid.

E o que Ghassan tinha prometido, o que ele tinha avisado? Seus filhos seriam Qahtani. E Hatset já tinha dito sim.

MUNTADHIR

Esta cena ocorre em torno de sete anos antes dos eventos em A Cidade de Bronze e contém spoilers apenas para este livro.

— Dhiru. — Uma mão sacudiu o seu ombro. — Dhiru.

Muntadhir al Qahtani resmungou, enterrando o rosto no travesseiro.

— Vá embora, Zaynab.

O corpo pequeno da irmã caiu ao seu lado, sacudindo a cama e fazendo sua cabeça latejar de dor outra vez.

— Você está com uma aparência terrível — disse ela alegremente, afastando o cabelo grudado ao rosto dele. — Por que está todo suado? — Ela deixou escapar um suspiro escandalizado... e um tanto animado. — Você andou *bebendo*?

Muntadhir pressionou o travesseiro de seda contra os ouvidos.

— Ukhti, é cedo demais para isso. Por que você está no meu quarto?

— Não é tão cedo — falou ela, ignorando a questão mais importante. Na mente dele, pelo menos. Zaynab começou a fazer cócegas no irmão e riu quando Muntadhir tentou se afastar de suas mãos. Abruptamente, os dedos da garota paralisaram, fechando-se sobre algo próximo à cabeça dele.

— Isto é um brinco? Dhiru, por que você tem o brinco de uma mulher em sua cama? — A empolgação tomou a voz dela. — *Ah*, pertence àquela cantora nova de Babili?

Em um momento de pânico súbito, Muntadhir estendeu a mão para verificar o outro lado do colchão. O alívio perpassou o seu corpo quando o encontrou vazio. Quem deixara o brinco não estava mais lá, graças a Deus. Aí estava uma situação que ele *não* precisava que sua irmã fofoqueira de treze anos visse.

Ele rolou para o lado, semicerrando os olhos no escuro; todos os criados de Muntadhir sabiam que deviam baixar as venezianas antes que o emir acordasse de uma de suas "noitadas", de maneira que a figura de Zaynab foi se formando à sua frente em partes indistintas: os olhos cinza-dourados e o rosto marrom pequeno, o sorriso travesso... e o sofisticado jhumka de ouro e esmeralda pendurado nos dedos.

— Me dê isso. — Muntadhir arrancou o brinco dela enquanto Zaynab soltava mais uma risadinha. — Você poderia ao menos se fazer útil e pegar água para mim?

Ainda com um largo sorriso, Zaynab saiu da cama e serviu o conteúdo da jarra de vidro azul dele em uma taça de jade branco, fazendo uma careta enquanto o examinava.

— Por que isto tem um cheiro esquisito?
— É um remédio para a cabeça.

Ela voltou e estendeu a xícara para ele.

— Você não deveria beber vinho, akhi. É proibido.
— Muitas coisas são proibidas, passarinha.

Muntadhir secou a taça. Não estava dando o melhor exemplo para a irmã, mas ao menos na noite passada tinha bebido — tecnicamente — a serviço do reino.

Zaynab revirou os olhos.

— Você sabe que eu odeio quando me chama assim. Não sou mais criança.

— Sim, mas ainda adeja por toda parte, ouvindo e vendo coisas que não são da sua conta. — Muntadhir deu um tapinha no topo da cabeça dela. — Uma passarinha crescida — brincou. — Do jeito que estão ficando grandes, você e Ali vão me passar.

Ela deitou na cama.

— Eu tentei vê-lo — reclamou Zaynab, soando triste. — Wajed trouxe os cadetes da Guarda Real para treinar. Fui à arena, mas abba me fez ir embora. Ele disse que era "inapropriado" — acrescentou ela, gesticulando desdenhosamente.

Muntadhir entendia o pai.

— Você está crescendo, Zaynab — falou com carinho. — Não deveria ficar perto de todos esses homens.

Zaynab fitou-o nos olhos.

— Você cheira a vinho e tem o brinco de uma mulher qualquer na sua cama. Por que pode fazer o que quer e não posso nem deixar o harém mais? Se estivéssemos lá em Am Gezira, eu poderia sair na rua. Nossas primas saem toda hora!

— Mas não estamos em Am Gezira, e nossas primas não são princesas — explicou Muntadhir. Ele não discordava inteiramente de Zaynab, mas no momento não se sentia disposto para debater as tradições arcaicas de Daevabad com a irmã. — As coisas são diferentes aqui. As pessoas vão falar.

— Então deixe que falem! — Zaynab cerrou as mãos, os punhos amarrotando o cobertor bordado debaixo dela. — Não é justo! Estou *entediada*. Não posso nem sequer ir mais ao parque do mercado no Quarteirão Ayaanle. Era o meu lugar favorito. Amma me levava lá todas as sextas-feiras para ver os bichos. — O lábio inferior dela tremeu, fazendo-a parecer mais jovem do que os seus treze anos. — Ali também.

Muntadhir suspirou.

— Eu sei, Ukhti. Sinto muito... — Zaynab desviou o olhar, o rosto entristecido, e Muntadhir sentiu um aperto no coração. — Vou levar você, está bem? — sugeriu. — Ninguém vai me parar. Nós vamos pela Cidadela e levamos Alizayd junto também.

O rosto de Zaynab alegrou-se imediatamente.

— Mesmo?

Ele anuiu.

— Vou insistir que preciso de uma zulfiqar particularmente pequena para nos manter seguros. Desde que *você* prometa que vai lidar com a tagarelice de Ali. É provável que ele vá nos sujeitar a uma tarde inteira de histórias sobre o parque ou onde eles encontraram os animais ou Deus sabe lá o que mais.

— Combinado. — Ela abriu outro sorriso largo que iluminou todo o seu rosto. — Você é um bom irmão, Dhiru.

— Eu tento. — Ele anuiu em direção à porta. — Agora, posso voltar a dormir?

— Não pode. Abba quer vê-lo.

O humor de Muntadhir piorou imediatamente.

— Para quê?

— Eu não perguntei. Ele parecia incomodado. — Ela inclinou a cabeça. — Acho melhor você se apressar.

— Entendi. Obrigado por me avisar tão rápido. — Zaynab só riu do sarcasmo, e ele a mandou embora com um suspiro. — Vá, sua encrenqueira. Deixe-me colocar minhas roupas.

Zaynab partiu, e Muntadhir rolou da cama praguejando baixo. Ele esperava ver o pai apenas à noite: se soubesse que seria chamado tão cedo, jamais teria bebido tanto na anterior.

Jogou um pouco de água de rosas no rosto, então enxaguou a boca e passou as mãos pelo cabelo e pela barba, tentando suavizar seu desalinho. Trocou o pijama amassado que cobria a cintura por um dishdasha novo adornado com diamantes azuis, depois pegou o chapéu e saiu apressado, enrolando o turbante enquanto caminhava o mais rápido possível em direção à arena. Os membros pesavam; o corpo enfadado não apreciava a velocidade na qual estava sendo compelido a mover-se.

Quando enfim chegou à arena, Muntadhir subiu os degraus que levavam à plataforma da arquibancada com muito cuidado, colocando um pé depois do outro com atenção e tentando não parecer debilitado. Ghassan não gostaria de vê-lo cambaleando como um karkadann recém-nascido.

O pavilhão com vista para a arena do palácio era bem sombreado, com cortinas de seda preta e dourada brilhantemente decoradas e samambaias densas que se elevavam de vasos para proteger a realeza de Daevabad e seus cortesãos privilegiados do calor implacável do meio-dia. Meia dúzia de criados abanavam folhas de palma que reluziam úmidas, mergulhando-as em uma fonte de gelo encantado antes de agitá-las no espaço escurecido.

Muntadhir respirou fundo diante da entrada em arco cerrada por uma cortina, inalando a fragrância enfumaçada de incenso e tentando acalmar o pulso. Sentia um forte gosto amargo na boca, o vinho da noite anterior não assimilado por inteiro. Não que isso importasse. Ele poderia aparecer impecável, e Ghassan veria através da fachada — sempre via. O pai tinha um olhar capaz de abrir um homem ao meio e dissecá-lo enquanto ele se contorcia. Um olhar especialmente eficiente com seu filho mais velho.

Pelo menos, naquele dia, Muntadhir seria capaz de responder com alguma informação útil. Criando coragem, ele atravessou a cortina fina.

E fez uma careta. A luz entrava em raios mosqueados através do cortinado. A conversa dos homens no pavilhão, o choque e o chiado das zulfiqars abaixo e a música delicada de dois alaúdes competiam para fazer sua cabeça latejar de uma maneira estonteante. À frente, avistou o pai sentado sobre uma almofada brocada, sua atenção concentrada na arena abaixo.

Muntadhir avançou em sua direção, mas não havia chegado à metade do caminho quando um jovem daeva abruptamente colocou-se à sua frente. O príncipe deu um salto para trás, surpreso, mal conseguindo manter o equilíbrio.

— Emir Muntadhir! Que a paz esteja convosco! Espero que a sua manhã esteja sendo extraordinária!

O homem trajava as vestes de um sacerdote... ou talvez de um sacerdote em treinamento, Muntadhir não tinha a menor vontade de decifrar as peculiaridades da fé daeva no momento. Uma jaqueta carmesim curta ia até os joelhos do sujeito, por baixo da qual ele vestia calças com listras azuis-celestes e amarelo-fogo. Um chapéu da mesma cor encimava seu cabelo ondulado.

O efeito era brilhante. Muito brilhante. Brilhante demais para aquela manhã em particular, embora houvesse algo nos olhos negros com longos cílios, em seu jeito extremamente animado e no sotaque divasti rural que dizia algo à memória de Muntadhir.

As peças se juntaram aos poucos na sua cabeça enevoada.

— Que a paz esteja convosco — ele respondeu com cautela. — Pramukh, não? Filho de Kaveh?

O outro homem anuiu, com um sorriso largo. Na verdade, estava se balançando, empolgado, para a frente e para trás sobre os calcanhares, e, de súbito, Muntadhir se perguntou se não era só ele quem tinha bebido demais.

— Jamshid! Isto é... quer dizer, esse é o meu nome — respondeu o outro, atrapalhando-se com as palavras djinnistani. Ele corou e, mesmo em seu estado preocupante, Muntadhir não deixou de observar que era bastante encantador. — Mal consigo expressar como estou encantado em juntar-me ao seu serviço, emir. — Ele uniu os dedos em uma bênção daeva, depois acrescentou uma rápida saudação geziri para agradá-lo. — O senhor não encontrará ninguém mais leal do que eu!

Juntar-se ao meu serviço? Muntadhir encarou Jamshid, completamente confuso por alguns instantes antes de seu olhar desviar-se para o pai. Ghassan não estava olhando para ele — na cabeça de Muntadhir, uma confirmação de que acabara de tornar-se uma peça em algum esquema novo.

Ele voltou a atenção ao sacerdote de olhos brilhantes que continuava a se balançar. Os cílios dele eram estranhamente longos, o efeito cativante.

Muntadhir limpou a garganta, encerrando o pensamento. Não havia a menor possibilidade de que aquele homem se juntasse ao seu serviço. Ele abriu um sorriso falso, inclinando a cabeça para indicar que Jamshid saísse de seu caminho.

— Por favor...

— É claro! — Jamshid deu um salto para trás. — Devo esperá-lo do lado de fora?

— Faça isso. — Muntadhir passou por ele habilmente, sem olhar para trás.

Ghassan não ergueu o olhar quando o filho se aproximou. Seu olhar admirador estava focado na arena abaixo.

— Olhe como ele luta — disse o pai à guisa de cumprimento. Reconhecimento e admiração orgulhosa, dois sentimentos que raramente dirigia a Muntadhir, soavam claros em sua voz. — Nunca vi alguém tão jovem manusear uma zulfiqar com tamanha habilidade.

Havia apenas uma pessoa que receberia um elogio assim de Ghassan al Qahtani, e Muntadhir olhou de relance para a arena abaixo, a apreensão crescendo no peito, e reconheceu Alizayd. Seu irmãozinho estava lutando contra um soldado que parecia ter o dobro da sua altura e três vezes o seu tamanho. Ambos os combatentes tinham lâminas em chamas, e um grupo de jovens cadetes os cercavam em um círculo largo, torcendo por seu colega da realeza.

Muntadhir franziu o cenho, dando um passo à frente quando percebeu um turvar esverdeado no coração do fogo ardente.

— Essa não é uma lâmina de treinamento.

Ghassan deu de ombros.

— Ele está pronto para avançar.

Muntadhir colocou-se de frente para o pai.

— Ele tem *onze* anos. Os cadetes da Cidadela não começam a usar lâminas de verdade até completarem quinze, se não mais. — Ele ficou tenso, encolhendo-se quando as armas se encontraram com um choque. — Ele poderia ser morto!

Ghassan fez um gesto para acalmá-lo.

— Ele não teria avançado se Wajed e seus instrutores não o achassem preparado. Também falei com Alizayd. Ele quer o desafio.

Muntadhir mordeu o lábio. Conhecia o irmão menor bem o suficiente para saber que não era o desafio que Ali desejava, e sim a chance de provar a si mesmo. Provar para os seus colegas cadetes — garotos tirados dos vilarejos pobres em Am Gezira, os mesmos que o incentivavam aos gritos agora — que o príncipe meio-ayaanle era tão bom quanto eles. Melhor. E, criança ou não, Ali tinha um foco mortal nos olhos quando devolveu o golpe do adversário, tirando vantagem do seu tamanho pequeno para esquivar-se sob o braço do homem.

Meu futuro qaid. O jovem que, não fosse um capricho do tempo e da política, poderia estar na posição privilegiada do seu irmão mais velho.

Perturbado, Muntadhir forçou-se a desviar o olhar.

— Posso sentar-me, abba? — Ghassan anuiu para uma almofada, e Muntadhir afundou-se nela. — Perdoe-me o atraso — ele continuou. — Não me dei conta de que gostaria de falar comigo tão cedo.

— É meio-dia, Muntadhir. Se você não bebesse até o amanhecer, não pareceria cedo. — Ghassan lhe lançou um olhar exasperado. — Você é jovem demais para ser tão dependente do vinho. Se isso não o colocar em um túmulo cedo demais, o fará um rei fraco.

Muntadhir não tinha dúvidas sobre qual dessas possibilidades incomodava mais o pai.

— Vou tentar moderar o meu consumo — disse diplomaticamente. — Embora a noite passada não tenha sido em vão.

Ele caiu em silêncio quando um criado se aproximou para servir-lhe uma xícara de café de uma jarra de cobre fumegante. Muntadhir agradeceu e deu um longo gole, desejando que a bebida amenizasse sua dor de cabeça.

— Por que não foi em vão? — incentivou Ghassan.

— Acho que suas suspeitas sobre al-Danaf estão corretas — respondeu, referindo-se a um dos governadores geziri do norte. — Saí com o primo dele ontem à noite, e ele estava fazendo algumas promessas bem interessantes para uma das garotas que nos acompanhavam. Diria que, ou eles aprenderam

a conjurar ouro a partir de pedras, ou estão roubando dos impostos das caravanas destinados ir ao Tesouro.
— Provas?
Muntadhir balançou a cabeça.
— Mas a esposa dele é de um clã poderoso. Imagino que não ficariam muito contentes ao saber das promessas que ele estava fazendo para outra mulher. — Deu mais um gole do café. — Achei que gostaria de saber disso.
Era o jeito como agiam: com charme, Muntadhir conseguia o que podia, e seu pai entrava no jogo quando fosse o momento de utilizar métodos diferentes... e mais violentos.
Ghassan balançou a cabeça, sua boca premida em uma linha severa.
— Aquele desgraçado. E pensar que estava considerando conceder a mão da sua irmã a ele.
Muntadhir gelou mesmo quando cuspiu a bebida quente.
— O quê?
— Seria inteligente fortalecer a nossa relação com o norte. Aliviar parte da tensão que vem se acumulando nas últimas décadas.
— Você daria a sua filha para uma serpente cinquenta anos mais velha que ela, só para aliviar essa tensão? — A voz de Muntadhir estava afiada. — Ela nem fala geziriyya. Faz ideia de como ela se sentiria solitária por lá? Como ficaria infeliz?
Ghassan fez um aceno, desconsiderando o protesto de Muntadhir do mesmo jeito que fizera quando ele se preocupara com a segurança de Ali. Era um gesto profundamente irritante.
— Foi só uma ideia. Eu não faria nada sem falar com ela. E, claramente, não tomarei nenhuma atitude nesse sentido agora.
Como se a opinião dela importasse. Muntadhir sabia que o pai se importava com ela... mas Zaynab era uma princesa, uma peça poderosa no jogo mortal que era a política de Daevabad. O futuro dela seria determinado com base no que Ghassan considerava melhor para o reino.

— E a razão por que fui chamado... tem a ver com o filho um tanto estridente de Kaveh achando que vai se juntar ao meu serviço?

— Ele *está* se juntando ao seu serviço. Ele se voluntariou para a Brigada Daeva. Vai treinar na Cidadela com o objetivo de tornar-se o seu guarda pessoal e, nesse ínterim, pode juntar-se ao seu círculo de amizades. Ao que parece, é um arqueiro bastante talentoso.

Um *arqueiro?* Muntadhir resmungou.

— Não. Por favor, não me faça aceitar um nobre do interior com aspirações a Afshin. Eu imploro.

— Não seja tão esnobe. — O olhar de Ghassan voltou à arena e Ali acertou mais um golpe. — Jamshid é um nobre daeva educado no Templo. Tenho certeza de que ele vai se dar muito bem na sua comitiva de poetas e cantores. Na verdade, quero que você se certifique disso.

Muntadhir franziu o cenho diante da seriedade na voz do pai.

— Está acontecendo algo?

— Não. — A boca de Ghassan endureceu-se. — Mas acho que seria bom se Jamshid estivesse na sua órbita. Se ele for leal, verdadeiramente leal. Não pode nos prejudicar ter um daeva confiável em uma posição tão elevada. — Ele deu de ombros. — E se esse daeva confiável estiver na casa do grão--vizir... melhor ainda.

Embora estivessem falando baixo em geziriyya, Muntadhir olhou de relance sobre o ombro do pai para os nobres que os cercavam, certificando-se de que ninguém estava ouvindo.

— Você suspeita algo de Kaveh?

— Você soa esperançoso.

Muntadhir hesitou. Ele não se sentira confortável com a escolha do pai de nomear Kaveh e-Pramukh como grão--vizir alguns anos antes, mas fora jovem demais — e temeroso demais de discordar do rei — para protestar. A decisão havia sido tomada na esteira dos assassinatos de Manizheh e Rustam pelas mãos dos ifrits quando a própria Daevabad estava à beira do caos civil. Ninguém precisava ouvir as dúvidas de um nobre Qahtani menor de idade.

Ghassan devia ter adivinhado seus pensamentos.

— Diga o que está pensando, emir.

— Não confio nele, abba.

— Por que ele é daeva?

— Não — respondeu Muntadhir, sua voz firme. — Você sabe que não sou assim. Confio em muitos daevas. Mas há alguns que você jamais vai conquistar. Posso sentir. Dá para *ver*. Por trás dos sorrisos educados, há um ressentimento nos olhos deles.

A expressão de Ghassan não se alterou.

— E você acha que Kaveh é um deles? Ele tem sido um ótimo grão-vizir.

— É claro que tem. Ele ainda não está em posição para tomar qualquer iniciativa. — Muntadhir girou o anel de prata no polegar. — Mas acho que um homem que supostamente era tão próximo de Manizheh e Rustam é um homem de quem devemos ter cuidado. Abba, às vezes Kaveh olha para mim e... é como se ele visse um inseto. Ele jamais deixa transparecer em suas ações, mas eu apostaria uma moeda que, por trás de suas paredes, está conspirando contra nós.

— Uma razão a mais para colocar alguém atrás daquelas paredes.

— E o filho é a melhor forma? Você poderia facilmente colocar um espião de verdade no lar dele.

Ghassan balançou a cabeça.

— Não quero um espião. Quero o filho dele. Quero alguém que eu possa usar, alguém que Kaveh *saiba* que posso usar, e uma pessoa por quem ele não assumiria riscos.

Muntadhir sabia do que o pai estava falando de verdade. Era uma dinâmica que ele já vira se desenrolar: os filhos de oponentes políticos levados à Cidadela, supostamente para construir carreiras honrosas, mas também para que houvesse uma lâmina pronta contra suas gargantas caso seus pais saíssem da linha. Esposas "convidadas" a servir de companhia à rainha, então detidas no harém quando a suspeita caísse sobre os maridos.

O pai queria um refém.

A lembrança do sorriso alegre de Jamshid fez a pele de Muntadhir formigar de culpa.

— Você tem a intenção de machucá-lo? — perguntou finalmente.

— Espero que não. Você tem um talento para encantar as pessoas. Há cortesãos que matariam para ser um de seus companheiros. — Os olhos de Ghassan se estreitaram. — Então abrace aquele aspirante a Afshin de olhos brilhantes e torne-o seu amigo mais próximo. Mostre ao filho de Kaveh o encanto, as riquezas, as mulheres… O paraíso que sua vida poderia ser. E certifique-se com a mais absoluta certeza de que ele saiba que a sorte dele está vinculada à sua. À *nossa*. Não deve ser difícil.

Muntadhir levou isso em consideração. Conhecendo o pai, supôs que deveria sentir-se grato por Ghassan só estar pedindo que fizesse uma amizade com Jamshid, não que o envenenasse ou o envolvesse em algum tipo de escândalo.

— É só isso? Torná-lo um de meus companheiros?

Surgiu um brilho na expressão do pai que ele não conseguiu decifrar.

— Eu não me incomodaria se você encorajasse a língua dele a discorrer sobre a vida que levou lá em Zariaspa. Sobre o que sabe da relação do pai dele com os irmãos Nahid.

Muntadhir correu um dedo sobre a borda da xícara de café. Fosse o vinho ainda se revirando em seu estômago ou as palavras do pai, ele já não queria saber de mais nada daquilo.

— Compreendido. Se isso é tudo…

O grito de Ali chamou a sua atenção. Muntadhir se virou bem a tempo de ver a zulfiqar do irmão sair voando de sua mão.

O alívio tomou seu corpo. Ele duvidava que Ali quisesse perder, mas, quanto antes o seu irmão menor parasse de brincar com aquela lâmina mortal flamejante e envenenada, melhor.

Exceto que o oponente de Ali não parou. Ele o atacou, chutando o irmão no peito. Ali espatifou-se de braços abertos na areia.

Muntadhir pôs-se de pé, indignado.

— Sente-se — falou Ghassan tranquilamente.

— Mas, abba...

— *Agora*.

Muntadhir sentou-se, a pele queimando enquanto o oponente de Ali o seguia como uma fera. Os outros cadetes estavam congelados. De repente, o irmão parecia terrivelmente jovem e pequeno: um garotinho apavorado arrastando-se para trás, os olhos cinzentos aterrorizados voando entre a massa do oponente que pairava sobre si e o lugar onde a zulfiqar caíra.

Homens morriam tentando dominar a zulfiqar. O treinamento era cruel, com a intenção de separar aqueles que conseguiam empunhar e controlar uma arma tão destrutiva daqueles que não conseguiam. Mas certamente não ali. Não o *filho* do rei, não diante dos seus olhos.

— Abba — tentou Muntadhir de novo, tensionando enquanto Ali mal se esquivava do golpe seguinte. As chamas flamejavam em torno da espada de cobre do guerreiro enquanto ele avançava. — Abba, pare com isso. Diga para ele baixar a espada! — Sua voz falhou de medo.

Ghassan nada disse.

A expressão de Ali subitamente mudou; determinação tomou conta de seus traços. Ele pegou um punhado de areia e jogou contra o rosto do oponente.

O homem deu um salto para trás, levando a mão livre aos olhos. Foi o tempo suficiente para que Ali enganchasse o pé no tornozelo do homem, tirando seu equilíbrio e o mandando para o chão. Ali sacou a khanjar no momento seguinte, enterrando-a na mão do oponente que segurava a zulfiqar. Fez isso vez após vez, e então *mais uma vez*, o movimento brutal arrancando o sangue do outro guerreiro.

O guerreiro então largou a zulfiqar.

Muntadhir deixou escapar um trêmulo suspiro de alívio. Apesar da ordem do pai, ele havia se colocado de pé, aproximando-se da beira da plataforma. Devia ter ficado visível, pois Ali lançou um olhar de relance para cima, encontrando o seu.

No espaço de tempo que seu irmãozinho levou para lançar um sorriso trêmulo, o oponente havia sacado a própria khanjar.

Ele acertou o rosto de Ali em cheio com o punho da adaga.

Ali gemeu de dor, o sangue jorrando do nariz. O grito irado de Muntadhir foi afogado pelo apito marcando o fim da luta.

Ah, alguém vai morrer. Muntadhir girou sobre os calcanhares buscando a própria lâmina. Sua khanjar era um ornamento do emir, sendo antes um símbolo de autoridade com joias que uma arma, mas Muntadhir apostava que, com força suficiente, ainda poderia enfiar uma adaga na garganta do homem que acabara de acertar o seu irmão.

Ghassan agarrou o seu punho, puxando-o para perto.

— Pare.

— Não vou parar! Você viu o que ele acabou de fazer?

— Sim. — A voz do pai era firme, mas Muntadhir não deixou de perceber o olhar que ele lançou rapidamente para Ali antes de fitar de novo o filho mais velho. — A luta não tinha sido decidida ainda. Alizayd não deveria ter perdido o foco.

Muntadhir livrou o braço.

— *Não deveria ter perdido o foco?* Os dois estavam desarmados! Um homem faz isso com seu filho e você não diz nada?

A ira tomou conta do rosto de Ghassan, mas era um tipo de ira cansada.

— Eu preferiria ver o nariz dele quebrado diante de meus olhos a ficar sabendo da sua morte em um campo de batalha distante. Ele está aprendendo, Muntadhir. Ele será o qaid.

Trata-se de uma vida violenta e perigosa, e nem você nem eu fazemos favor algum a ele ao suavizar o seu treinamento.

Muntadhir olhou para o irmão caçula. O uniforme branco de treino estava imundo agora, com marcas de queimadura e manchas de sangue e da areia suja da arena. Ali pressionou uma manga encardida contra o nariz para conter o sangramento enquanto mancava em direção à zulfiqar para recuperá-la.

A visão partiu o coração de Muntadhir.

— Então não quero que ele seja meu qaid — ele desabafou. — Libere-o da Cidadela. Deixe-o aproveitar seja lá o que tenha sobrado de sua infância e ter uma vida normal.

— Ele jamais terá uma vida normal — replicou Ghassan brandamente. — É um príncipe de duas famílias poderosas. Tais pessoas não têm vidas normais em nosso mundo. Especialmente não agora. Não desde...

Ghassan não terminou a frase. Não precisava fazê-lo. Todos sabiam do dano irreparável que acontecera em seu mundo com a morte dos últimos Nahid. Se a política em Daevabad fora mortal quando Muntadhir era criança, a estabilidade da cidade equilibrando-se no gume de uma faca, isso não era nada em comparação com o que estava em jogo agora.

Não. Ali jamais teria uma vida normal. Nenhum deles teria. Muntadhir observou, sentindo-se enjoado enquanto Ali embainhava a zulfiqar. A lâmina parecia grande demais contra o seu corpo.

— Não é somente por Alizayd que faço essas coisas — repreendeu o pai gentilmente. — Você tem bons instintos políticos, Muntadhir. É charmoso, um excelente diplomata... mas não é um embaixador, tampouco um vizir. Você é meu sucessor. Precisa endurecer o coração ou Daevabad vai esmagá-lo. E você não pode arriscar isso, meu filho. A cidade ascende e cai com seu rei. — Ghassan encontrou seu olhar e, por um momento, havia um indício de vulnerabilidade em seus olhos, um eco de preocupação, medo e do simples *afeto* que o pai demonstrara tão generosamente à família no passado. Mas logo passou. — Você compreende?

Daevabad vem primeiro. Era o mantra do seu pai. O que dizia quando eliminava brutalmente aqueles que ousavam discordar dele. Quando arruinava a vida de crianças pequenas.

Coisas que se esperava que Muntadhir fizesse um dia.

A náusea cresceu dentro dele.

— Acho... acho que devo levar Jamshid à Cidadela. — Foi a primeira desculpa em que ele pensou para ir embora.

Ghassan ergueu a mão.

— Vá em paz.

— Fique com Deus. — Muntadhir tocou o coração e o cenho, afastando-se.

Jamshid ainda estava ali, e não menos exuberante, erguendo-se em um salto como se alguém o tivesse tocado com carvão quente.

— Emir!

— Por favor, pare com isso. — Muntadhir coçou a cabeça. Não tinha a menor vontade de ir à Cidadela. Apesar da promessa feita ao pai, a única coisa que ele sentia vontade de fazer era beber para esquecer a conversa deles, assim como as lembranças do grito dolorido de Ali e dos olhos tristes de Zaynab. Mas seus companheiros de copo de sempre provavelmente ainda estariam de ressaca na cama, e Muntadhir conhecia as suas fraquezas bem o suficiente para saber que ele não estava em condições de beber sozinho.

Ele virou o olhar para Jamshid.

— O seu sacerdócio proíbe o vinho?

Jamshid pareceu perplexo.

— Não?

— Então você vem comigo.

Jamshid passeou de um canto ao outro da sacada de madeira entalhada.

— Que vista extraordinária — ele admirou. — Dá para ver toda a Daevabad daqui de cima.

Muntadhir concordou com um resmungo da sua almofada, mas não se mexeu. Não tinha vontade de olhar para baixo, para a cidade a qual deveria tiranizar um dia, mesmo ela sendo bela.

Jamshid se virou, recostando-se no parapeito.

— Algum problema, emir?

— Por que você perguntaria isso?

— Porque você parece um pouco triste. E ouvi dizer que era mais falante.

Muntadhir encarou o homem, sem acreditar no que ouvia. As pessoas não perguntavam ao emir de Daevabad se ele estava *triste*. Nem mesmo seus companheiros mais próximos falavam tão livremente. Ah, decerto notariam a sua reticência, mas jamais teriam coragem de questioná-la. Em vez disso, comporiam poemas para elogiá-lo ou contariam histórias para distraí-lo, tudo isso enquanto discretamente colocassem água em seu vinho.

Porém, Muntadhir não viu motivos para incomodar-se. Afinal de contas, a etiqueta do palácio provavelmente não era ensinada no Grande Templo daeva.

— Conte-me sobre você — pediu, ignorando a pergunta de Jamshid. — Por que quis deixar o sacerdócio? Não é mais um crente?

Jamshid balançou a cabeça.

— Ainda sou crente. Mas não achei que me trancar com textos empoeirados seria a melhor maneira de servir ao meu povo.

— E o seu pai concordou? Kaveh parece tão ortodoxo.

— Meu pai está em Zariaspa cuidando de negócios de família. — Os nós dos dedos de Jamshid branquearam enquanto ele aumentava a pressão sobre a taça de vinho. — Ele ainda não sabe.

— Você deixou o Grande Tempo e juntou-se à Guarda Real sem a permissão do seu pai? — Muntadhir estava pasmo... e um tanto intrigado. Não era *assim* que as coisas funcionavam tipicamente entre as famílias nobres e poderosas de Daevabad, e o homem à sua frente não parecia do tipo rebelde. Longe disso.

Jamshid pareceu divertir-se com a reação dele.

— Seu pai sabe tudo a seu respeito?

Havia uma centelha nos olhos escuros do outro homem que, combinada à pergunta, fez Muntadhir sentir um choque percorrendo a coluna. Ele se aprumou, lançando um olhar de relance para Jamshid. Sob circunstâncias diferentes, poderia ter se perguntado se havia uma intenção pairando por trás dessas palavras. Poderia sentir-se tentado a descobrir, com um sorriso brilhante que ele sabia ter partido um bom número de corações em Daevabad e um convite para que o outro se sentasse.

Mas pouquíssimas pessoas olhavam para Muntadhir al Qahtani com tamanha sinceridade... e menos ainda falavam com ele com o tipo de carinho genuíno que emanava de Jamshid. Um número ínfimo tinha a sutileza política que o filho de Kaveh possuía. Assim, Muntadhir teria de lidar com a situação com cuidado.

Ele limpou a garganta, tentando ignorar o sangue correndo por baixo da pele.

— Meu pai sabe de tudo — ele se viu dizendo.

Jamshid riu, um som encorpado que revirou o estômago de Muntadhir.

— Imagino que seja verdade. — Ele deixou a sacada, aproximando-se. — Deve ser difícil.

— É terrível — concordou Muntadhir, subitamente tendo dificuldade em desviar o olhar do outro homem. Ele não era de uma beleza singular, mas as sobrancelhas em asa e o bigode ligeiramente antiquado transmitiam algo agradável. Sem mencionar os olhos negros com longos cílios que não deixavam de fitar os seus. Ainda nas vestes do Templo, Jamshid parecia saído de uma das pinturas gastas do Conselho Nahid que adornavam as antigas paredes do palácio.

Jamshid sentou-se sem ser convidado e então rapidamente colocou-se de pé, parecendo constrangido.

— Perdoe-me... Posso me sentar? Sei que há uma série de protocolos.

— Sente-se — insistiu Muntadhir. — Por favor. É bom ter um descanso do protocolo.

Jamshid sorriu de novo. Parecia algo que ele fazia com facilidade. Muntadhir supôs que era assim com pessoas que cresciam sem ter de se preocupar com regras ridículas da corte e suas manobras políticas.

— Meu pai discordaria. Ele está sempre preocupado se estamos mostrando os nossos "terríveis" modos provincianos. — Jamshid fez uma careta. — Seria esperado que após uma década em Daevabad eu tivesse perdido meu sotaque.

— Eu gosto do seu sotaque — assegurou Muntadhir. Ele tomou um gole de vinho. — Por que você deixou Zariaspa?

— Meu pai queria que eu fosse educado no Grande Templo. Ou pelo menos é o que ele diz. — Jamshid bebeu da sua taça, o olhar fixo no céu. — Suponho que um novo recomeço aqui seria mais fácil.

— Como assim? — perguntou Muntadhir, sua curiosidade superando a vontade de não seguir tão imediatamente as ordens do pai.

Jamshid olhou-o de relance, aparentemente surpreso.

— Minha mãe... achei que você soubesse.

Muntadhir encolheu-se. Ele sabia, e suas palavras haviam sido despropositadas.

— Perdoe-me. Sua mãe morreu quando você era jovem, não é? Não foi minha intenção trazer o assunto à tona.

— Não me importo. Mesmo. Não falo sobre ela com mais ninguém. Meu pai se recusa a falar do assunto. — Jamshid ficou com um semblante melancólico. — Ela morreu quando nasci, e eles não eram casados. Talvez tenha sido uma criada, mas ninguém me conta mais nada sobre ela. Eles têm vergonha demais.

Muntadhir franziu o cenho.

— Por quê? Você tem o nome do seu pai. Isso importa tanto assim?

— Para os Daeva, sim. Meu povo é obcecado em rastrear as próprias raízes. — Ele bebeu o restante da sua taça. — Isso determina o que fazemos, com quem casamos... tudo. — Ele falava casualmente, mas Muntadhir não deixou de perceber a dor que cruzou seu rosto. — E metade das minhas raízes está faltando.

— Talvez isso só queira dizer que você é livre para escrever o próprio destino. Talvez seja um presente — sugeriu Muntadhir delicadamente, pensando em Ali e Zaynab.

Jamshid congelou, sua expressão séria. Quando falou outra vez, sua voz era solene.

— Eu *ouvi* dizer... que você tendia a ficar exageradamente poético quando bêbado.

Muntadhir arregalou os olhos enquanto enrubescia. Jamshid acabara de... *insultá-lo*? Ele estava chocado. Fora de sua família, ninguém ousava falar com o emir de Daevabad com tamanho desrespeito. Provavelmente temiam que o rei os executasse.

Porém, enquanto os olhos de Jamshid dançavam com a brincadeira e um riso escapava dos seus lábios, não era raiva que Muntadhir sentia. Ele não sabia o *que* sentia; havia uma leveza muito estranha girando em seu peito.

Tinha quase certeza de que *gostava* dela.

Mesmo assim, tentou demonstrar um olhar indignado.

— Seu pai está certo em se preocupar com os seus modos — disparou Muntadhir de volta. — Eu estava tentando ser legal, seu cretino!

— Então talvez seja uma bênção juntar-me ao seu serviço. — Jamshid deu uma risadinha, e Muntadhir começou a temer que a missão dada por seu pai seria bem mais difícil do que o previsto. — Não faltará tempo para você me ensinar.

JAMSHID

Isto ocorre menos de um ano após o capítulo precedente. Spoilers para o primeiro livro.

OS RUÍDOS ALÉM DA PORTA FECHADA ERAM UM TANTO ridículos.

Jamshid e-Pramukh trocou o peso de um pé para o outro, cada vez mais apreensivo enquanto olhava distraidamente a parede de armas cerimoniais exibidas pelo longo corredor de mármore no qual fazia guarda. Era uma coleção de dar medo. Uma lança tão grande que poderia ter sido produzida somente por um gigante e um bastão cravejado de dentes de zahhak. Escudos cheios de dentes, espadas e, ah... um machado com as serrilhas ainda incrustadas de sangue e cartilagens.

Talvez não fosse uma decoração surpreendente, considerando a reputação do formidável general da fronteira tukharistani atualmente residindo entre aquelas paredes. O general que, segundo os rumores, estava reunindo soldados e dinheiro com a intenção de proteger o seu pequeno reino. O general que supostamente fizera uma taça dourada com o crânio de um inimigo e fervera vivo um ifrit capturado. O general que havia cumprimentado o emir de

Daevabad gabando-se sobre como seus ancestrais haviam bebido sangue geziri.

O general que estava agora enfurnado no próprio quarto com Muntadhir e o que pareciam ser pelo menos outras quatro pessoas, incluindo a mulher que Jamshid estava bastante certo de ser a esposa dele e uma cantora extremamente desafinada.

Por trás da porta fechada, Muntadhir riu de leve, um som provocador que revirou o estômago de Jamshid. Ele não conseguia distinguir as palavras do seu emir, mas seu tom brincalhão não soava amedrontado ou intimidado. Claro, Muntadhir jamais soava amedrontado ou intimidado. Em vez disso, o emir de Daevabad parecia flutuar pela vida, maravilhosamente confiante e entretido, sem se preocupar com conceitos como segurança básica. Por que deveria? Muntadhir tinha outras pessoas que se preocupavam por ele com essas coisas.

Pessoas como Jamshid, que se viu apertando com firmeza sua adaga quando o general deu uma risada rouca. A pequena lâmina era a única arma que pudera carregar; Muntadhir mencionou que eles não iriam querer parecer rudes ou desconfiados. Não, por Deus. Muito melhor que o seu emir fosse assassinado e então Jamshid e o restante dos Daeva, condenados por deixar que isso acontecesse.

Talvez você devesse ter pensado nisso antes de abandonar o Templo e juntar-se à Guarda Real. A bem da verdade, quando Jamshid apresentou-se a Ghassan, achara que iria juntar-se à Brigada Daeva como um arqueiro, protegendo com orgulho o quarteirão da sua tribo — e não proteger pessoalmente o filho mais velho de Ghassan e passar por um curso intensivo do tipo de política extremamente específica de Muntadhir.

A porta abriu-se com um estrondo. Jamshid observou atento enquanto risadas bêbadas e a luz de velas calorosas tomavam o corredor. Por um momento, entrou em pânico — mas então Muntadhir al Qahtani estava parado ali, enquadrado no vão da porta. Apesar dos ruídos e da atividade implícita que Jamshid estivera escutando, Muntadhir parecia intocado e surpreendentemente sóbrio. A seda azul-prateada do tecido que cobria a parte inferior do corpo ainda estava bem passada, e os botões de pedra-da-lua que corriam por sua túnica até o pescoço, coloridos e cortados no estilo mais moderno, ainda fechados. O turbante prateado, encimado por uma safira e um ornamento de cornalina, talvez estivesse ligeiramente inclinado, mas isso só lhe dava um ar mais despreocupado.

Como se ele precisasse ser mais despreocupado, pensou Jamshid, contente que o enrubescer que sentiu tomar a face fosse difícil de notar no corredor escuro.

O olhar cinzento de Muntadhir pousou sobre Jamshid, e então ele sorriu. Muntadhir tinha um sorriso lento, arrastado, que iluminava o rosto inteiro — um sorriso que mexia com os nervos de Jamshid de um jeito que ele suspeitava não ser profissionalmente útil. Os olhos de Muntadhir reluziram quando ele se inclinou para sussurrar no ouvido de Jamshid. Parecia encantado e alegremente satisfeito, como se tivesse aberto a porta só para pedir mais vinho ou talvez chamar outro participante, e sua respiração era quente contra o pescoço de Jamshid.

— Precisamos cair fora daqui — falou Muntadhir em divasti, seu tom ainda leve e casual como se nada estivesse errado. — Agora.

Jamshid recuou, os olhos disparando sobre o ombro de Muntadhir. Um olhar de relance foi o suficiente para fazê-lo enrubescer de vez. A festa parecia estar no auge, o general e seus acompanhantes completamente alheios à ida de Muntadhir até a porta — ou talvez só mais concentrados na dança bastante acrobática sendo apresentada.

Agindo por instinto, Jamshid puxou Muntadhir para fora em silêncio e fechou a porta com cuidado. Mantendo uma mão em suas costas, como se fossem homens juntos casualmente, em busca de mais refrescos, com cautela, levou Muntadhir pelo corredor.

— A porta fica por aqui — sussurrou.

Muntadhir parou.

— Não podemos ir pela porta principal. Confie em mim.

— Tudo bem. — Jamshid engoliu em seco. — Estamos em uma área um pouco alta, mas havia uma janela na outra direção.

— Perfeito. — Muntadhir já se virara. Jamshid correu para alcançá-lo, consciente do ruído que suas botas faziam sobre o chão de pedra. Muntadhir tinha calçado as sandálias de volta, mas seus passos eram silenciosos. Ele claramente possuía mais experiência em fugir de casas escuras do que o homem que supostamente estava ali para protegê-lo.

A janela era de vidro jateado, grosso e turvo. Através das espirais de rosas e videiras gravadas que se sobrepunham, dava para ver a rua, que estava, pelo menos, três andares abaixo.

Muntadhir franziu o cenho.

— Acha que podemos quebrar o vidro?

— Não há necessidade. — Jamshid colocou as palmas das mãos contra o vidro frio, convocando calor para as mãos. A janela começou a fervilhar e derreter, escorrendo em ondas reluzentes até que havia uma abertura grande o suficiente para os dois passarem.

Muntadhir soltou um assovio impressionado.

— Quando isso acabar, você precisa me ensinar esse truque.

Ele passou pela janela.

— Espere! — Jamshid agarrou o punho dele. — Nós estamos a três andares do chão e você andou bebendo. Tem certeza de que vai conseguir descer?

— É melhor do que ficar aqui. E estou perfeitamente firme, está vendo? — Muntadhir estendeu a mão. — Nem *eu* sou tolo o suficiente para ficar bêbado na frente de guerreiros enormes e irados com mais armas do que inteligência.

Criador, me ajude. Aquilo não era o que Jamshid esperara de seu trabalho. Enquanto engatinhava lentamente depois de

Muntadhir, no entanto, não pôde evitar a descarga de adrenalina que lhe percorreu. Aquilo *deveria* ter sido o que ele esperara de seu trabalho, porque era realmente mais empolgante do que memorizar textos empoeirados no Templo.

Eles descerem devagar pelo telhado ladrilhado. Então, só faltava um salto pequeno até uma sacada ocupada por vasos com viçosas palmeiras e cestos de samambaias pendurados. Rastejaram entre as flores, Jamshid dando um tapinha no ombro de Muntadhir e anuindo em direção a um cano para escoar a água da chuva.

— Acha que consegue descer por aquilo? — perguntou.

O emir ficou ligeiramente pálido, mas então eles ouviram um urro irado vindo do andar de cima.

— Sim — concordou Muntadhir. Ele se jogou no cano com o cuidado de um garoto e escorregou. Jamshid esperou até que tivesse saído rolando para longe, praguejando e mancando, e o seguiu.

Ele pousou com muito mais graça que o emir, embora em uma poça que espirrou água suja pelas roupas delicadas de Muntadhir. Jamshid congelou, certo de que havia acabado de quebrar alguma regra arcana da etiqueta do palácio prescrevendo o banimento daqueles que sujassem os seus soberanos, mas então lembrou que praticamente tudo que eles estavam fazendo era quebrar a etiqueta. Além disso, Muntadhir pegou-o pelo punho e puxou-o para a frente.

— Vamos!

Eles se apressaram pelos becos escuros do que parecia uma parte um tanto decadente do Quarteirão Tukharistani, bem mais sombria do que qualquer coisa com que Jamshid estivesse acostumado. Muntadhir parecia saber aonde estava indo, no entanto, virando nas ruas que serpenteavam pelo bairro como se tivesse caminhado nelas a vida toda. Quando se aproximaram de uma das principais avenidas, Muntadhir soltou o turbante para amarrar uma das extremidades soltas sobre o nariz e a boca.

— Você faz isso regularmente? — Jamshid não conseguiu deixar de perguntar.

— O quê? Andar escondido pela minha cidade? — Muntadhir deu uma piscadela, seus olhos de aço reluzindo à luz das lamparinas de vidro pintado penduradas pela rua. — Em geral, eu me desloco com muito mais acompanhantes e bem mais armas, o que torna a parte de andar escondido difícil. — Ele entrelaçou o braço no de Jamshid e puxou-o para perto. — Mas seria divertido ser um anônimo, para variar. Afinal de contas, quem esperaria o emir Qahtani passeando por aí com apenas um daeva como proteção?

Mais uma vez apareceu aquela sensação extremamente indigesta de euforia na barriga de Jamshid.

— Eu deveria lembrá-lo de que tive menos de um ano de treinamento em armas. — *E não vou lembrá-lo de que a única arma que carrego comigo agora é uma minúscula faca.*

Muntadhir deu um tapinha na mão dele.

— Mais desafiador para nós dois.

Jamshid provavelmente deveria sentir-se inseguro com isso, mas, enquanto os dois abriam caminho pelo coração comercial movimentado do distrito tukharistani, de braços dados como cidadãos comuns saindo para uma longa noite na cidade, era difícil se sentir incomodado. Ele vivia há mais de uma década em Daevabad, mas sua vida na cidade sempre fora restrita. Um misto de medo justificado e preconceito impedia que a maioria dos daevas deixasse o seu quarteirão para misturar-se com as tribos djinns, muito menos quaisquer shafits. Em vez disso, o mundo de Jamshid girava em torno do Templo e de reuniões sociais com outros nobres. Noites no reluzente distrito tukharistani — na companhia do príncipe ainda mais cosmopolita — eram uma nova e revigorante experiência.

— Não acredito que nunca vim aqui antes — observou Jamshid, aspirando as fragrâncias de caramelo queimado dos confeitos preparados no fogo e vendidos na banca à sua frente.

— Você nunca esteve no distrito tukharistani? — Quando Jamshid anuiu, Muntadhir soltou uma risadinha. — Você não estava brincando quando disse que seu pai o protegia demais.

— Fico surpreso que o *seu* pai não o proteja mais. — Mas tão logo as palavras tinham saído de sua boca, Jamshid se arrependeu. Parecia impossível se controlar perto de Muntadhir, como se o emir não pudesse mandar matar Jamshid e destruir a sua família com um estalar de dedos. Ele se apressou pedindo desculpas.

— Sinto muito. Não foi...

Muntadhir acenou para que se calasse, o gesto um pouco trêmulo.

— Não há por que se desculpar. Meu pai é adepto de um tipo diferente de proteção.

— O que isso quer dizer?

— Quer dizer que seria mais perigoso tanto para Daevabad quanto para mim se eu parecesse fraco. — Muntadhir mirou-o nos olhos. Por trás do tecido em seu rosto, ele parecia estar tentando sorrir. — Se a vontade de meu pai tivesse sido aceita, eu teria passado a infância em Am Gezira, vivendo da terra com meus primos e lutando contra zahhaks.

Jamshid franziu o cenho.

— E por que não foi assim?

— Minha mãe não queria que eu partisse. — Um indício de uma dor antiga suavizou a voz de Muntadhir. — Nós éramos muito próximos.

Seu idiota curioso.

— Sinto muito — disse Jamshid depressa. — Eu não deveria estar questionando você desse jeito.

— E eu provavelmente não deveria estar respondendo. No entanto, me vejo continuamente fazendo isso com você, Pramukh. Você teria dado um bom sacerdote. Ou um espião melhor ainda se tivesse sido a sua inclinação.

Jamshid estremeceu.

— Não acho que eu daria um bom espião.

— Hum, nunca se sabe. — Mas então Muntadhir tropeçou e quase caiu de joelhos. — Ah, agora entendi. Então foi por isso que eles pegaram as almofadas quando começaram a distribuir os cogumelos.

— Distribuir *o quê*?

Muntadhir agarrou o braço dele.

— É melhor você me levar de volta ao palácio.

Jamshid tentou não tropeçar enquanto colocava Muntadhir na cama com cuidado. Por mais intoxicado que estivesse — e ele estava *muito* intoxicado, Muntadhir passara o caminho de volta até o palácio recitando poesia para as próprias mãos e caindo no sono —, Jamshid não achava que desabar sobre o emir de Daevabad fosse inteligente. Finalmente, conseguiu colocá-lo mais ou menos sobre o colchão, e Muntadhir soltou um suspiro de contentamento que fez os pensamentos de Jamshid dispararem em uma série de direções inapropriadas.

Controle-se, ralhou consigo mesmo, um comando que era mais fácil de ser entoado mentalmente do que obedecido enquanto ele se inclinava sobre o corpo de Muntadhir para alcançar um travesseiro. Jamshid estava muito consciente da textura sedosa dos lençóis entre seus dedos, do volume do travesseiro grande e do perfume da respiração de Muntadhir. Devagar, deslizou o travesseiro por baixo da cabeça do emir, seu coração ficando acelerado com o breve roçar no cabelo do outro. Jamais vira a cabeça do emir descoberta. Muntadhir tinha um belo cabelo, o preto iluminado por um indício leve de ruivo. Estava cortado curto, encrespando-se nas pontas, e Jamshid se viu perguntando-se como ele ficaria se deixasse crescer. Se seus dedos ficariam emaranhados nele.

Ele engoliu alto, consciente de que imaginar a sensação do cabelo de Muntadhir em suas mãos não demonstrava autocontrole. Largou o travesseiro.

— Há algo mais que eu possa fazer, emir? — perguntou, tentando firmar a voz.

Os olhos de Muntadhir se abriram trêmulos. O olhar dele ainda estava turvado, mas deitar-se parecia ter ajudado, um pouco de vivacidade retornando à sua expressão.

— Volte no tempo e me diga para não comer nada hoje à noite, que tal?

— Ainda não me ensinaram essa habilidade em particular na Cidadela. — Um breve sorriso exausto iluminou o rosto de Muntadhir, e uma nova preocupação afligiu Jamshid. — Tem certeza de que não devo chamar alguém? Nisreen, talvez? Ele poderia preparar-lhe um tônico ou...

— Estou bem. Mesmo. Quer dizer... no momento há três de você e um deles está dançando com as estrelas, mas estou no ponto em que reconheço que apenas um é real. Só preciso dormir. — Muntadhir estendeu o braço, ainda parecendo um pouco tonto. Seus dedos roçaram o rosto de Jamshid, deslizando pela linha do seu queixo.

— Você fica muito bem na luz das estrelas.

Tudo em Jamshid paralisou-se. De repente, ele só tinha consciência da pressão dos dedos de Muntadhir e do assombro intenso em seus olhos cinza.

Beije-o.

Se fosse qualquer outro homem, sob quaisquer outras circunstâncias, Jamshid teria feito exatamente isso. Mas Muntadhir não era um homem — não exatamente. Ele era um príncipe. O emir. E não apenas era o emir, mas era perceptível como estava *muito* desnorteado. Assim, quando o polegar de Muntadhir passou pelo lábio inferior do outro, fazendo com que tudo nele estremecesse, Jamshid se forçou a ficar imóvel.

— Nós não somos bons para você — disse Muntadhir baixinho.

Jamshid soltou uma respiração entrecortada. Precisava de todas as suas forças no momento para não pular na cama daquele homem e grudar a boca na dele, então precisou de um momento para entender o aviso.

— O q-quê?

O polegar de Muntadhir passou sobre os seus lábios mais uma vez, e Jamshid podia jurar que realmente viu estrelas.

— Você estaria mais seguro no seu Templo. Este lugar, este palácio, ele come as pessoas de dentro para fora. Tira tudo que é gentil e bom do seu coração e o transforma em pedra.
— Muntadhir deixou a mão cair. — E você... você é bom e perfeito, e ele vai destrui-lo.

Havia temor verdadeiro nos olhos vítreos de Muntadhir. E, embora receber tal aviso de uma das figuras mais astutas e poderosas de Daevabad devesse ter assustado Jamshid, não foi o que ocorreu.

Não até sentar-se nos calcanhares de novo e vislumbrar a parede oposta. O aposento de Muntadhir era opulento e suntuoso a níveis quase absurdos, com tapetes trançados tão grossos e macios que os pés afundavam neles, paisagens de seda pintada cobrindo as paredes e divisórias de pau-rosa entalhadas tão delicadamente que a pessoa tinha a impressão de estar em um jardim. Ele ocupava uma parte privilegiada no palácio antigo, sua sacada oferecendo uma vista incrível tanto da cidade quanto do lago profundo que a cercava. O aposento com certeza pertencera sempre à mais alta nobreza.

E Jamshid tinha certeza disso: porque, pintado em fragmentos desbotados na parede oposta, ainda havia um círculo de shedus rugindo. O emblema de seus abençoados Nahid, havia muito mortos. Os leões com asas que ainda guardavam simbolicamente o Quarteirão Daeva, junto aos portões pesados que o seu povo fazia questão de manter limpos e lubrificados caso tivessem de ser trancados contra o restante da cidade um dia.

Antes de tudo, você sempre será um daeva para eles. Seu pai gritara essas palavras até ficar roxo quando retornou de Zariaspa e ficou sabendo que o filho trocara suas vestes do

Templo por um posto no exército dos Qahtani. *Está entendendo? Tudo que você fizer no serviço deles reflete sobre nós, todos os seus erros nos colocam em risco.*

Jamshid baixou o olhar.

— Sua preocupação foi registrada, meu emir — falou, imbuindo sua voz de um profissionalismo frio. — Algo mais?

Ele ouviu Muntadhir engolir. Não queria erguer o olhar. Não queria ver uma centelha de arrependimento no rosto do outro homem que o fragilizaria, que o faria parecer real e genuíno em vez do emir com um carisma intocável e mortal que poderia — e colocaria — alguém embaixo ou no alto com um simples gesto.

— Você poderia ficar? — A voz de Muntadhir era quase inaudível. — Só me cutuque de vez em quando, para conferir se não parei de respirar. E fale comigo — acrescentou, como se o sono voltasse a derrubá-lo mais uma vez. — Isso me faz sentir que estou alucinando menos.

— Sobre o que você gostaria de conversar?

— Qualquer coisa — respondeu Muntadhir. — Só quero ouvir a sua voz.

DARA

Esta cena ocorre durante a viagem de Nahri e Dara a Daevabad, logo após sua fuga de Hierápolis. Não há spoilers.

AQUELA PATIFE DE SANGUE HUMANO AINDA ACABARIA COM ELE. Dara examinou outra vez os comerciantes discutindo na rua, o sapateiro furioso acusando o fruteiro de derrubar intencionalmente o seu carrinho, então seu olhar voou para Nahri.

— Poderia se apressar um pouco? — implorou Dara. — Ele vai voltar a qualquer minuto.

Cercada por uma pilha de botas e chinelos de couro em vários estados de conservação, Nahri estendeu um pé languidamente, balançando os dedos no sapato que estava experimentando.

— Eles ainda estão brigando. Relaxe. — Ela fez uma careta e removeu o sapato, jogando-o de canto. — Duro demais.

Dara sibilou baixo.

— Pelo amor do Criador, será que você não pode escolher algo logo? Não deve fazer tanta diferença assim!

— Talvez se os *meus* pés fossem de fogo, não faria. Mas infelizmente... ah. — Seus olhos negros brilharam quando ela pegou um par de botas de couro. — Estas parecem confortáveis. E veja que lindas — observou ela, admirando o padrão de redemoinho de folhas estampado dos lados. — Aposto que eu poderia negociá-las mais tarde.

Dara contou até dez na cabeça, lembrando a si mesmo que aquela mulher era a coisa mais próxima de uma curandeira Nahid que sobrara no mundo, que ele era um Afshin e que um bando de ifrits estava atrás dela. Perder a paciência e fazer com que a pilha de sapatos ao redor dela pegasse fogo não era uma opção.

Não uma *boa* opção, pelo menos.

— *Nahri* — chamou, enfatizando o nome dela. Era estranho falá-lo, uma intimidade com a qual Dara não estava acostumado, mas ela havia explicitamente parado de responder a *ladra, garota* e *humana*. Ele levantou as mãos, meio rezando, meio implorando. — Nosso povo tem regras. Se aquele humano vier aqui e pegar você, não posso machucá-lo.

— Por quê? Você vai derreter? Transformar-se em cinzas?

— Ela revirou os olhos. — De que serve ser um djinn todo-poderoso se você tem de fugir e se esconder dos humanos?

O sangue talvez não corresse mais em suas veias, mas Dara tinha certeza de que alguma parte dele estava fervendo.

— Eu já falei a você umas cem vezes. *Não* sou um djinn.

— Eu sei. — Nahri sorriu com doçura. — Apenas sinto um enorme prazer em deixá-lo bravo.

Entre o sorriso largo zombeteiro dela e suas emoções agitadas, Dara não estava preparado para ouvir *enorme prazer* na voz implicante de Nahri.

— Por favor, apenas roube algo e termine logo com isso — disse, mal-humorado.

— Está bem. — Ela ficou de pé, ainda usando as botas. — Imagino que estas servirão. — Nahri pegou sua sacola, já cheia com outros itens roubados, e a enfiou nos braços dele, tomando de volta uma panela que ela roubara e o forçara a carregar. — Vamos. — Ela se virou para a porta da frente da lojinha.

Dara estendeu um braço para impedi-la.

— Você não pode sair por ali. Ele vai vê-la!

— Vai — concordou Nahri, empurrando-o para fora do caminho. Horrorizado, Dara observou enquanto ela saía da loja, habilmente desviando-se das pilhas de solas de couro e frutas caídas e dirigindo-se direto para os comerciantes que discutiam. *Não vou salvá-la. Não vou.* Dara correu atrás dela.

Como esperado, não foi uma saída sem percalços. Nahri estava brigando com o fruteiro, uma mão na cintura. Gritava naquela língua humana que Dara mal compreendia, mas, julgando pela fúria indignada no rosto do vendedor e pela negação balbuciante do sapateiro, ela havia escolhido defender um deles. Em poucos instantes, o sapateiro jogou as mãos para o alto, pareceu praguejar contra os dois e partiu às pressas. Dara observou Nahri ajoelhar-se para ajudar o fruteiro. Ele devia estar agradecendo-a profusamente, sem saber que fora Nahri quem enfiara uma das ferramentas do sapateiro na roda do seu carrinho. Ao ver a panela dela, começou a enchê-la de frutas, desconsiderando os protestos fingidos de Nahri.

— Você é... a pessoa mais desonesta que eu já conheci na vida — disse Dara quando Nahri se juntou novamente a ele. Estava escandalizado tanto quanto impressionado.

— Então você viveu séculos muito chatos, cujo número exato ainda se recusa a me dizer. — Enquanto caminhavam, Nahri olhou de relance para ele e deu mais uma de suas piscadelas. — Sem dúvida você quebrou pelo menos uma regra na vida. Ficou na rua após o horário permitido, mentiu para sua mãe. Dormiu com a mulher errada.

Eu matei milhares de pessoas como você.

— Não — mentiu Dara. — Séculos sendo um chato seguidor de regras. Bem como você diz.

— Me parece um desperdício de vida.

Seria o mesmo se ela o tivesse socado. Mas Dara manteve a boca fechada, mascarando sua reação e seguindo Nahri enquanto ela continuava atravessando o mercado, discretamente pegando vegetais e roupas como se estivesse fazendo a colheita e os produtos viessem do seu jardim pessoal. Aquela era a terceira cidade humana que eles visitavam depois de fugir de Hierápolis e a última em que ele esperava colocar os olhos por um longo tempo. Eles certamente tinham provisões suficientes para o restante da viagem a Daevabad.

Daevabad. O próprio nome ainda enchia Dara de tristeza. A perspectiva de estar na outra margem do lago em que ficava seu lar parecia impossível. Mas então ele viu Nahri cortar cirurgicamente a bolsa de um homem com duas vezes o tamanho dele.

— Agora chega — proclamou Dara, tomando o pulso dela e puxando Nahri pela multidão de compradores. Humanos estremeciam à medida que ele passava, seus olhares vazios acompanhando-o distraidamente. Ele odiava isso. Já se sentia um fantasma entre o próprio povo, os daevas que ele estava evitando desde que fora liberto. Estar cercado por humanos em seu mundo de sujeira e sangue de ferro onde ele era de fato um espectro invisível era demais.

Eles tinham deixado os cavalos ao longo de uma faixa de relva verdejante junto ao rio onde Dara conjurara uma névoa densa para escondê-los. Ele a dissipou e se virou na direção de Nahri.

— Deveríamos... o q-que você está fazendo? — gaguejou ele. — Por que está *tirando as roupas*?

Nahri continuou desfazendo as tiras de tecido rasgado com que cingira a única túnica reserva dele para que servisse no seu corpo muito menor.

— Estou me livrando desta tenda gigante que você chama de camisa e então vou tomar um banho para não ficar com o cheiro de um guerreiro de fogo mal-humorado. — Ela arrancou a túnica e Dara viu cachos escuros caindo sobre os ombros nus antes que praguejasse baixinho e virasse de costas.

— Você vai se afogar — gritou ele quando a ouviu mergulhando no rio. — E aí eu terei sido arrastado mundo afora por nada.

— Ah, será que tirei você de uma vida social empolgante? O que exatamente você estava fazendo antes de me encontrar? Vagando pelas planícies e olhando os veados com desconfiança? Por favor. Aposto que salvar uma shafit Nahid secreta é a coisa mais emocionante que já aconteceu com você, *Darayavahoush*. — Nahri quase ronronou o nome dele.

Desde que havia convencido Dara a informá-lo nas ruínas de Hierápolis com seu truque ridículo, ela passara a usá-lo sempre que possível, provavelmente para irritá-lo.

E isso o irritava. Porque, pelo Criador, como Dara gostava de ouvir seu nome saindo da boca dela.

Contenha-se. Dara sentou-se de costas para a água de propósito, lutando contra o anseio de conferir como ela estava. Era próximo demais do seu desejo de *olhar* para ela, e não ia deixar aquela ladra shafit enganá-lo ainda mais. Apesar do seu choque horrorizado quando se dera conta pela primeira vez do que Nahri era, ele estava começando a sentir simpatia por qualquer que tivesse sido o ancestral Nahid distante que cruzara o caminho de um dos ancestrais humanos dela. Se lembrassem Nahri de alguma maneira, deveriam ter sido impossivelmente irresistíveis. Ele passou as mãos pelo cabelo, tentando pensar em algo que não fosse os sons dela nadando.

— Vamos — insistiu ele. — Ainda temos um longo caminho a percorrer até o cair da noite.

— E *você* ainda tem um monte de perguntas para responder, como prometeu lá em Hierápolis. Talvez eu fique no rio até você começar a falar sobre essa suposta guerra em que Khayzur disse que você se envolveu.

A apreensão tomou conta de Dara. Havia um vasto número de coisas que ele não gostaria de discutir com Nahri, e a guerra era uma das mais importantes.

Mas o tempo está acabando. Dara já decidira que lhe contaria: seria abominável deixar que Nahri se apresentasse ao rei Qahtani sem saber a história mortal entre as suas famílias.

Especialmente levando-se em consideração que Dara não tinha a intenção de estar ao seu lado quando ela o fizesse. Nem sequer tinha intenção de passar pelos portões de Daevabad. Como poderia? Não apenas perdera o direito de voltar para casa quando falhou com o seu povo e os seus Nahid, mas, se fosse sincero, ele estava com medo. Nahri talvez não soubesse o que ele fizera durante a guerra, mas Dara tinha certeza absoluta de que, mesmo quatorze séculos depois, os djinns não haviam esquecido. Ele seria trancado em uma das celas infames debaixo do palácio e deixado ali para sofrer pela eternidade. O que poderia ser um destino que ele merecesse, mas não algo em que ele estivesse disposto se atirar. Não se odiava *tanto* assim.

A escuridão sob seus olhos fechados aumentou ainda mais, e Dara ergueu a cabeça, piscando e vendo Nahri parada à sua frente, delineada contra o sol. Ela estava vestida em suas roupas roubadas, gotas de água ainda apegadas à face e reluzindo em seu cabelo.

Pelo olho de Suleiman, ela é linda. A visão o deixou sem fôlego, o que, é claro, era impossível, tendo em vista que Dara não respirava, e o sentimento durou o tempo que Nahri levou para chutar seu pé com força.

— Já parou de se culpar por me deixar roubar no mercado? Se o fizer se sentir melhor, você foi um cúmplice inútil.

Se apenas ser um cúmplice inútil fosse o crime pelo qual ele estava se culpando.

— Você é a pessoa mais rude que já conheci na vida — ele disparou, tentando forçar algum rancor na voz.

Nahri riu com desdém, um ruído zombeteiro que nada tinha a ver com a vontade cada vez mais forte e extremamente inoportuna dele de trazê-la para seu colo. Ela pegou seu cinto de volta e desembainhou a adaga que Dara lhe dera. A luz do sol reluzia na lâmina de ferro.

— Você poderia me ensinar a lançar isso?

— Por quê?

— Porque eu gostaria de poder me proteger do bando de ifrits me caçando?

Dara se encolheu.

— Justo. Vamos um pouco mais para longe primeiro. Não gosto de permanecer tão perto de um povoado humano.

Eles selaram os cavalos novamente, Dara notando em silêncio que Nahri se lembrava do que havia ensinado a ela. Dara ajeitou as novas compras dela, passando uma corda pelo cabo de uma panela.

Deu um tapinha no objeto.

— O que exatamente você espera fazer com isso?

— Aprender a cozinhar? — Mas Nahri não soava otimista. — Roubei alguns legumes e imaginei que se refogasse com água... Seria uma sopa, não é?

Dara franziu o cenho.

— Se você não sabe como cozinhar e sempre viveu sozinha, o que comia?

— Qualquer coisa que eu arranjasse. Quando tinha dinheiro o suficiente, podia comprar uns feijões fritos e às vezes um pouco de carne assada. Caso contrário, na maior parte do tempo era pão velho e frutas machucadas. — Nahri enrubesceu. — E quando eu era criança... bastante lixo e os restos de outras pessoas.

Lixo. Uma vida inteira de refeições preparadas em casa passou pelos olhos de Dara. Apesar da guerra que tomara conta de seu mundo, ele crescera com amor e fora bem cuidado em uma casa rica cheia de parentes animados, incluindo uma mãe que adorava e uma dúzia de tias que considerariam uma afronta pessoal se ele saísse de casa com fome. Sempre havia uma tigela de ensopado quente, bolinhos fritos na hora ou doces amanteigados sendo oferecidos a ele — um privilégio que nunca percebera.

Ele mirou Nahri, lembrando-se novamente das linhas marcadas de seu rosto e da cor amarelada da sua pele quando eles se encontraram pela primeira vez. Não podia nem começar a imaginar como devia ter sido solitário e difícil crescer do jeito que ela crescera.

— Eu vou cozinhar algo para você — decidiu Dara. — Conjurar algo, quero dizer. — Na realidade, ele jamais *tentara* conjurar qualquer alimento; não precisava comer com frequência naquela forma, qualquer que fosse. Porém, não seria muito mais difícil do que conjurar vinho, e nisso ele tinha muita prática.

Uma expressão arredia percorreu o rosto dela.

— E o que isso vai me custar?

Mais alguns dias acreditando que meu pior crime é ser um cúmplice inútil. Mais alguns dias para Dara saborear a experiência de ser um soldado comum com uma paixão irracional por uma impossibilidade em vez de ser o Flagelo de Qui-zi.

— Apenas a sua companhia e a promessa de não me esfaquear em nossas aulas de lançamento de facas — respondeu Dara, tentando soar o mais sincero possível. — Prometo.

— Quer dizer que eu *posso* esfaqueá-lo se você não conseguir conjurar alguma comida?

Dara não conseguiu deixar de sorrir.

— O que a deixar feliz, ladrazinha.

JAMSHID

Esta cena ocorre perto do fim de A Cidade de Bronze, *inicia-se na noite em que Ali é atacado por um assassino e continua pelos dias seguintes até a batalha culminante no lago. Spoilers para o primeiro livro.*

Passara-se quase uma década desde que Jamshid e-Pramukh se juntara ao serviço de Muntadhir al Qahtani: nesse ínterim, ocorreram incidentes suficientes para que ele questionasse a decisão de deixar sua vida segura e chata no Templo. Porém, enquanto seguia o emir por um jardim amaldiçoado no meio da noite, com um príncipe inconsciente nos braços, os arrependimentos nunca pairaram tão grandes sobre ele.

Baba avisou para você não se envolver com eles. Ele tentou. Você não tem ninguém para culpar a não ser a si mesmo. Jamshid baixou a cabeça para evitar uma videira que pendia no caminho lodoso. Espinhos como foices se projetavam da casca dura da planta, reluzindo úmidos sob a luz do luar. O que exatamente estava úmido, Jamshid não queria saber. O único ruído além do gotejar das folhas era a respiração pesada de Muntadhir. O emir visivelmente lutava com sua parte do peso do corpo do irmão, ofegante e puxando o ar enquanto segurava as longas pernas de Alizayd enfiadas debaixo dos braços.

Ótimo, uma parte mesquinha de Jamshid pensou. *Espero que você tenha trabalho*. Desde que subira no telhado do palácio esperando o amante real e em vez disso interrompera uma tentativa de assassinato, estivera se esforçando para conter suas emoções. Jamshid gostava de pensar que se comportara de acordo com o seu treinamento: obedecera às ordens de Alizayd e levara o príncipe à Banu Nahida a tempo de salvar a vida dele. Tinha limpado a cena e então discretamente procurado Muntadhir, julgando que ele saberia o que fazer em seguida. No fim das contas, não fora um dia ruim para o capitão da guarda do emir — o homem de que se esperava ser a sombra capaz de Muntadhir, o homem que protegia o próximo rei de Daevabad e que limpava suas bagunças. Jamshid ainda tivera a presença de espírito para interromper Muntadhir no quarto da Banu Nahri quando o emir parecia prestes a falar sem grandes preocupações sobre em que diabos o irmão se envolvera.

Mas não havia qualquer Banu Nahida ali agora. Jamshid estava sozinho com Muntadhir no jardim sinistro de madrugada, então a máscara profissional a que se agarrou tão desesperadamente por fim caiu.

— Por que você estava no salão de Khanzada? — quis saber.

Muntadhir praguejou ao derrubar acidentalmente uma das sandálias de Ali.

— O quê?

— Khanzada — pressionou Jamshid, odiando o tom ciumento em sua voz. — Por que você estava lá? Nós íamos nos encontrar depois de você observar as estrelas com seus irmãos, lembra? Por que acha que eu estava no telhado?

Muntadhir suspirou.

— Você realmente está falando disso? *Agora*? — perguntou, anuindo para o corpo inconsciente de Alizayd estendido entre os dois.

— *Sim*. Assim você terá menos tempo para inventar uma mentira.

Muntadhir parou de caminhar, e o olhar que lançou para Jamshid sobre o ombro era o seu olhar da realeza. Aquele era o Muntadhir que podia seduzir um rival nos negócios enquanto Jamshid observasse silenciosamente e ordenar a prisão de um escritor daeva que falasse contra Ghassan.

— Baixe a voz — sibilou Muntadhir. — Você vai nos entregar.

Jamshid teve de se controlar, mas obedeceu ao seu emir e permaneceu em silêncio enquanto seguiam para o aposento de Alizayd. O canal era mais agitado naquela parte do jardim — batendo contra as paredes de pedra altas antes de se elevar em uma cachoeira reversa. Era uma visão extraordinária e, se tivesse tempo, ele poderia ter parado para admirá-la. Embora o palácio de Daevabad assustasse a maioria das pessoas por seu passado sangrento e magia imprevisível e vingativa, Jamshid achava o lugar fascinante. Era como adentrar as páginas de um livro de histórias e ver as fábulas ganharem vida diante dos olhos.

Naquele instante, porém, ele cumpriu apenas o que foi ordenado. Após uma espiada rápida para se certificar de que o aposento estava vazio e sem mais assassinos, ele e Muntadhir carregaram Alizayd para dentro. O príncipe mais jovem ainda não se mexera e, julgando pelo cheiro de ópio em sua respiração — Banu Nahri de fato levava a sério o tratamento da dor —, não acordaria tão cedo.

Eles o colocaram cuidadosamente na cama. Muntadhir pegou uma vela acesa em uma mão e ergueu a camisa do irmão para conferir as ataduras. Jamshid observou em silêncio enquanto o emir tirava as sandálias de Alizayd e cobria o corpo dele com um lençol leve. Alizayd murmurou no sono, e Muntadhir deu um beijo em sua testa.

— Você ainda vai me matar, idiota.

— Sim — disse Jamshid sem emoção. — Vários de seus seguidores temem exatamente isso.

Muntadhir lhe lançou mais um olhar exasperado e então se endireitou.

— Venha. — Eles deixaram o quarto de Alizayd, e Muntadhir fechou a porta atrás de si antes de apontar para uma almofada. — Sente-se.

Jamshid não gostou do comando, mas sentou-se. Muntadhir serviu dois copos de água de uma jarra, e Jamshid não deixou de notar que suas mãos tremiam. O emir podia agir como se tivesse tudo sob controle, no entanto, Jamshid tinha tanta experiência em ler as emoções do homem pelo qual havia lamentavelmente se apaixonado quanto Muntadhir tinha em escondê-las.

E Muntadhir estava preocupado.

Jamshid também.

— Não deveríamos contar ao seu pai o que aconteceu? Isso é loucura. Um assassino esfaqueia o seu irmão e você não está convocando a guarda? E se houver outros assassinos à solta? Eles podem vir atrás de você em seguida!

Muntadhir colocou um dos copos à sua frente.

— O assassino era shafit, certo? Você tem certeza? — questionou, ignorando a pergunta de Jamshid.

— Sim. — Jamshid abriu o casaco que havia roubado e revelou o sangue carmesim manchando a túnica por baixo. — Vá por mim.

— E Ali disse para você se livrar dele? E certificar-se de que ninguém além de Nahri soubesse que ele estava ferido?

— Sim.

— Merda. — Muntadhir recostou-se, parecendo mais exausto.

— Você faz ideia de quem possa ter sido? Parecia... parecia pessoal, Muntadhir. Um assassino melhor teria sido mais rápido e fugido. Quem quer que tenha sido, ele desejava causar muita dor. Seu irmão tem sorte de estar vivo.

Muntadhir empalideceu.

— Mas ele está morto agora? Você tem certeza?

Pelo olho de Suleiman, espero que sim. Jamshid suprimiu um tremor enquanto se forçava a se lembrar dos detalhes — a ordem rosnada de Alizayd e o som horrendo do corpo do assassino batendo na água do lago distante. O homem já *estaria* morto? Ou Jamshid o condenara a um fim ainda mais violento? A questão embrulhou seu estômago. Mas ele era um soldado e era isso que concordara em fazer, não era? Proteger a família real e matar aqueles que a ameaçassem?

E isso é o que você quer ser? Um assassino?

— Jamshid? — interferiu Muntadhir, soando preocupado. Se era uma preocupação por ele ou outra coisa, Jamshid não tinha certeza se queria saber.

Ele limpou a garganta.

— Seu irmão acabou com a cabeça do assassino, cortou a garganta dele com uma lente de telescópio e então ordenou que eu jogasse o corpo no lago. — Jamshid manteve o olhar do emir. — O assassino está morto. Tenho certeza disso. *Agora*, você vai me contar o que está acontecendo?

O rosto de Muntadhir imediatamente se fechou.

— Um problema de família. Nada que eu não possa resolver.

— Exceto que *você* não o resolveu — apontou Jamshid, ficando mais bravo. — Minha Banu Nahida resolveu. E se ela tiver problemas com isso...

— Não terá. Dou-lhe a minha palavra. Nem você nem Nahri terão qualquer problema por causa disso. Se meu pai ficar sabendo de algo, vou dar cobertura a vocês dois.

Isso fez Jamshid se sentir ligeiramente melhor, mas Nahri não era a única pessoa com quem ele se preocupava.

— E você? Eu sou o capitão da sua guarda. Sei que está escondendo algo de mim. Você anda tenso, distraído e...

— Tem um Afshin de mil anos na minha cidade, assassino de Geziri e que odeia os Qahtani. É claro que ando tenso!

— Começou antes de Darayavahoush chegar — insistiu Jamshid. — Você tem agido de forma estranha desde que o seu irmão se mudou de volta ao palácio. — Muntadhir expirou, desviando o olhar, e Jamshid teve de resistir à vontade de sacudi-lo. — Você pode *confiar* em mim. Se algo estiver acontecendo com Alizayd...

— Não há.

— Muntadhir, você sabe o que as pessoas andam dizendo...

— Elas estão erradas — disparou Muntadhir. — Confio em Ali com a minha vida, e esta conversa termina aqui.

Alguns anos antes, a fúria do comando de Muntadhir teria feito Jamshid cair de joelhos para se desculpar. O emir raramente falava com ira genuína; era um homem bem-humorado e leniente. Se um sujeito o traísse, provavelmente acordaria sem a esposa, a fortuna e a casa — mas acordaria, o que era mais do que poderia se esperar caso desagradasse ao rei.

No entanto, Jamshid não se ajoelharia agora. Muntadhir não queria falar sobre a tentativa de assassinato? *Pois bem.* Jamshid tinha outros tópicos que eles poderiam discutir.

— Então, se você está mesmo recuperado das suas preocupações com Alizayd, talvez possamos voltar à conversa que começamos no jardim sobre você me deixar na mão para visitar Khanzada.

Muntadhir ergueu os olhos para o teto.

— Você está realmente querendo uma briga.

Querendo uma briga... Ah, mas esse homem o deixava louco. Jamshid abaixou o copo, lutando contra o desejo de jogá-lo na cabeça de Muntadhir.

— Você mentiu para mim. Não o vejo há três meses e então você me abandona no telhado para ir se embebedar com...

— Você foi minha primeira parada quando voltei! Deus, entendo que esteja um pouco sem prática depois de atravessar o deserto com Dara-eu-gostaria-de-encher-você-de-flechas-yavahoush, mas certamente se lembra de quando o surpreendi nesta tarde, não?

O olhar compreensivo que Muntadhir lhe lançou fez com que parte de Jamshid derretesse ao mesmo tempo que atiçou a sua ira — um efeito em que seu amante real era um especialista. Jamshid se lembrava muito bem daquela tarde. Alegando ter algo a resolver, Muntadhir desviara em silêncio da procissão real para surpreender Jamshid na casa dos Pramukh. Kaveh tinha saído, os criados foram facilmente dispensados e o choque súbito de ter o seu emir, parecendo deslocado e ainda assim terrivelmente atraente em suas roupas empoeiradas da viagem e barba por fazer... Bem, talvez nenhum dos dois tivesse sido tão discreto quanto deveria.

No entanto, a memória, a fatia preciosa de intimidade e vida doméstica que eles jamais teriam — Muntadhir deitado na cama simples de Jamshid, lavando-se na mesma bacia, entrando na cozinha furtivamente para pegar um lanche —, o próprio Muntadhir havia rasgado em pedaços.

— Então é isso? — perguntou Jamshid. — Eu fico com você de tarde, Khanzada de noite, algum diplomata de olhos cintilantes amanhã de manhã... Não é de espantar que você me deixou esperando. Não deve ser fácil se lembrar de todos nós. Você deveria contratar mais um secretário.

— Não haveria salário justo. — Quando Jamshid o encarou, Muntadhir ergueu as mãos em um gesto de paz. — Ouça, sinto muito, tudo bem? Você está certo e peço desculpas. Não deveria tê-lo deixado no telhado daquele jeito. Fiquei distraído por uma briga que tive com meu pai, mas isso não é desculpa.

O brilho um tanto suplicante nos olhos cinzentos de Muntadhir atingiu o coração de Jamshid, mas ele não deixaria seu emir se safar tão fácil.

— E Khanzada? Você me disse que tinha terminado quando partiu com o Afshin. Eu não iria... Quer dizer, esta tarde... — Jamshid não encontrava as palavras. — Não posso ficar com você e então o ver ir atrás dela.

Muntadhir parecia angustiado.

— Não posso terminar as coisas com ela ainda. Jamshid, ela recebe metade da corte no seu salão todas as noites, dividindo segredos com suas aprendizes. Não posso dispensar esse tipo de inteligência.

— É claro que não — disse Jamshid, a voz vazia. — Daevabad vem primeiro.

Muntadhir hesitou, mas não falou nada. Nenhum dos dois falou por um longo tempo, e o silêncio tenso que se estendeu entre eles rasgou Jamshid ao meio. Se aquilo era amor — asfixiar a própria dor por medo de machucar o outro —, era tão terrível quanto precioso. Queria gritar com Muntadhir tanto quanto queria se certificar de que *ninguém* gritasse com ele.

Muntadhir se colocou de pé. Havia uma rigidez em sua postura que significava que estava prestes a dizer algo com seu tom de emir que sem dúvida seria frustrante.

— Daevabad sempre virá primeiro — afirmou ele com calma. — Tem de ser assim. Não posso oferecer mais do que já ofereço de meu coração e lealdade, Jamshid. Sempre tentei ser honesto a esse respeito.

Ele tinha sido. Se havia uma coisa pela qual Jamshid não podia culpá-lo, era o fato de que sempre fora honesto, brutalmente honesto, sobre onde o seu amante daeva se encontrava na hierarquia em relação ao seu reino e família. Por mais que Muntadhir pudesse ser devasso e descuidado — com dinheiro, com vinho, com corações —, ele sempre fora cuidadoso com Jamshid. Fora *Jamshid* quem procurara Muntadhir. *Jamshid* quem derrubara os muros bem construídos do emir e iniciara os primeiros beijos, ignorando descaradamente os avisos do outro. Apesar do que Jamshid tinha aprendido sobre a crueldade da corte de Daevabad, sobre como era pertencer a um povo perseguido e maltratado em uma cidade que eles deveriam ter governado... parte dele ainda era o garoto do campo de Zariaspa que crescera ouvindo lendas e histórias.

— Nós poderíamos fugir — sugeriu, brincando um pouco. — Explorar o mundo e viver entre os humanos como nossos ancestrais.

Muntadhir sorriu sem jeito para ele.

— Tenho uma equipe de criados para me vestir. Como acha que eu me viraria na vida selvagem?

Eu ensinaria você. Faria qualquer coisa para estar com você e vê-lo livre de seus deveres e a salvo da política assassina e terrível desta cidade. Mas Jamshid não disse isso. Ele já sabia a resposta. Daevabad vinha primeiro.

Muntadhir ainda o olhava fixamente com um desespero de que Jamshid não gostava.

— Jamshid, sobre meus deveres. Há algo que devo lhe contar antes que ouça de Kaveh. A briga com meu pai... — Muntadhir limpou a garganta. — Era sobre a sua Banu Nahida.

— O que tem ela?

— Ele quer que eu me case com ela.

Jamshid se espantou.

— *Casar-se* com ela? Mas isso é ridículo — gaguejou, fazendo uma objeção antes mesmo de as palavras se assentarem em sua cabeça. — Ela é uma Nahid. Você é um...

— Um o quê? — Muntadhir endireitou-se subitamente, dor e surpresa estampadas em sua expressão. — Um djinn? Uma mosca da areia?

Jamshid voltou atrás, envergonhado por quão rapidamente recuara diante da perspectiva de uma de suas sagradas Nahid se casar com um não daeva. É claro que deveria ser uma possibilidade. Era a aliança ideal, e fazia todo o sentido que Ghassan — um dos poucos reis que fazia um esforço estruturado para melhorar as relações com os Daeva — quisesse casar o seu herdeiro com a Banu Nahida.

Mas ela não é deles. Banu Nahri era um milagre, um milagre *daeva*. Sua chegada a Daevabad ao lado do Afshin havia eletrizado a sua tribo. Ela era uma bênção, a promessa de um futuro mais promissor. E Jamshid *gostava* dela. Era divertida e engraçada e, bem, um pouco assustadora, mas ele gostava dela.

Jamshid não queria vê-la se tornar um peão de Ghassan.

— Você não pode casar-se com ela — repetiu Jamshid, com mais insistência. — Não é justo. Ela acabou de chegar a Daevabad. Não merece ser imediatamente esmagada pelo seu pai.

Os olhos de Muntadhir brilharam.

— Obrigado por presumir que eu seria o tipo de marido que permitiria que minha esposa fosse "esmagada". — Ele estava girando um dos anéis, o de ouro simples que usava em memória da mãe. Muntadhir tinha mãos elegantes, dedos intocados por calos. Jamshid adorava suas mãos; entrelaçar os dedos deles silenciosamente tinha sido uma das primeiras memórias de intimidade deles: um sinal de que Muntadhir precisava que Jamshid o tirasse de qualquer circunstância em que ele se metesse.

Então um custo mais pessoal desse casamento tornou-se claro. Nahri era a Banu Nahida de Jamshid. Se ela se casasse com Muntadhir...

— Nós terminaríamos — disse Jamshid, expressando a revelação em voz alta. — Isto... O que quer que isto entre nós seja precisaria terminar. Ela é minha Banu Nahida; eu não poderia trai-la desse jeito.

Não havia surpresa no rosto de Muntadhir, apenas resignação. É claro que ele já se dera conta disso.

— Sim — concordou em voz baixa. — Imaginei que seria o caso.

Jamshid sentiu que ia vomitar.

— Você quer casar-se com ela?

A incerteza na expressão de Muntadhir disse tudo.

— Não. Mas... poderia ser um recomeço para nossas tribos. Sinto que estou sendo egoísta se não considerar a possibilidade.

Então seja egoísta, Jamshid queria dizer. Gritar. Mas não podia. Muntadhir não despia a sua máscara com facilidade, e naquele instante parecia devastado. Jamshid não tinha dúvida de que, se não fosse por ele, Muntadhir já teria concordado e se resignado a um casamento político pelo bem do seu reino.

Ele teria um casamento político de qualquer forma. Muntadhir poderia ter partido o seu coração mais vezes do que o outro podia contar, mas Jamshid era o único dos dois que tinha escolhas. Muntadhir jamais escaparia do seu destino. Jamshid poderia. Se ele quisesse abrir mão de sua posição ou fugir de volta a Zariaspa, as más-línguas falariam e seu pai ficaria furioso, mas não haveria consequências maiores.

Muntadhir voltou a falar.

— Espero que você saiba que, se isso for demais um dia, eu ainda cuidaria de você. Isso não depende de sermos... bem. — Ele tropeçou nas palavras, soando estranhamente nervoso. — Posso encontrar outra posição para você. Qualquer coisa que deseje, onde quer que deseje. Você não precisaria se preocupar com dinheiro ou...

Ah, meu amor. A raiva de Jamshid derreteu.

— Não. — Ele estreitou o espaço entre os dois e pegou a mão de Muntadhir. — Alguém acabou de invadir o palácio e tentou assassinar *um* príncipe Qahtani, e o Afshin está deixando os daevas alvoroçados. Não vou sair do seu lado.

— Meu protetor. — Muntadhir sorriu-lhe brevemente, atormentado, e levou a mão de Jamshid à boca. Ele beijou os nós de seus dedos. — Talvez você pudesse ser meu Afshin.

Jamshid puxou-o mais para perto. Passou os braços pelas costas dele, e Muntadhir enfim expirou, trêmulo, relaxando em seu abraço. Jamshid removeu gentilmente o turbante dele e correu os dedos pelo cabelo de Muntadhir.

— Sabe, quando eu era mais jovem, teria achado essa comparação terrivelmente romântica.

— É claro que teria. — Mas Jamshid percebeu uma hesitação na voz do outro. — Posso perguntar uma coisa?
— É claro.
Muntadhir afastou-se para mirar o rosto de Jamshid.
— O que você quer dizer com "o Afshin está deixando os daevas alvoroçados"?

Jamshid observou enquanto Dara se recostava contra as almofadas que haviam sido colocadas junto ao seu banquete e abriu um largo sorriso diante dos rostos extasiados dos nobres daevas magnetizados que o cercavam.
— O golpe me derrubou direto do cavalo — contou o Afshin, rindo enquanto continuava a história que estava compartilhando. — Eu mal discerni o que vinha em minha direção. Em um momento estava examinando o meu arco antes da competição de arquearia; no seguinte, havia uma confusão de pedras voando e... — Ele juntou as mãos com ruído, então balançou a cabeça pesarosamente. — Acordei no hospital Nahid três dias depois. Anos de espera para participar de meu primeiro Navasatem e passei a maior parte dele em uma cama de hospital tendo meu crânio colado de volta no lugar.
Saman Pashanur, um dos conhecidos mais antigos de Kaveh e um homem severo que Jamshid jamais vira sorrir, inclinou-se para a frente com a animação de um garoto na escola.
— Foi realmente um shedu que acertou você?
Dara deu uma risadinha e pegou seu vinho de tâmaras. Alguns meses antes, ninguém que Jamshid conhecia bebia vinho de tâmaras. Agora metade dos seus amigos não o largava.
— Na verdade, não — respondeu Dara. — Mesmo em minha época, já haviam se passado séculos desde que qualquer um de nós vira um shedu de verdade. O que me acertou foi uma estátua, uma daquelas que alinhava as paredes do palácio.

Um Baga Nahid estava fazendo testes na esperança de que pudesse enfeitiçá-las para lançar chamas sobre a arena. — Ele sorriu com tristeza. — Eu gostaria que vocês pudessem ter visto a Daevabad de minha juventude, meus amigos. Era uma joia, um paraíso de jardins e bibliotecas, com ruas tão seguras que uma mulher poderia caminhar sozinha por elas à noite.

— Nós a tornaremos assim novamente — disse Saman com fervor. — Um dia. Agora que o Criador devolveu uma Banu Nahida para nós, qualquer coisa é possível.

Poderia ser um recomeço. Mas Jamshid também era realista em relação a esses sonhos, e se aprumou desconfortavelmente enquanto as palavras de Muntadhir voltavam a ele. Ele sabia que o tipo de era gloriosa com que os daevas à sua volta estavam sonhando não tinha lugar entre os reis geziri.

Mesmo assim, não pôde deixar de observar o Afshin. Jamshid não era imune à maneira com que Dara enfeitiçava o restante deles — a naturalidade, a confiança com a qual se sentava, sorria e gargalhava. Sua nostalgia sincera enquanto falava poeticamente sobre os dias do Conselho Nahid e da Daevabad antes da invasão.

Ele não tem medo deles. Era uma postura que muitos jovens daevas tolos podiam ostentar na segurança de suas casas enquanto riam dos Geziri. Mas não como Dara fazia. O Afshin não estava se exibindo. Não estava tentando demonstrar algo. Simplesmente não tinha medo do regime de Ghassan. Ele não havia apanhado da Guarda Real pelo "crime" de fitar nos olhos de um soldado djinn nem vira um parente politicamente engajado desaparecer. Dara não fora esmagado como o restante deles, criado para cuidar de suas palavras e baixar a cabeça.

Era cativante. Jamshid não podia culpar os daevas que vinham aos montes à casa dos Pramukh desde que o Afshin assumira residência ali. Era fácil se deixar embalar pelas palavras de Dara. Pelo sonho de um mundo no qual o seu povo era uma lenda.

— Ela não está no palácio com os Qahtani circulando à sua volta, Banu Nahri não está... — As palavras chamaram a atenção de Jamshid. Era outro conhecido do seu pai, um estudioso da Biblioteca Real. — Ela passa todas as tardes na companhia do príncipe crocodilo. Os djinns já estão tentando convertê-la, roubá-la de nossa religião e cultura.

— Desejo sorte a eles — disse Dara secamente. — Banu Nahri tem uma força de vontade que poderia quebrar uma zulfiqar. Não há como convencê-la de nada. — Mas ele pareceu brevemente incomodado. — O relacionamento entre os príncipes... Sem dúvida esta aliança entre eles de que as pessoas falam é exagerada. Muntadhir e Alizayd pareceriam rivais óbvios.

— Eles são. — Era o estudioso outra vez, a expressão acalorada... ou talvez inebriada. — As pessoas dizem que o emir Muntadhir implorou ao rei para não deixar que seu irmão fosse criado como um guerreiro, mas a rainha Hatset interferiu. Eles estão criando todas as condições para uma catástrofe.

Jamshid não tinha certeza de qual ideia era mais ridícula: Ghassan sendo intimidado por alguém ou a notoriamente reservada família real Qahtani revelando problemas internos para pessoas de fora. Jamshid sabia, no entanto, que porventura deveria pôr fim a esse tipo de conversa. Se Kaveh estivesse ali, ele teria calado os vários comentários traidores muito antes. Havia um bom número de homens jantando com eles naquela noite, e não se falava livremente do regime quando tantos ouvidos estavam escutando.

Mas seu pai estava no palácio e Jamshid estava cansado de sentir-se dividido entre o seu povo e o seu emir. Então, quando Saman começou a falar de novo, xingando os djinns, Jamshid foi embora. Seu lugar foi logo tomado, todo o aglomerado de homens tentando aproximar-se do famoso Afshin. Ninguém pareceu notar sua partida, mas Jamshid estava acostumado a não ser visto.

Ele ficou mais à vontade assim que chegou ao pátio que ficava em frente aos estábulos. Com a elevação do seu pai a grão-vizir, viera uma mansão grande e bem provida junto ao palácio. Ela fora construída contra a muralha exterior da cidade em meio ao verde. Não era Zariaspa e jamais seria, mas o ar fresco soprando da floresta da ilha e o cheiro de flores faziam Jamshid imaginar brevemente que havia escapado da cidade. Ele teria feito qualquer coisa por uma cavalgada debaixo das estrelas ao longo das trilhas nas colinas, mas é claro que os Daeva não tinham permissão de sair das muralhas da cidade após o pôr do sol.

— Posso juntar-me a você?

Jamshid deu um salto. Era o Afshin. O chão ali era de seixos, mas de alguma forma Dara caminhara sem fazer ruído algum, seus passos indetectáveis.

— Não sou uma companhia tão boa quanto o seu público lá atrás — avisou Jamshid.

Dara riu com desdém.

— Bom saber que não sou o único para quem aquilo parece um espetáculo.

Jamshid enrubesceu.

— Não quis dizer isso.

Mas o Afshin apenas sorriu.

— Não precisa desculpar-se, Pramukh. Acredite ou não, acho a sua sinceridade refrescante.

Ele se aproximou dos estábulos e estalou a língua, tirando um punhado de cubos de açúcar do bolso. Julgando pela velocidade na qual os cavalos — mesmo a égua velha e meio manca do seu pai — apareceram, Jamshid imaginou que Dara tornara um hábito mimá-los. O Afshin continuou.

— Vocês, daevas modernos, são tão sofisticados e glamorosos que me sinto nervoso. E falo demais quando estou nervoso. Um grupo inteiro de vocês e não consigo segurar a língua.

Jamshid não conseguia acreditar no que estava ouvindo.

— *Nós* somos glamorosos? Você tem o seu próprio altar no Templo!

Dara riu.

— Um altar construído em uma época mais simples, acredite. Todos esses banquetes com comidas do mundo todo, suas sedas e joias e sabe-se lá o que mais... sem falar em toda a fofoca e politicagem. Nunca me sinto mais como um viajante errante e enfadonho de outro século do que quando estou em uma dessas festas.

Jamshid juntou-se a ele na cerca.

— Imagino que muita coisa mude em mil e quatrocentos anos.

— É mais que mudança — disse Dara em voz baixa. — É um mundo inteiramente novo.

A tristeza na voz do outro homem o deixou surpreso, mas, quando Jamshid encontrou o seu olhar, o Afshin já estava balançando a cabeça, enrubescendo de vergonha.

— Perdoe-me. Tenho a tendência a remoer as coisas quando bebo demais, e o seu vinho de tâmaras é *muito* mais forte do que o vinho a que estou acostumado.

— Daevabad era realmente como você diz? — perguntou Jamshid. — Não consigo imaginar poder caminhar sozinho no distrito shafit hoje em dia, muito menos realizar nossas celebrações tão abertamente.

— Era tudo isso e mais. Não sei bem o que eu estava esperando encontrar em Daevabad, mas ter de impedir um bando de shafits de invadir o Quarteirão Daeva no meu primeiro dia de volta não foi inspirador.

— Não parece tê-lo afetado muito — observou Jamshid. — Você parece tão... destemido.

— Se pareço destemido, é porque tenho muita prática em esconder o medo. Passei a jornada inteira aqui preocupando-me se o seu rei djinn iria me trancar numa cela para apodrecer ou simplesmente me executar. E temo pela minha Banu Nahida — confessou Dara. — Temo muito. Temo por ela a cada momento em que está presa naquele palácio, cercada por djinns glamorosos e de fala dissimulada.

— Ela parece muito capaz. Inteligente e de personalidade forte, como você disse mais cedo.

Dara não pareceu reconfortado. Jamshid observou enquanto ele dava um último tapinha em um dos cavalos.

— Notei que você não gosta quando as pessoas falam mal dos Qahtani.

A mudança de assunto o deixou mudo por um instante.

— Não, eu não gosto — admitiu Jamshid. — Além do fato de que é perigoso falar mal deles, considero o emir Muntadhir um amigo pessoal próximo.

— Parece estranho ter medo de um amigo pessoal próximo.

Jamshid limpou a garganta.

— É complicado.

— Não duvido. — Dara virou-se para olhá-lo. — Ele é um bom homem?

Sim. Mas Jamshid segurou a língua, sem deixar de perceber como Dara o observava atentamente. Ele era filho de um político; percebia quando uma conversa desviava de assunto.

— Você acabou de voltar de uma viagem com ele. Não foi o suficiente para formar uma opinião?

— Foi. A de um diplomata inteligente tentando manter a paz com um inimigo que voltou dos mortos. Quero a opinião de alguém que o conhece melhor.

Por que ele está me perguntando isso agora? Será que *Dara* ouviu os rumores sobre Ghassan querer casar Nahri e Muntadhir? A possibilidade fez Jamshid estremecer; era claro para qualquer pessoa que passasse um tempo na companhia do Afshin que os seus sentimentos pela Banu Nahida iam além do dever.

— Sim — concordou finalmente. — Muntadhir é um bom homem e um emir muito capaz, o que nem sempre são coisas complementares. Mas ele tem um bom coração e tenta fazer o certo para o seu povo e o seu reino.

— Ele tem uma fraqueza pela bebida.

Jamshid se viu indignado em nome de Muntadhir.

— Diz o homem que acabou de admitir ter tomado vinho de tâmaras em excesso.

Os olhos de Dara dançaram.

— Ah, você deve ser realmente amigo dele para ficar tão defensivo! Então me deixe perguntar algo mais, Jamshid e-Pramukh, e peço que sua resposta seja tão verdadeira quanto. Você acha que ele será um bom rei para o nosso povo? — Quando Jamshid abriu a boca, Dara ergueu uma mão. — Não, não responda como um amigo. Pense sobre isso. Diga-me como um daeva.

Diga-me como um daeva. Havia peso por trás dessas palavras vindas do Afshin que lutara e morrera por seu povo. Jamshid *achava* que Muntadhir seria um bom rei? Estranhamente, jamais se forçara a considerar a questão de maneira objetiva. Não importava o que Jamshid achava; Muntadhir *seria* o rei, e Jamshid jurara servi-lo mesmo antes de apaixonar-se. Era mais uma questão de Jamshid querer ajudá-lo a ser o melhor rei que ele podia. E Muntadhir era uma boa pessoa. Ele tentava fazer a coisa certa.

A não ser que a coisa certa não seja o que Ghassan quer. Jamshid pensou em Nahri. Ela teria alguma voz nesse casamento real? Muntadhir se importaria? Quantas vezes suplicara a Muntadhir para salvar alguns dos artistas e poetas daevas que ele sustentava quando escorregavam e diziam algo errado em público? Quantas vezes observara Muntadhir baixar a cabeça e segurar a língua quando Kaveh era insultado na corte? Quando seus companheiros djinns ficavam bêbados e perguntavam a Jamshid se ele realmente adorava as chamas? Jamshid conhecia

Muntadhir — provavelmente melhor do que qualquer pessoa. E a cada ano que o servia e o amava, ele observava mais do brilho de Muntadhir — da sua bondade — diminuir debaixo da pressão feroz e incessante do pai.

— Se ele se tornar rei... o quanto antes — respondeu Jamshid devagar. — Ele é bem-intencionado, mas sua família... É muita pressão. Acho que o pai dele está determinado a moldá-lo à própria imagem. E em relação a Alizayd, quanto antes a sucessão for confirmada, melhor.

Dara inclinou a cabeça, parecendo considerar tudo isso.

— Parece que alguém deveria matar Ghassan.

O sangue deixou o rosto de Jamshid.

— O quê? *Não*. Não foi isso o que...

Dara caiu na risada.

— Ah, a sua cara! Foi uma piada, meu amigo! — Ele deu um tapa tão forte nas costas dele que Jamshid quase caiu no chão. — Sorte sua não ser um Nahid; caso contrário, eu teria voado para cumprir o seu comando.

— Não foi um comando — disse Jamshid, na defensiva, começando a perguntar-se o quanto Dara tinha bebido e se essa ideia extremamente perigosa ficaria com ele. — Foi só...

— Afshin? — Um dos criados dos Pramukh apareceu na entrada que levava ao complexo. Ele fez uma mesura quando viu Jamshid. — Não quis interrompê-los, meus senhores. Houve um convite para o Afshin, entregue pessoalmente por, hum... uma mulher.

Jamshid encarou o homem enquanto ele passava a carta a Dara, confuso com o seu tom de voz.

— Uma mulher?

O criado encontrou seus olhos, cumplicidade neles.

— Uma mensageira do salão de Khanzada.

Ah, pelo amor do Criador...

— Khanzada enviou um convite ao Afshin?

Com um olhar que praticamente dizia "deixe-me fora disso", o outro homem anuiu.

— Imaginei que seria melhor passá-lo adiante. — Ele fez uma nova mesura e partiu.

Dara brincou com o pergaminho.

— Quem é essa Khanzada?

Se Dara estava impressionado com um simples jantar entre amigos na casa dos Pramukh, Jamshid não fazia ideia de como deveria descrever o salão reluzente de Khanzada, com seus convidados obscenamente ricos, artistas mundialmente renomados, magia, criminosos e sexo.

— Ela é uma cantora e dançarina famosa de Agnivansha — respondeu Jamshid por fim. — Chegou há pouco tempo a Daevabad e tem um salão bastante popular entre os nobres da cidade.

Dara franziu o cenho, parecendo incerto. Era uma expressão estranha de ver no rosto de um homem que havia pouco estivera brincando sobre assassinar o rei de Daevabad e que provavelmente poderia matar a todos na casa em menos de cinco minutos.

Ele passou o convite a Jamshid.

— Poderia lê-lo para mim?

Jamshid abriu o pergaminho com relutância e teve de se conter para não fazer uma careta enquanto passava os olhos pelas palavras exageradamente rebuscadas.

— Ela diz que ficaria honrada se você agraciasse a casa dela com a sua presença hoje à noite. Eles farão uma apresentação especial.

— Uma apresentação? Hoje à noite?

— Hoje à noite. — Jamshid passou o pergaminho de volta. — Você *é* famoso, Afshin — acrescentou quando Dara piscou, surpreso. — Provavelmente ela espera que alguns dos seus admiradores o sigam.

Dara pareceu pensativo.

— Nunca fui ao Quarteirão Agnivanshi.

— Mesmo? Mas você cresceu aqui.

— Não nos deixavam fazer muitas coisas — disse Dara, soando sem jeito. Ele enfiou o pergaminho no casaco. — Você me acompanharia?

Jamshid não compreendeu o que ele queria dizer a princípio, e então o olhar esperançoso nos olhos verdes do Afshin tomaram um rumo assustador.

— Espere, você *quer* ir ao salão de Khanzada?

— Confesso que me sinto intrigado. Eu não... — Dara parecia lutar em busca de palavras. — Há tanta coisa que não vi, não vivi. Eu me sinto como um estrangeiro em minha própria cidade, tateando por aí com os olhos tapados.

— Não tenho certeza se o salão de Khanzada é o tipo de experiência que você está buscando. A fofoca e politicagem mortal com a qual você se preocupa? São a especialidade dela. Ela tem uma equipe inteira de cortesãs dedicadas a extrair o tipo de segredo que derruba dinastias e arruína fortunas.

Dara não parecia nem um pouco intimidado.

— Asseguro a você que tenho muito pouco interesse em cortesãs. Mas gostaria de ver o Quarteirão Agnivanshi e ouvir um pouco de música. Ver como os homens daevas de hoje passam suas noites. Por favor — insistiu, olhando para Jamshid de forma abertamente suplicante. — Tenho certeza de que farei papel de bobo sem você.

Jamshid não conseguia pensar em muitas maneiras piores de passar a noite do que como babá de um guerreiro enorme e mortal — já bêbado —, com uma lista de mágoas do cumprimento do seu braço, e no salão de uma mulher que o odiava. Isso sem levar em consideração a presença de Muntadhir.

Mas Muntadhir provavelmente não estará lá. Desde o ataque ao irmão, Muntadhir andava isolado e deprimido. Ele vinha se retirando no seu aposento e no jardim do harém depois da corte, lugares onde Jamshid não podia segui-lo sem um convite.

E Dara simplesmente parecia tão disposto. Jamshid estava criando uma imagem bem diferente do famoso Afshin que as pessoas celebravam. Dara passara uma vida curta e reprimida em um mundo diferente, retornando a outra na qual era um homem solitário e desnorteado. Jamshid podia levá-lo para ouvir um pouco de música, maravilhar-se com alguma novidade e certificar-se de que ninguém o atrairia para um dos aposentos abaixo da pista de dança.

— Tudo bem — resmungou. — Mas só um pouquinho.

Tudo saíra terrivelmente errado.

Jamshid disparou pelo corredor em direção à enfermaria, a cabeça girando. Tinha a impressão de que passara a noite inteira correndo para cima e para baixo na cidade. Até o salão de Khanzada com Dara para a noite malfadada deles. De volta para casa a fim de avisar o pai da briga muito feia — e muito pública — do Afshin com Muntadhir. E então ao palácio, o mais rápido que o seu cavalo podia levá-lo, quando ouviu o rumor absurdo de Darayavahoush ter invadido a enfermaria e raptado Nahri e Alizayd.

Não é possível. Sim, a briga com Muntadhir tinha sido feia, e francamente refletia mal sobre dois homens que Jamshid em geral tinha em alta estima. Mas com certeza isso não seria o suficiente para convencer Darayavahoush a fazer algo tão destemperado. Com certeza ele tinha *noção* de quão delicado era o equilíbrio de poder naquela cidade e de que raptar a Banu Nahida — sem mencionar o filho mais novo de Ghassan — seria como convidar a ira do rei a cair sobre cada daeva em um espetáculo letal de retaliação.

Tinha de ser um rumor. Foi o que Jamshid seguiu dizendo a si mesmo até chegar à enfermaria.

O lugar estava lotado de soldados. Mais soldados do que Jamshid acreditaria que coubessem ali, tantos que ele mal conseguia ver além do muro de corpos. E embora servir a Muntadhir tivesse dado a Jamshid experiência suficiente em ser o único daeva no aposento, os olhares cheios de ódio dirigidos a ele enquanto abria caminho gelaram o seu sangue. Não havia rostos familiares ali. Aqueles soldados eram homens da Cidadela.

Homens de Alizayd. E a enfermaria onde o seu príncipe estivera da última vez estava destruída. Praticamente todos os móveis foram quebrados e a cortina, rasgada aos pedaços. Partes do material destruído ainda ardiam em chamas, e sangue — muito sangue — manchava uma coluna de pedra reluzente.

Jamshid congelou; o próprio Ghassan estava parado diante da coluna ensanguentada. Muntadhir estava ao seu lado, a cabeça baixa de vergonha, mas era Ghassan que chamava a atenção dele. O rei djinn estava vestido da maneira mais simples que Jamshid já vira, seu manto ébano trocado por um xale caseiro, o que em outra noite o teria feito parecer um velho preocupado e inofensivo.

Mas não envelheceu Ghassan. A peça grosseira só o fez parecer ainda mais aterrorizante, lembrando a Jamshid que Ghassan não era algum rei citadino nascido em meio ao luxo. Ele fora criado em uma terra dura e tinha passado o seu primeiro século no campo de batalha como braço direito do pai infame. Poderia ter sentimentos mais amigáveis em relação aos Daeva do que o seu predecessor, mas mantinha a paz na cidade por meio da força bruta. Não havia nada que Ghassan odiasse mais que o caos. Ele destruía absolutamente qualquer vestígio de distúrbio civil.

E o que Dara fizera naquela noite era muito pior que um vestígio.

Como se pudesse sentir Jamshid fixando-o, Ghassan virou-se para mirá-lo. Os olhos cinzentos do rei — um reflexo dos de Muntadhir — perscrutaram-no da cabeça aos pés, e a ira neles quase derrubou Jamshid.

Mas então a fúria visível passou e foi substituída pela máscara fria do rei.

— Capitão Pramukh. — Soou como se Ghassan tivesse tentado arrastar o nome de Jamshid, mas não havia qualquer brincadeira da corte ali; ouvia-se uma intenção mortal em cada sílaba na voz de Ghassan. — Seu hóspede tomou algumas decisões muito equivocadas esta noite.

Com essas palavras, todos os anos de Jamshid ao lado de Muntadhir, toda a tutela cuidadosa de Kaveh, tudo o que ele aprendera sobre sobreviver na corte sumiu de sua cabeça. Ele provavelmente deveria ter caído de joelhos, se desculpado profusamente e suplicado por misericórdia.

Entretanto, apesar do que acontecera naquela noite, a memória da convicção de Dara e a rebeldia que Jamshid invejara ainda ardiam nele. Não rastejaria diante de Ghassan.

Em vez disso, mal baixou a cabeça.

— Como posso ajudá-lo, meu rei?

Ao lado de Ghassan, Muntadhir lançou um olhar de advertência para Jamshid.

Mas o rei não reagiu à bravata de Jamshid, salvo um ligeiro apertar dos lábios.

— Você tem treinado com o Afshin desde a chegada dele, certo?

— Tenho.

— Então fique do lado do emir hoje à noite. Vamos nos encontrar com eles no lago. — Ghassan enfiou o que parecia um trapo encharcado de sangue nas mãos de Muntadhir. — Se seu irmão morrer nesta noite por sua causa, farei com que você seja punido nesta vida e na próxima.

O rei passou a passos largos pelos dois, e Muntadhir quase caiu para trás. Ele encarava o tecido ensanguentado, e o estômago de Jamshid se revirou quando reconheceu o gorro que Alizayd estivera usando mais cedo.

Jamshid limpou a garganta, sua boca seca.

— Ele está...

— Não sabemos. — Muntadhir parecia prestes a vomitar. — Os pacientes de Nahri estavam histéricos. Parece que o Afshin os tomou como reféns, mas... Tem tanto sangue, Jamshid. Se algo acontecer com ele...

Jamshid agarrou o pulso de Muntadhir.

— Nahri é uma Nahid. Ela poderia tê-lo curado com um único toque.

— Isso tudo é culpa minha — sussurrou Muntadhir. — Eu não deveria ter dito aquelas coisas no salão de Khanzada. Eu o deixei irritado e agora ele está com meu irmãozinho. — Ele ergueu os olhos vermelhos da bebida e reluzindo com lágrimas. — Você sabe como a irmã de Darayavahoush morreu, Jamshid?

Ele sabia e não tinha nada para dizer que aliviasse o medo de Muntadhir. Que Deus o perdoasse, mas Ghassan estava certo. Muntadhir fora um tolo por falar tão cruelmente sobre Nahri na frente de Darayavahoush. Ele fora cruel. Suas palavras haviam incomodado até mesmo Jamshid, mas ele pelo menos teria se contentado em confrontar Muntadhir mais tarde, quando estivessem sozinhos.

Darayavahoush... O Afshin não era como eles. Ele era de um tempo diferente, de um lugar diferente. Era encantador e engraçado, e Jamshid realmente gostava dele, mas, mesmo quando sorria, Dara ameaçava as pessoas de morte para se esconder. Muntadhir, com sua arrogância real, cometera um erro terrível.

Agora todos eles pagariam por isso.

Mas Jamshid não disse nada.

— Darayavahoush não é um tolo, Muntadhir. E ele me conhece. — Apesar de todos os defeitos do Afshin, ele ainda parecia ser um homem honrado para Jamshid. Ele relutaria em ferir outro daeva, particularmente o filho do homem que o recebera na própria casa. — Estarei ao seu lado hoje à noite, a cada momento, e tentarei dissuadi-lo.

Muntadhir estava tremendo, mas anuiu.

— Tudo bem.

Jamshid resistiu ao anseio de abraçá-lo. Muntadhir tinha de parecer forte naquela noite — especialmente na frente dos homens da Cidadela que o culpariam se algo acontecesse com o príncipe favorito deles.

Em vez disso, Jamshid baixou a cabeça, muito mais do que fizera para Ghassan.

— Venha, meu emir. Vamos nos certificar de que embarcaremos no primeiro barco que partir.

E Jamshid manteve a sua promessa. Não saiu do lado de Muntadhir.

Mas estivera muito errado a respeito da intenção de Dara de não o ferir.

ALI

Esta foi uma cena que não consegui encaixar bem em O Reino de Cobre, *então decidi tirá-la e transformá-la em uma abordagem ligeiramente satírica de algumas antigas histórias populares. Ela ocorre cerca de um ou dois anos depois de* A Cidade de Bronze. *Spoilers para o primeiro livro.*

DIZEM OS DJINNS DOS DESERTOS DE AM GEZIRA QUE NÃO há visão mais adorável do que o brilho da água. O fogo talvez queime no sangue deles, mas é a água que dá vida, a água preciosa e rara nas ruínas dos reinos humanos esquecidos nas quais constroem os seus lares. Um homem talvez veja todos os seus crimes esquecidos caso descubra um poço novo, uma mulher pode tornar-se chefe por inventar um novo meio de coletar a água.

Portanto, seria de imaginar que a visão do imponente mar de Juncos traria lágrimas aos olhos de um djinn. Especialmente em uma noite como aquela, quando um feixe denso de estrelas se estendia pelo céu aveludado como uma liga de joias, espelhado em um movimento cintilante na vastidão de água escura abaixo. Não havia qualquer brisa e estava silencioso, um silêncio tão profundo que parecia sagrado, o ar com uma fragrância de sal em vez de incenso. Uma lua brilhante reluzia prateada como uma moeda nova, sua luz salpicando o mar. Longe como estavam da praia, não havia ondas; em vez disso, o mar se elevava, subindo e descendo como uma fera respirando.

Tal comparação não acalmou Alizayd al Qahtani.

Ele mergulhou o remo na água, impelindo seu pequeno barco adiante. *Isso é uma missão idiota, Ali*, seu amigo Lubayd tinha declarado. *Sua mania de heroísmo estúpida ainda vai fazê-lo ser devorado por um tubarão.*

Ali franziu o cenho. Tubarões comiam djinns? Isso subitamente pareceu uma pergunta que ele deveria ter feito antes de embarcar sozinho em uma missão tão perigosa. Mas a família da garota roubada estava desesperada, os pais chorando, e quando se falava em ajudar pessoas, bem... Ali nunca fora de pensar muito.

Logo adiante, a água assumia uma aparência estranhamente luminosa, como se fosse um ponto mais raso, revelando um banco de areia dourado abaixo. Ali remou até estar sobre o trecho e então deixou os remos de lado, pegando a âncora do barco. Jogou-a na água, soltando a corda, enquanto observava o mar parado. Não havia terra à vista, mas Ali sabia o que se encontrava bem a noroeste.

O Egito.

Como será por lá? Ocorreu-lhe o pensamento tolo de que poderia ser uma boa ideia visitar a antiga casa de Nahri e perambular atrás dela pelas ruas do Cairo, passeando pelas grandes mesquitas e experimentando os doces fritos grudentos que ela descrevera em meio a risos.

A corda sacudiu em suas mãos quando a âncora atingiu o leito do mar e afastou tais pensamentos. Qual era o ponto dessas fantasias quando ele jamais deixaria Am Gezira, e Nahri jamais deixaria Daevabad, especialmente agora? No mês anterior chegara a notícia de que o emir Muntadhir e a Banu Nahida se casaram em uma cerimônia espetacular. Era para ser um novo amanhecer para o mundo djinn, com suas famílias reais em guerra finalmente unidas em uma aliança política que o próprio Ali sutilmente encorajara. Uma aliança que ele apoiou traindo um amigo.

Chega. Colocando de lado os pensamentos sobre Daevabad, Ali tirou o manto. Por baixo, ele usava uma túnica sem mangas e um tecido cobrindo a parte inferior do corpo. Com a zulfiqar amarrada às costas, conferiu se a khanjar na cintura e a outra faca pequena no tornozelo continuavam bem presas. Com as armas seguras, buscou o pote pequeno de cerâmica que recebera com o barco. Destampou-o, torcendo o nariz com o cheiro de betume e alguma erva acre: uma mistura mágica que os djinns sabeus juravam que tornaria o caminho do mar visível para ele. Ali esfregou a mistura nos cílios e debaixo dos olhos antes de posicionar-se na borda do barco.

Ele mergulhou. A água o abraçou, acolhedora e mais quente do que ele teria esperado, apressando-se para puxá-lo mais fundo. Ali nadou rápido, muito mais rápido do que qualquer djinn — seres de chamas sem fumaça que tipicamente fugiam de qualquer corpo d'água mais profundo que seus joelhos — seria capaz. Uma bênção e uma maldição da possessão dos marids no lago.

A água sumiu abruptamente, e Ali tropeçou em areia perfeitamente seca. Diante dele se estendia um caminho estreito, a água recuada e suspensa acima do leito do mar como se contida por um vidro invisível. Mais à frente, ele podia ver as sombras escuras de peixes esvoaçantes contra a água iluminada pela lua. Uma enorme raia passou acima dele, seu corpo com pontos azuis tremulando como a bainha do vestido de uma mulher, e Ali ficou boquiaberto diante da visão incrível.

Era lindo. Mágico. O que significava que fosse muito possível ser algo mortal. A âncora repousava ao lado dele, segurando o barco. O caminho arenoso se estendia até um paredão rochoso íngreme coberto por corais reluzentes e plantas marinhas ondulantes. Na base dos rochedos, quase escondida por uma explosão de belas algas avermelhadas, uma porta dupla reluzia branca como ossos.

Ali seguiu em sua direção, triturando a areia com os pés descalços. Não era de espantar que as portas reluzissem de tal maneira; elas pareciam ter sido entalhadas de um pedaço enorme de madrepérola. Uma linha dentada aumentava o efeito separando as duas como a boca de um molusco.

Respirando fundo, Ali sacou sua zulfiqar e entreabriu as portas com cuidado. Elas recuaram com um sussurro e revelaram um corredor estreito. Ele entrou.

As portas cerraram-se atrás dele.

Ali deu um salto, os dedos fechando-se ao redor das armas, mas nada mais aconteceu. O coração batia rápido; a escuridão era tão densa que chegava a ser opressiva.

Engolindo o medo, ele instou sua zulfiqar a brilhar. A espada obedeceu, irrompendo em chamas. Gavinhas ardentes dançavam ao longo da lâmina de cobre, lançando luz sobre as paredes de arenito e o chão de pedra encardido do corredor.

E sobre as espadas de aço reluzentes de várias dezenas de guerreiros.

Ali instantaneamente assumiu uma posição de luta. Mas não precisava — eles não moviam um músculo sequer. Eram *estátuas*, Ali se deu conta, observando atônito seus rostos plácidos. Alguns pareciam entalhados em pedra, outros a partir de pedaços de conchas e corais. O detalhe sinistro era que, não importava qual material fora utilizado, todos seguravam espadas de aço idênticas. Exceto por isso, formavam um bando extraordinariamente diverso: suas vestes eram uma mistura de togas rumi, faixas nabateanas, túnicas sabeias, saias plissadas egípcias e trajes que Ali não conseguia reconhecer. Estátuas que talvez tivessem sido tomadas de uma dúzia de civilizações diferentes durante os milhares de anos em que os humanos chamaram aquela terra de lar.

Ele se aproximou, examinando uma estátua entalhada vestindo um thobe. Um pequeno bastão para limpar os dentes estava enfiado em seu cinto desgastado, os minúsculos detalhes de pedra criando uma réplica perfeita.

Quase perfeita demais. Ali estremeceu, estudando as linhas no rosto da estátua e o que poderia ser uma cicatriz de varíola. A trepidação imobilizou seu corpo, a imaginação voando.

Pegue a garota, disse a si mesmo, *e caia fora daqui.*

Ele seguiu em frente, a zulfiqar em uma mão e a khanjar na outra, os únicos ruídos sendo os estalos das chamas e sua respiração acelerada. A luz do fogo da zulfiqar tremulava nas paredes próximas, iluminando uma fachada de figuras misteriosas e animais bizarros habilmente entalhados. O que parecia ser um alfabeto estava indecifrável, só garranchos de linhas e círculos redondos e perfeitos.

Devem ter sido feitos por humanos. Ali aproximou a zulfiqar. Muitos rochedos e tumbas de arenito em Bir Nabat eram cobertos por entalhes similares: reis mortos havia muito tempo e caçadores capturados em ação, divindades esquecidas e preces em línguas perdidas. Mas os desenhos à sua frente seguiam em uma direção mais aterradora: serpentes do mar gigantes devorando humanos em fuga e touros com cabeça de leão rugindo em meio a pilhas de membros cortados.

O fim do corredor o chamava, brilhando à distância: mais um conjunto de portas peroladas. Incapaz de lutar contra a sensação de que tudo aquilo era uma armadilha, Ali passou por elas.

Assim que cruzou o vão, a câmara se iluminou, dúzias de lamparinas de vidro suspensas acendendo-se e iluminando uma caverna enorme — facilmente duas vezes o tamanho da sala do trono do seu pai.

E *toda* ocupada por tesouros.

Montanhas de moedas de ouro, contas de vidro e búzios cercavam baús transbordando joias de todos os matizes — esmeraldas, rubis e safiras maiores do que o seu punho. Colares de pérolas longos o suficiente para amarrar um homem, animais de madeira e marfim entalhados, tigelas de bronze com olíbano, âmbar-cinzento e almíscar. Brocados dobrados de seda e tecidos de damasco precioso. Mesmo as paredes eram cobertas de ouro, ornamentadas com jade e coral em desenhos florais expressivos. Nada estava organizado — ao contrário, cacos de vasos quebrados se espelhavam pelo chão e colares que valiam um reino estavam jogados sobre móveis quebrados. Várias colunas de mármore tinham caído e o busto em pedra quebrado de um homem barbado estava coberto de pó. A impressão que se tinha era de que algum espírito irado havia se vingado de qualquer que tivesse sido a civilização humana que um dia chamara aquele lugar de lar, arrastando-o para o mar e enchendo-o com os tesouros roubados do seu povo assassinado.

O que, na verdade... era uma possibilidade, levando-se em consideração o mundo mágico. Ali não conseguia tirar os olhos da fortuna que o cercava. Um único punhado dela mudaria a vida dos moradores do vilarejo que o abrigaram corajosamente; vários punhados poderiam ir além. Segurança. Estabilidade. Soldados. Uma maneira de mudar o futuro sinistro que seu pai lhe deixava.

Uma maneira de facilitar para ele decidir executar você. Ali continuou andando sem tocar em nenhum dos itens preciosos.

Mais à frente, um pomar de árvores repletas de joias crescia do chão de mármore, troncos de topázio marrom ornados com bronze se elevando até o teto. Seus ramos estavam pesados com frutas e flores de vidro e pedras preciosas. Pássaros dourados pousavam entre folhas de esmeralda, congelados no ato de cuidar de ovos de quartzo, com minhocas de coral nos bicos esculpidos. Na base de cada árvore havia um pedestal de prata. Ali se aproximou e então parou. Sobre cada pedestal — eram dezenas — havia uma forma encoberta.

Um corpo. Alguns dos sudários tinham começado a apodrecer, revelando braceletes enferrujados ao redor de pulsos esqueléticos e ornamentos manchados presos a tranças negras em decomposição. E adiante, sobre um pedestal mais ao fundo, havia uma garota sem sudário, o brilho esfumaçado da sua pele marrom um indício claro de que se tratava de uma djinn.

Ali correu até ela, suspirando aliviado quando viu que o seu peito ainda se elevava e baixava. Certamente parecia ser a filha do governador geziri rico que suplicara pela ajuda dele. Um colar de ouro pesado ornava o seu pescoço e medalhões florais de lápis-lazúli, cristais de âmbar e rubis reluzentes pousavam contra a base de sua garganta. Ela usava um roupão roxo bordado e estampado em ikat, mas ele estava aberto e caído, revelando uma camisola de seda rosa cobrindo o corpo. Os lábios da garota foram coloridos com um tom ocre, e um pássaro estilizado — com as asas abertas —, pintado sobre suas sobrancelhas delicadas. O cabelo longo e negro dela estava descoberto, arranjado no topo em tranças elaboradas que cercavam os discos dourados pendendo de suas orelhas.

— Abla? — chamou Ali carinhosamente. — É você?

Não houve resposta, mas Ali podia jurar que a boca dela se moveu de leve, seus lábios parecendo premir-se.

— Abla? — Ele estendeu a mão para sacudir o ombro dela. — Você...

Um par de adoráveis olhos cinzentos abriu-se tremulando, os cílios longos batendo. Ela estendeu os braços languidamente acima da cabeça, o roupão caindo mais ainda, e sorriu.

— Você deveria me beijar.

Ali teria ficado igualmente perplexo se a garota tivesse saltado do pedestal e se transformado em um dos soldados de pedra do corredor.

— Eu deveria fazer o quê?

Ela se sentou, suas tranças caindo em ondas escuras como a noite.

— Deveria me beijar — ela brincou, provocando-o. — Nunca ouviu a história?

O calor enrubesceu a face dele.

— Não... Quer dizer, há regras proibindo esse tipo de coisa.

Ela inclinou a cabeça, como se o estudasse.

— De *onde* você é? Se eu não soubesse melhor, diria que o seu sotaque soa daevabadi, mas isso... — Ela arregalou os olhos. — Ah, meu Deus, você é *ele*, não é? Você é o...

— Shhh. — Ali levou um dedo à boca. — Vamos nos conhecer melhor quando não estivermos cercados por corpos em decomposição. Onde está a criatura que pegou você?

Abla estremeceu.

— Não sei. Ele me agarrou quando eu estava coletando conchas e volta para cá uma vez por dia... de manhã, eu acho. Sou obrigada a beber um chá horroroso que me mantém dormindo.

— De manhã? — repetiu Ali, seu coração apertando quando se lembrou da linha do amanhecer incandescente que vira um instante antes de mergulhar. Quando ela anuiu, ele pegou a sua mão. — Vamos. Não temos muito tempo.

Ela olhou de relance atrás dele.

— Onde está o restante dos seus homens?

— Sou só eu.

— Só você? — Um traço de incerteza cruzou o rosto dela. — Perdoe-me, mas... falta quanto tempo para o amanhecer?

A câmara tremeu violentamente.

— Pouco — retumbou uma voz grave como o ranger de rochas. — Muito pouco.

Ali girava sobre os pés quando um calor fedorento o cobriu. Eles foram pegos.

A criatura que se aproximara era grande demais para que não a percebessem. Duas vezes a altura de um elefante, tinha o corpo e os chifres de um touro, o rosto torturado e violáceo de uma mulher, as asas de um morcego e o rabo listrado de uma serpente que desaparecia nas profundezes do pomar de joias. Em vez de cascos, as patas da frente terminavam em mãos com garras e, apoiada sobre poderosas pernas traseiras, ela erguia um enorme tridente.

Ali ficou boquiaberto.

— *Esta* é a coisa que pegou você? — O cheiro de sangue ferroso, decomposição, poeira e absoluto estranhamento o deixou sem palavras de novo. Seja lá o que a besta fosse, parecia tão deslocada no mar quanto a dupla de djinns com sangue de fogo diante dela. Um demônio da terra, Ali se deu conta, pasmo. Dizia-se que tais criaturas eram extremamente raras, seres que pertenciam à era das lendas.

A criatura abriu um largo sorriso, presas de marfim manchado projetando-se de sua boca carmesim.

— Os heróis sempre aparecem — desdenhou. — Perseguindo suas beldades até a morte. — A besta o analisou com olhos reluzentes. — Uma bela adição aos meus guerreiros de pedra. Um escravizado de Bilqis que tomarei.

Abla revirou os olhos.

— Já tentei dizer a ela que não pertencemos a Bilqis. — Ela se virou para a criatura. — Os djinns são livres! Suleiman está morto há milhares de anos!

A criatura rosnou.

— Mentiras. Os djinns sempre mentem. Quem colocou os marids, filhos da maldita Tiamat, para correr, se não Suleiman?

Ali piscou, confuso, mas Abla fez um gesto para que não se preocupasse.

— Há dias que ele não para de tagarelar sobre os marids e Tiamat. Não que isso tenha importância. — Ela colocou uma mão na cintura, empinando o queixo de maneira desafiadora. — Você não desafiou um guerreiro qualquer, criatura... Esse é o matador do Afshin, Alizayd al Qahtani.

A criatura jogou o tridente de uma mão para a outra.

— Não conheço nenhum Afshin e não temo seu matador. Eu sou Shardunazatu, Aquele que Humilha. — A criatura se arrastou mais para perto, pairando sobre eles. — Por dez mil anos fui o soberano desta terra, sacudindo cidades humanas até virarem pó e elevando montanhas com um bater de palmas, até que a diabólica Tiamat me prendeu! Mas ela entrará em desespero quando enfrentar meu exército de guerreiros de pedra, sim, ela irá! — Os olhos gigantes fixaram-se em Ali, parecendo poços de lama agitados. — E você os liderará!

Do corredor veio um ruído inconfundível de marcha, pedra deslizando sobre pedra. O exército do demônio da terra... Certamente ele não tinha a intenção de...

Shardunazatu saltou em sua direção.

Tirando Abla do caminho com um empurrão, Ali aparou o primeiro golpe do tridente do demônio com a zulfiqar, os metais chocando-se em uma explosão de centelhas. A criatura recuou, e Ali jogou-se em sua direção com a intenção de enfiar a zulfiqar em uma faixa de barriga exposta.

Foi como se tivesse atacado um bloco de ferro. A zulfiqar bateu duro, o choque reverberando por seus braços. Ele manteve a coragem — e a firmeza — e soltou sua magia, as chamas correndo pelo peito do demônio.

Shardunazatu riu e então escancarou a boca horrível. Uma enxurrada de lama espirrou para fora, apagando as chamas da zulfiqar com a mesma facilidade com que Ali poderia ter apagado uma vela. O cheiro de podridão encheu o ar, imundo e denso.

Ele abriu um largo sorriso, pairando sobre Ali.

— Nem todas as criaturas da terra são tão fracas quanto os humanos, pequeno djinn. Não há muita magia para um sangue de fogo tirar debaixo do mar.

O rabo dele se moveu em um piscar de olhos. Não era mais o rabo de uma serpente, mas como algo de barro que havia adquirido vida — e bateu contra os tornozelos de Ali, varrendo-o para o chão enquanto uma mão com garras arrancava a zulfiqar de seu punho.

Ali tentou se arrastar para trás, mas o rabo da criatura se enrolara em suas pernas, a lama borbulhante avançando sobre seu corpo, pesada e fervente. A lama o prendeu inteiro contra o chão, encerrando seus braços e subindo devagar até o pescoço. Ali perdeu a sensibilidade nos dedos, que então ficaram horrivelmente imobilizados, e a sensação avançou para seus pulsos.

Shardunazatu o estava transformando em pedra.

Ele podia ouvir Abla gritando o seu nome. Asfixiando-se em meio ao terrível cheiro e desesperado para se ver livre, Ali tentou invocar a sua magia, mas, tão logo criava uma chama, outro jato de lama a extinguia. Uma onda de bile como piche passou sobre seu rosto e o fez engasgar, a substância imunda forçando entrada por seus lábios cerrados.

Ali invocou seu fogo de novo, mas ele não fez mais do que cozer a lama cobrindo seus membros.

Não há muita magia para um sangue de fogo tirar debaixo do mar.

Agindo por instinto, Ali buscou de novo sua magia. Mas não tentou conjurar uma chama ou uma nuvem de fumaça sufocante. Em vez disso, invocou a presença fria e distante que vinha nadando em silêncio em sua mente desde que a criatura marid o pegara — a parte de Ali que adorava mergulhar no mar, que deixava seus sentidos formigando quando ele passava por uma fonte d'água escondida.

Tudo ficou em silêncio absoluto. E então um tremor violento trespassou o corpo de Ali, água gelada derramando-se de sua pele. Em segundos, a pedra havia se dissolvido e uma lama cinzenta pingava de seus membros. Os olhos dele abriram-se de súbito, estreitados em um foco quase predatório.

Shardunazatu apareceu diante dele, um ser ofensivo de rocha derretida e terra viva que não tinha lugar no mar de Ali. No entanto, não era só isso que o demônio da terra continha. Havia umidade em Shardunazatu: sangue ferroso em suas veias, líquido lubrificando suas juntas, o gorgolejo delicado de humores em sua espinha e em seu cérebro. Os músculos molhados que moviam sua boca em uma careta perplexa.

Ali pegou o rabo dele, dando um puxão no líquido com o olho da mente. Sangue prateado estourou da pele do demônio, encharcando seus dedos. Shardunazatu deu um guincho e golpeou Ali com o rabo, jogando-o para o outro lado da câmara.

Ele caiu com força, abrindo uma rachadura na parede atrás de si e fazendo com que uma montanha de moedas caísse no chão. Porém, mal sentiu o impacto. Levantou-se agilmente, com uma elegância pouco natural, o mundo ainda cinzento. Magia, uma magia mais poderosa do que qualquer coisa que já havia conhecido, pulsava em suas veias, uma ira antiga assumindo o comando. Como essa abominação da terra ousava desafiá-lo em suas próprias águas? Sua zulfiqar voou para sua mão em uma onda, e Ali partiu para o ataque.

Shardunazatu golpeou com o tridente, mas Ali estava mais forte agora, o mar do lado de fora da caverna batendo em sua cabeça, em seu sangue. Aparando o tridente entre as forquilhas da zulfiqar, ele virou com força, arrancando a arma das mãos do demônio e lançando-a longe pelo chão. Ele se esquivou de um ataque das garras de Shardunazatu que o teria deixado em tiras sangrentas e então enfiou a zulfiqar entre os seus olhos lodosos gigantes. A criatura uivou, protegendo o rosto.

— Alizayd!

Ao ouvir o som do seu nome, a presença marid desapareceu de sua mente. Ali tropeçou. Abla correu até ele, agarrando seu pulso e puxando-o para trás.

Shardunazatu estava guinchando, um urro similar a um terremoto.

— Um truque! — lamentou-se, apertando os olhos arruinados. — Marid mentirosa, vou mandá-la de volta para Tiamat em ondas de sangue!

Ali mal absorveu a acusação sem sentido, ocupado demais em esquivar-se do rabo da criatura varrendo o chão. Ele e Abla estavam quase nas portas peroladas. Enquanto corriam, porém, Ali não pôde deixar de olhar a câmara uma última vez. Quem quer que tivessem sido os humanos que projetaram aquele lugar, tinham feito um trabalho admirável. Parecia ter saído de verdade de uma história ou uma lenda para ser contada em cafés lotados e átrios de mulheres. Um mundo desaparecido havia muito tempo. Um palácio de ouro, um templo de joias. Uma cidade de bronze.

As portas se escancararam. O exército de pedra de Shardunazatu tinha chegado.

Se não fossem os corpos transfigurados e escravizados de guerreiros mortos que ansiavam por matá-lo, Ali teria admirado a visão das estátuas correndo para cercá-los, movendo-se tão agilmente quanto homens vivos, suas enormes espadas reluzindo à luz das velas. Naquele momento, entretanto, sua curiosidade tinha limites.

— Corra! — gritou ele.

Um guerreiro vestido com os trajes de um soldado rumi avançou em sua direção, e Ali enfiou o tridente em seu peito. A estátua estremeceu e explodiu, fragmentando-se em pedaços de conchas. Porém, no tempo em que Ali levou para golpeá-la, outras três estátuas o cercaram. Ele se esquivou, deixando que duas delas se chocassem, e enterrou o tridente nos joelhos da terceira, mergulhando para fora de seu alcance e rolando antes de se erguer.

Shardunazatu ainda uivava, procurando cegamente pelo djinn. Mais guerreiros de pedra emergiam do pomar. Então, com um único movimento, as garotas assassinadas sentaram-se de repente, os sudários caindo de seus crânios expostos. As estátuas que Ali tinha destruído já estavam se remontando, a lama unindo os fragmentos de pedra como um cimento vivo.

O arrependimento de Ali desapareceu — o mar podia tomar aquele lugar para si. Ele alcançou Abla, segurando a sua mão enquanto adentravam o corredor, as estátuas seguindo-os de perto.

Mas as portas peroladas que se cerraram atrás dele antes ainda estavam fechadas. Ali tentou arrombá-las, mas nem seu ombro, tampouco a zulfiqar ou o tridente, teve qualquer sucesso. Além das portas, ele podia sentir o peso do mar sobre o caminho encantado, ansiando para libertar-se.

Os guerreiros os alcançariam em instantes. Ali deu um passo para trás, enfiando-se com Abla em um pequeno nicho na parede. Ele viu os olhos assustados dela.

— Quando eu disser para você, inspire fundo e prenda a respiração o máximo que puder. — Ele guardou o tridente às costas, sentindo-se estranhamente apegado à arma, e então puxou Abla para junto de si, abraçando-a com tanta força que ela ofegou.

Ali fechou os olhos, o peso do oceano arrastando-se sobre seus ombros, parte de seu coração ansiando para ser envolto pela água. E então uma palavra — em uma língua que ele não falava — escapou de sua boca:

— *Venha*.

O leito do mar estremeceu.

A água irrompeu através das portas peroladas, derrubando-as como se fossem de papel. Como se o oceano fosse algo vivo, uma criatura havia muito incomodada com aquele refúgio humano seco, angustiada para acabar com o forasteiro desconhecido e tomar de volta sua casa.

Em segundos, a água estava na altura do seu pescoço.

— Abla, segure o ar!

Ali também respirou fundo enquanto a água se fechava sobre a sua cabeça, mas ele aprendera muito tempo antes, quando um assassino o jogara em um poço desolado no deserto, que não precisava se preocupar com essas coisas.

Ele não conseguia se afogar.

Ainda segurando Abla, esperou até que a força da água tivesse diminuído e então escapuliu, nadando com força.

Eles irromperam na superfície um minuto mais tarde. Abla se debatia em seus braços, cuspindo e arfando em busca de ar. Ela estava um trapo: o sangue fedorento de Shardunazatu grudado nas tranças descabeladas, a maquiagem escorrendo pelo rosto em listras e um brinco tinha sumido. Ferimentos cobriam seus braços, seu belo manto estava destruído.

— Você está bem? — perguntou ele, sem fôlego.

Abla soltou um gemido.

— Não! Nós quase fomos mortos por um bando de estátuas!

Ali nadou até o seu barco e ajudou Abla a subir.

— Mas as ruínas eram fascinantes, não é? Nunca tinha visto um lugar como aquele. Eu nem acreditava que criaturas como Shardunazatu existissem ainda. Imagine as coisas que ele viu em vida.

Abla olhou-o horrorizada.

— Você parece pronto para voltar e bater um papo com aquela criatura maldita.

Ali subiu no barco. Não conseguia evitar sentir-se estranhamente inebriado, um efeito colateral de seu último encontro com a morte e algo que ele suspeitava não ser uma reação saudável.

Mergulhou os remos na água.

— Não sei... Talvez seja interessante saber o que mais vive abaixo da superfície.

O povo de Abla recebeu Ali e seus acompanhantes de Bir Nabat com um banquete que durou o dia inteiro e avançou noite adentro, com direito a um espetáculo de fogos de artifício encantados e tambores vigorosos que Ali suspeitava que desencorajariam pelo menos três gerações de humanos locais de visitar aquela área outra vez. A cidade djinn de Sabá era uma das maiores em Am Gezira, construída sobre as ruínas de uma cidade humana ainda mais antiga. Como a primeira escala para os comerciantes vindos de Ta Ntry, Sabá também era rica, fato exibido abertamente pelas vestes suntuosas e ornamentos com joias do seu povo, assim como pela cozinha refinada que ofereciam.

Sem reservas, Ali tinha se atirado na comida — não via um banquete como aquele havia anos, e nem ele nem seus acompanhantes demonstraram muita prudência ao devorar o que lhes era servido, sobretudo considerando que parecia não passar um momento sem que os sabeus deixassem de empurrar alguma guloseima para ele. Ali estava afundado em almofadas enormes. Um manto extraordinariamente caro repousava de leve sobre seus ombros, um dos vários mantos de honra que ganhara. Este era de linho e seda, pintado com diamantes azul-claros e laranja.

Ele viu o pai de Abla — o governador da cidade — aproximar-se. Seu rosto estava banhado de lágrimas; o homem não parara de chorar desde que Ali trouxera a filha de volta. Ali tentou se levantar, lutando contra a âncora de bolos de mel, ensopado de feno-grego, cordeiro assado e peixe frito lançada em seu estômago.

O pai de Abla acenou para que ficasse onde estava.

— Sente-se, meu filho, sente-se! — exclamou o governador. Novas lágrimas reluziam em seus olhos. — Eu deveria ser a sua cadeira pelo prêmio que trouxe de volta para mim, ó, príncipe de Daevabad!

Desmaiado na almofada junto a Ali, Lubayd soltou um ronco enfumaçado. Seu amigo mais próximo em Am Gezira, Lubayd parecia determinado a comer até morrer enquanto eles estavam no sul. Ao lado direito de Ali, sentava-se Aqisa, a guerreira mais violenta de Bir Nabat, totalmente desperta e alerta. Ela passara a maior parte da viagem lançando olhares suspeitos para todos, a mão fechando-se em torno da khanjar sempre que alguém os encarasse por tempo demais.

O governador tocou o coração e ajoelhou-se diante dele.

— Como você devolveu meu tesouro para mim, príncipe Alizayd, eu gostaria de conceder-lhe um tesouro similar.

Ali ajeitou-se na almofada, largando a taça.

— Hum — conseguiu dizer, tentando não cair para a frente. Ele apertou os olhos em um esforço de se manter desperto. O governador ficou três vezes maior... Não, é claro que não. Isso era ridículo. Enquanto isso, Abla se juntara a ele usando um brilhante manto dourado e púrpura, assim como um homem com uma aparência abatida trajando um ghutrah aberto como um sacerdote.

O governador continuou.

— Minha Abla me contou de sua bravura. Ela confessou o amor por você, algo que abençoo. — Ele tomou as mãos de Ali. — Eu gostaria que você se casasse com ela. Dou-lhe minha filha e minhas terras, Alizayd al Qahtani. Aceite este porto, aceite a sua riqueza, o seu prestígio e o seu poder, apenas como a menor recompensa pelos seus atos.

Ali piscou, trazido de uma maneira um tanto violenta de volta para o presente. Os olhos do governador reluziam com lágrimas de felicidade, Abla sorria ansiosamente para ele e o sacerdote parecia um tanto cansado com toda a experiência.

— E-espere — gaguejou ele. — O que está acontecendo?

— Case-se com a minha filha, Alizayd al Qahtani — instou o homem mais velho, ainda segurando as suas mãos. — Sabá é um lugar muito melhor para você. Pode construir uma base de apoio aqui. Temos fortes da época de Bilqis, e a posição é ideal para defender-se. Se necessário, você pode atravessar o mar de Juncos e em poucos dias chegar a Ta Ntry.

Ali se endireitou, as implicações de traição expulsando a exaustão.

— Não posso fazer isso, governador. É uma oferta adorável — acrescentou rapidamente, vendo a expressão de Abla desabar —, mas não posso aceitá-la.

O outro homem recuou, a ofensa estampada no rosto.

— Tem algo errado com a minha Abla? Com o meu lar?

— Não, claro que não! — A mente de Ali girava. — Eu...

— Ele tem uma mulher esperando lá em Bir Nabat. — Era Lubayd, o amigo desperto e calmo diante do pânico crescente de Ali. Ele deu um tapinha nas costas de Ali. — O sheik aqui quer esperar até fazer um quarto de século para certificar-se de que tudo seja feito dentro dos conformes.

— Ah... mas falta pouco para isso, não? — insistiu o governador. — Peça para que a mandem para cá. De qualquer forma, um homem em sua posição deve ter mais de uma esposa.

Lubayd salvou-o de novo.

— Bem, o senhor sabe como as mulheres podem ser... — Ele abriu um largo sorriso, virando-se brevemente para Aqisa, que o reprovava com o olhar. — A noiva dele é do tipo ciumenta. Não vai concordar em compartilhá-lo com ninguém.

O governador se voltou para Ali.

— Isso é verdade?

Deus me perdoe.

— Sim — mentiu Ali, odiando-se por isso, mas sem querer ofender mais o homem. Ele olhou de relance para Abla. — Sinto muito, senhorita. Sinto-me profundamente honrado por ter sido pedido em casamento. Mas sei que encontrará alguém ainda mais merecedor do que eu.

O governador parecia desanimado.

— Eu tenho de dar-lhe *algo*. Você salvou a vida da minha filha.

Ali fez uma pausa.

— Bem, já que o senhor mencionou... eu poderia dar uma olhada nos seus jardins?

Ali saltou o canal estreito, então se ajoelhou para examinar a maneira como os cantos de pedra se encaixavam. A água corria por ali, limpa e fresca, seguindo em direção ao pomar de damascos de Sabá. Ele ficou de pé, fazendo uma anotação no pergaminho que carregava, e respirou fundo o ar da noite, saboreando a fragrância rica de terra e vegetação. Os pés afundaram na lama enquanto seguia para os campos de melões, a bainha esfarrapada do tecido que cobria a parte inferior do corpo arrastando-se na terra.

— O que aconteceu com seu manto bacana? — perguntou Lubayd, colhendo um damasco de uma das árvores.

— Eu o embalei — respondeu Ali, distraído. — Vamos faturar mais por ele no norte se estiver limpo.

— Você vai *vendê-lo*?

— Não tenho necessidade de um traje como aquele, e Bir Nabat poderia fazer uso do dinheiro. Nossas safras estão se saindo melhor, mas não há excedente suficiente para vender por pelo menos mais um ano. — Ali ajoelhou-se novamente, admirando os melões. As vinhas eram grossas e fortes, as frutas pesadas. Como eles faziam para cultivar melões assim?

Lubayd expirou.

— Ali, nós nos conhecemos faz algum tempo agora. Somos amigos, não é?

— É claro. Devo minha vida a você.

— Então, como seu amigo... posso lhe perguntar uma coisa?

Ali anuiu, pressionando as palmas contra o solo.

— Com certeza.

— Que merda é o seu problema?

Ali olhou para trás, surpreso.

— *Quê?*

Lubayd jogou as mãos para cima.

— Por que você está se arrastando na terra quando poderia estar com aquela garota adorável tirando aquele manto bacana do seu corpo?

Ali enrubesceu. Abla era muito bonita, e a imagem que Lubayd mencionou não o ajudou a esquecer-se do fato.

— Não seja desrespeitoso — respondeu. — Além do mais, ela não faz meu tipo.

— Por que não é daeva?

Ali mirou-o fixamente.

— Não comece.

Lubayd revirou os olhos.

— Ah, todo mundo pode dizer isso, menos eu?

— Você deveria saber melhor.

— Sim, eu sei que você ficou mais insuportável que o normal quando chegou a notícia do casamento do seu irmão e que escrevia cartas de amor para ela toda semana.

O interesse em meu país, em melhorar seu árabe... Suponho que tenha sido tudo pretexto? As palavras de Nahri nos túneis inundados debaixo do palácio voltaram a ele. Ali ainda conseguia lembrar como a voz dela soara dura, com um distanciamento forçado que não conseguiu de maneira alguma esconder a mágoa nos seus olhos escuros.

Não, não fora pretexto. Em vez disso, Ali não se dera conta de que seu tempo com Nahri fora uma luz — e uma luz que ele não merecera — até ser tarde demais. As lembranças dela ainda o assombravam.

— Elas não são... cartas de *amor* — gaguejou ele. — Quer dizer, eu vejo coisas aqui que considero interessantes. Que Nahri consideraria interessantes. Úteis. É mais acadêmico do que qualquer coisa.

— Claro que é — disse Lubayd, obviamente não acreditando em uma palavra sequer. — Case com essa Abla, meu amigo. Por favor. Você precisa seguir em frente.

Pego de surpresa, Ali procurou uma resposta diferente.

— Você não ouviu o que mais o governador ofereceu, Lubayd? Um lugar para construir uma base de apoio? Se eu me casasse, pareceria que estou tentando construir alianças políticas em Am Gezira.

Lubayd lhe deu um olhar compreensivo.

— Talvez você *devesse* estar construindo alianças políticas aqui. Melhor do que ficar esperando ser assassinado.

Ali se colocou de pé.

— Não posso fazer isso com a minha família. — Ele limpou as mãos na cintura. — Vou perguntar ao governador se podemos levar algumas destas sementes.

— Acho que não eram estas as sementes em que ele estava interessado.

— Vou enfiar o tridente de Shardunazatu em você.

Lubayd riu com desdém.

— Você jamais faria isso. E é melhor não levar essa coisa maldita de volta para Bir Nabat. Só você seria tolo o suficiente para levar a arma roubada de um demônio do mar.

— Demônio da terra — corrigiu Ali. Mas falar sobre a luta com Shardunazatu trouxe à memória outra parte dela. — Lubayd, você já ouviu falar de Tiamat?

— Tipo Bet il Tiamat? Sim, acredite ou não, eu conheço o nome do oceano gigante ao sul de nós.

Ali balançou a cabeça.

— Não o oceano. Só Tiamat. Shardunazatu falou dela como se fossem velhos inimigos. — Ele fez uma pausa, tentando vasculhar a memória. — Eu podia jurar que já ouvira o nome, alguma divindade primitiva dos humanos ou algo assim... Mas o demônio da terra estava dizendo outras coisas. Falando sobre uma guerra, sobre expulsar os marids...

— Não me parece uma briga em que você queira se envolver. — Lubayd deu de ombros. — Vai saber... Talvez ficar preso em uma câmara subterrânea por milhares de anos com um monte de estátuas tenha deixado a besta maluca.

Uma corrente de água fria passou por baixo dos pés de Ali, rapidamente chegando aos seus tornozelos. Alguém devia ter mexido em algum dos montes de pedra no canal mais acima. A água reluzia sob o luar, varrendo um punhado de folhas mortas com um farfalhar que soava parecido demais com os sussurros da marid que Ali ainda ouvia em seus pesadelos.

Ele retornou à trilha seca.

— Você provavelmente está certo. Venha, vamos voltar ao banquete e cair fora daqui antes que um de nós termine casado.

O BATEDOR

Esta cena era originalmente um prólogo para O Reino de Cobre. Spoilers para os dois primeiros livros.

— Então, o que você fez?

Cao Pran irritou-se com a pergunta, e o seu cavalo dançou nervosamente no caminho nevado em resposta. Ele lançou um olhar para o soldado geziri cavalgando ao seu lado.

— Quem disse que eu fiz alguma coisa?

Jahal riu com desdém.

— Soldados não são expulsos da Cidadela e mandados para patrulhar a fronteira norte de Daevastana a não ser que tenham feito algo errado.

Os olhos cinzentos dele cintilaram com diversão... e uma boa dose de sua soberba característica. Como Jahal estava todo coberto de peles, os olhos eram tudo que se podia ver dele. Gelo acumulado deixava áspero o pelo escuro da sua capa, retirado de alguma fera abatida, de algum animal feito de terra e sangue carmesim.

A visão revirou o estômago de Pran. Embora Jahal parecesse aquecido, Pran ainda não suportava se cobrir com peles como faziam os humanos da região. Parecia errado, sujo.

Ao mesmo tempo, ele sentia bastante frio.

Jahal pressionou novamente.

— Você sabe que sou seu oficial superior — lembrou a Pran pelo que parecia ser a centésima vez. — Poderia mandá-lo me contar. — Ele deixou a ameaça pairar no ar, os olhos ainda cintilando como se estivessem brincando, como se Pran também achasse divertida a insinuação constante de que seu companheiro podia arrancar suas tripas sem ser condenado por isso ou simplesmente abandoná-lo naquela terra selvagem. — Então, me conte. Você tentou subornar algum primo de um ministro? Dormiu com a mulher errada? O homem errado?

Conte logo a ele. É mais fácil. Pran expirou, sua respiração saindo em uma explosão enfumaçada que formou uma nuvem no ar gelado.

— Eu tenho um probleminha com o vinho e a pontualidade — confessou. — Atrasei-me para a vigília vezes demais.

— Você se atrasou para a vigília? — repetiu Jahal, sem acreditar. — Não me parece o suficiente para ser mandado para morrer congelado no fim do mundo. — Ele deu uma risadinha. — Que pena que você é tukharistani. Se fosse um geziri, teria recebido apenas uma advertência.

Acha que não sei disso? Mas Pran se conteve, sabendo que Jahal não apreciaria a resposta. Fazia mais de um mês que estavam viajando juntos. Era uma missão miserável, uma missão designada a cada cem anos, mais ou menos, para conferir aquela parte do mundo sobre a qual raramente se pensava na distante Daevabad. Na verdade, a única razão por que eles estavam ali era para coletar a maior quantidade de tributo possível dos adoradores do fogo daeva que chamavam o lugar de lar.

Ele puxou a capa para junto de si, abrindo uma careta dolorida para os arredores desolados. A neve girava pela floresta escura, caindo silenciosamente sobre o cobertor gelado que já sufocava o chão do vale. Além das árvores desfolhadas, um rio corria feroz sob uma camada delicada de gelo e, ao longe, picos rochosos cobertos de neve irrompiam no céu. Era um mundo despido de cor — apenas preto, cinza e branco.

E um toque de laranja quando ele conjurou um par de chamas para aquecer as mãos. *Nosso povo não nasceu para um lugar assim.* Pran sentia em cada gota de seu sangue ardente um anseio de recuar. Não para a cidade de bronze dos Nahid — não, ele estava farto de Daevabad —, mas para algo mais antigo, para as areias escaldantes que seus ancestrais teriam, antes de Suleiman, chamado de lar.

Um lobo uivou, trazendo Pran de volta de seu devaneio. Estremeceu quando uma corrente gelada soprou através do cachecol cobrindo seu rosto.

— Pelo nome do Criador, por que alguém escolheria viver aqui?

— Vai saber... Os Daeva são todos malucos. — Jahal tirou um cachimbo de cerâmica da sacola e começou a enchê-lo com haxixe.

Pran anuiu para o cachimbo.

— Imagino que tenha sido isso que o mandou para cá? — O "superior" dele passara mais da metade das noites de viagem em uma bruma induzida pelo haxixe.

— Isto? — Jahal gesticulou para o cachimbo. — Não. Dormi com a mulher errada. Várias, na verdade. — O cachimbo ardeu em brasa na sua mão, o haxixe pegando fogo. — Suspeito que uma delas deve ter finalmente reclamado.

Pran ficou um pouco tenso. Havia algo que o incomodava na maneira como Jahal havia dito a última parte, uma implicação de que ele não gostava, mas não se sentia confortável em questionar.

Então, ele mudou de assunto.

— Há quanto tempo você está aqui?

— Cerca de duas décadas. — Jahal exalou a fumaça, as fagulhas esvoaçando sobre o chão nevado. — Mas nunca tão ao norte como agora. Acho que ninguém esteve tão ao norte em cem anos. O palácio deve estar ficando desesperado por mais gente para tributar.

— Acho que sim. — Pran nunca se sentira atraído pela política. Ele era de uma família militar, criado para servir na Guarda Real como o pai e o avô antes dele, mas havia se contentado em servir na infantaria, exceto que se contentava ainda mais em dormir até tarde depois de uma noitada. — Quer dizer... imagino que as coisas *estão* ruins em Daevabad. Tivemos nossas rações reduzidas um pouco antes de eu partir, e nossos salários foram cortados antes disso. — Ele cutucou a bainha puída da manga. — Não me lembro da última vez que recebemos uniformes novos.

— Os adoradores do fogo provavelmente estão roubando do Tesouro. Eles andam revoltados desde que o seu Flagelo virou uma pilha de cinzas. Embora eu aposte que tenha sido uma batalha e tanto para se testemunhar. — Jahal assoviou. — Dá para imaginar? O Flagelo de Qui-zi contra o príncipe crocodilo?

Pran olhou fixamente para as rédeas.

— Poucas testemunhas sobreviveram — disse em voz baixa. — Eu tinha um amigo naquele barco, e o Afshin atravessou a garganta dele com uma espada.

— Sinto muito em ouvir isso. — Havia pouca empatia por trás das palavras; era mais uma frase lançada para que Jahal pudesse continuar. — Mas você deve ter treinado com ele, não é? Com Alizayd al Qahtani?

Pran riu de verdade.

— Não. Zulfiqars da realeza e oficiais tukharistani bebedores de vinho tipicamente não treinam juntos na Cidadela. — Ele fez uma pausa, relembrando suas memórias do jovem e intenso príncipe. — Mas eu o assistia treinar. Todos iam ver; ele era aterrorizante com aquela lâmina. Ele está em Am Gezira no momento, certo? Liderando uma guarnição?

A voz de Jahal soou um pouco tensa.

— Algo assim.

Pran mudou de posição na sela, tentando aliviar seus músculos com câimbras.

— Não deveríamos estar em Sugdam a essa altura? — Sugdam era a próxima parada deles, um pequeno vilarejo daeva na outra extremidade do vale.

— Conhecendo a nossa sorte, os adoradores do fogo ficaram sabendo da nossa chegada e sabotaram as marcações nas pedras.

— Poderíamos parar — sugeriu Pran. — Acampar para a noite.

— Nossas tendas não vão oferecer muita proteção contra esse tempo, e a neve só está piorando. Vamos continuar. — Jahal anuiu para a frente. — Aquilo lá na frente talvez seja fumaça.

Pran não viu nada parecido, mas rezou para que Jahal estivesse correto. Ele odiava passar a noite com daevas — seus malditos olhos pretos cheios de ressentimento contra os soldados estrangeiros que pediam alojamento, comida à noite e um pesado pagamento de tributos na manhã seguinte —, mas, no momento, preferiria um adorador do fogo irado à neve.

Eles ficaram em silêncio enquanto esporavam os cavalos para ir mais rápido. A escuridão caiu com rapidez ao redor. Um lobo uivou outra vez e, do fundo da floresta negra, Pran ouviu o ruído de madeira morta quebrando, talvez uma árvore velha finalmente desabando sob o peso da neve. Uma sombra precipitou-se na mata à frente, e ele deu um salto. *Uma coruja*, ele decidiu, o coração batendo mais rápido.

Ainda bem que não cavalgaram muito até Pran enxergar de relance a fumaça que Jahal mencionara, e então, algo bem mais promissor: um chalé de pedra aninhado em uma ravina nevada.

O chalé era pequeno, mas bem construído, e uma luz de fogo tremeluzia atrás das cortinas pesadas cobrindo suas janelas estreitas. Uma tenda de feltro havia sido erguida na parte de trás — Pran conseguia sentir o cheiro almiscarado dos grãos e cavalos. Os resquícios de uma horta — nada exceto raízes escurecidas e treliças vazias naquele inverno cruel — estavam encostados a uma parede de pedra.

Pran desmontou do cavalo, imediatamente com mais frio assim que se separou do calor do animal. Conferiu uma de suas bolsas, certificando-se de que sua espada não estava congelada na bainha antes de levar o cavalo para a tenda. Jahal seguiu-o, pegando a zulfiqar.

Pran franziu o cenho.

— Você está esperando problemas?

— Nunca se sabe diante dos Daeva.

Mas a tenda estava vazia. Um brilho laranja suave enchia o ambiente, um reflexo do céu noturno cintilante lá fora. Do lado oposto, um cocho tosco de madeira estava cheio de ração — suficiente para ao menos meia dúzia de cavalos. Uma espécie de prateleira para armazenagem, de um metal que Pran não conseguia identificar, brotava do chão congelado como o esqueleto de uma árvore. Um único par de rédeas estava pendurado em um gancho; os outros, vazios.

O desconforto de Pran cresceu.

— Os cavaleiros vão voltar para cá — comentou, olhando a ração de relance mais uma vez. Ele viu um cocho semelhante no canto oposto. — Podem estar em um bom número.

Jahal tirou a sua sela e a jogou sem cerimônia no chão.

— Bem, se eles aparecerem, verão que têm companhia. — Ele anuiu para o cavalo de Pran. — Apresse-se. Aquele chalé parece quente e estou morto de fome.

Pran tirou rapidamente a sela do seu cavalo. Eles caminharam com dificuldade até o chalé, a neve que soprava se acumulando na altura do joelho.

Jahal bateu com força na porta grossa de pinheiro.

— Guarda Real! — gritou em um divasti ruim. — Abra!

Eles esperaram um longo tempo, mas não houve resposta. Jahal praguejou e bateu com força na porta de novo, desta vez com o punho da zulfiqar.

— Não serei uma companhia agradável se você me fizer arrombar esta porta!

Ela se abriu logo em seguida. Pran estava tenso, mas foi uma jovem que os recebeu, apressadamente coberta por um chador florido puído e cinzento. Seus olhos pretos — Deus, ele jamais se acostumara com aquela total ausência de cor — examinaram os rostos deles, mirando rápido a zulfiqar de Jahal e arregalando-se.

Mesmo assim, com coragem, ela se colocou no caminho deles, bloqueando o vão da porta com o corpo enquanto segurava uma ponta do chador para cobrir o rosto.

— Posso ajudá-los?

— Precisamos de um lugar para passar a noite.

Pran não deixou de perceber como os olhos escuros dela voaram na direção da floresta coberta de neve antes de responder. A garota estava definitivamente esperando alguém.

— Não temos lugar.

— Esta é a famosa hospitalidade daeva. — Jahal ergueu a zulfiqar, deixando o fogo dançar reluzente sobre a sua superfície de cobre. — Sugiro que você encontre um espaço.

Sem demora, a mulher deu um passo para trás. Pran evitou os olhos dela, envergonhado com o comportamento de Jahal.

E então ficou boquiaberto quando passou pelo vão da porta. Esperando a casa de algum comerciante pobre em magia ou de um asceta que cultuasse o fogo — pois quem mais viveria naquela terra desolada e gélida? —, Pran imaginou que veria pouco mais do que uma lareira de pedra e tapetes velhos.

O que seus olhos encontraram era qualquer coisa menos isso. O interior do chalé era quente e bem iluminado, com dúzias de lamparinas a óleo em bronze e ouro, vidro e pedra esculpida. Velas ardiam em candelabros ornamentados e cedro queimava em braseiros de prata. Uma lareira enorme azulejada nas cores do sol poente dominava a parede a oeste, enquanto outra abrigava prateleiras repletas de livros enfiados em cada espaço disponível. Diante dos livros, havia um grande balcão de trabalho coberto por vidros torcidos e instrumentos de cobre bizarros. Uma escada de madeira levava a uma cama no sótão, com mais camas dobráveis — pelo menos uma dúzia —, empilhadas ordenadamente embaixo. Um altar de fogo ardia no canto leste, enchendo o aposento com o aroma de incenso.

Como um todo, parecia o covil de algum estudioso maluco e seus lacaios, ou talvez de um alquimista que inalara os vapores de experimentos demais. Nenhuma das alternativas ajudava com a crescente inquietação de Pran.

Jahal não parecia tão incomodado.

— Não há lugar? — repetiu ele, rindo. — Você poderia hospedar um bando de homens aqui confortavelmente. — Sem se importar em remover as botas enlameadas, ele explorou o chalé, correndo as mãos sobre os instrumentos. — Quando eles devem estar de volta?

A garota baixou o olhar, os dedos tremendo sobre o chador.

— Logo — disse, resoluta, apontando para uma toalha aberta sobre o chão. — Eu estava agora mesmo preparando o jantar.

Pran olhou para a toalha. Sobre a superfície bordada repousavam várias terrinas de prata cobertas. Tigelas pequenas espalhavam-se entre elas, cheias com vegetais cortados e iogurte, cebolas assadas e rabanetes salpicados. Um banquete.

Jahal fez uma careta.

— Acho que estou com fome suficiente para comida daeva. — Ele tirou as botas com um chute, sujando o tapete de lama. — Você pode nos servir.

A garota abriu a boca para protestar.

— Isto não é para...

Jahal colocou uma mão sobre o punho da zulfiqar, e a garota ficou pálida, recuando um passo para deixá-lo passar.

Pran removeu as botas com mais cuidado, embora duvidasse que um gesto educado desculparia a rudeza do colega.

— Vinho — exigiu Jahal enquanto se sentava. — Sem dúvidas, em um lugar como este, você tem vinho. Aqueça-o primeiro.

Pran tirou a capa gelada, pendurando-a em uma cadeira perto do fogo antes de juntar-se ao seu colega batedor.

— Capitão... — começou a dizer. — Ela parece bastante assustada. Talvez devamos...

Jahal interrompeu-o com um aceno.

— Não. Eu vivo em meio a esse povo há décadas. Você tem de mantê-los com medo, certificar-se de que saibam quem está no controle. — Ele pegou um cálice de prata refinado e o segurou contra a luz dançante da lareira. — Veja bem, olhe para isso. Você teria de ser maluco para ter algo assim e ainda escolher viver neste inferno desolado e cheio de neve.

— Talvez eles sejam ilusionistas.

Jahal bateu no cálice com os nós dos dedos.

— Parece real para mim. — Ele largou o cálice e então ergueu a tampa de uma das terrinas. Um ensopado grosso fervilhava dentro: alguma hortaliça verde com lentilhas, cheirando a creme e temperos. — Não parece tão ruim para um bando de vegetarianos.

Com o estômago roncando, Pran desembrulhou um tecido quente ao seu lado e revelou discos de pão recém-cozido. Morrendo de fome, ele se atirou na comida sem reservas.

A garota voltou. Ela havia prendido o chador sobre o rosto para que pudesse segurar uma travessa grande com as duas mãos, sobre a qual repousavam um bule de chá e um samovar de vinho. Colocou-a sobre a toalha e foi retirar-se.

Jahal agarrou o punho dela.

— Junte-se a nós.

Ela tentou livrar-se, mas Jahal era mais forte, puxando-a para sentar-se ao lado dele.

— Que foi? Preocupada que o seu baba não vai gostar de vê-la jantando com homens estranhos? — Ainda segurando o punho dela, Jahal pegou o chador com a outra mão e o arrancou, rindo enquanto ela tentava recuperá-lo. — Que maravilha você estar vivendo aqui no meio do nada.

O nó no estômago de Pran se apertou.

— Capitão...

— Ah, acalme-se. Só estamos nos divertindo. — Jahal deixou a garota ir, mas só depois de jogar o chador na lareira. — Considere isso um ato de louvor. — Ele anuiu para o cálice. — Vamos lá, daeva, o vinho não vai se servir sozinho.

Parecendo à beira das lágrimas, a garota obedeceu, enchendo os cálices deles com as mãos trêmulas. Pran não sabia o que dizer. Jahal sempre fora inconveniente com os daevas que eles encontravam, olhando maliciosamente para as suas mulheres e insultando a sua fé. Mas não assim.

Porque jamais tínhamos encontrado uma mulher daeva sozinha, ele se deu conta, subitamente lembrando-se do que Jahal deixara implícito como o motivo de sua expulsão da Cidadela. Incomodado, ele pegou o vinho, uma companhia familiar. Deu um golinho e então um gole maior. Deus, como era bom. Vinho de tâmaras... Um pouco mais doce do que ele tipicamente preferia, mas quente, rodando em sua barriga como algum tipo de néctar.

Estranho encontrar vinho de tâmaras tão ao norte, refletiu. O vinho era uma das coisas que ele conhecia bem. Mesmo em Daevabad, a bebida não era especialmente popular, sendo considerada um tanto antiquada. Tinha quase certeza, porém, de que se lembrava de um soldado daeva contando que eles o bebiam para honrar os Afshin, para os quais aquele vinho fora uma bebida cerimonial. Mas Pran não tinha certeza disso. Aquele soldado fora expulso da Guarda Real logo após a morte do Flagelo, junto ao restante dos daevas, já que os adoradores do fogo foram proibidos de se alistar.

Jahal devia compartilhar da sua opinião sobre o vinho, terminando a sua taça mesmo antes de Pran. Ele a estendeu para que a garota o servisse mais enquanto o vento uivava lá fora.

— Não creio que o seu pessoal vai voltar hoje à noite, querida.

A garota ergueu o olhar. Embora estivesse tremendo, havia um quê de desafio em sua expressão.

— É bom você torcer para que isso não aconteça.

Os olhos de Jahal incendiaram-se, revoltados.

— O que você disse?

Pran ergueu as mãos, tentando desarmar a tensão entre eles.

— A comida estava mesmo uma delícia — interveio depressa. — Obrigado. Mas foi uma longa jornada, e sei que nós dois estamos cansados. — Ele gesticulou para as camas dobráveis empilhadas cuidadosamente debaixo do sótão. — Capitão, por que não pega uma daquelas e vai dormir um pouco?

— Pode ir na frente — disse Jahal com frieza. — A daeva e eu precisamos ter uma conversa sobre hospitalidade.

Pran mordeu o lábio.

— Capitão, você a ouviu... O pessoal dela está voltando. Talvez seja melhor que nós...

— É melhor que você cuide da sua vida e vá para a cama. A não ser que, de repente, tenha aprendido o caminho para Sugdam. — Ele lançou um olhar duro para Pran. — Estamos em uma terra bastante hostil, Pran. Você não gostaria de se perder por aqui.

A ameaça deixou-o gelado. A garota fixava-o, uma súplica nos olhos. Mas ele não tinha dúvida de que Jahal falava sério.

Ela é apenas uma adoradora do fogo, disse Pran para si mesmo. Pelo Altíssimo, as pessoas falavam que os daevas por essas partes eram tão primitivos que dormiam com os próprios pais.

Ele limpou a garganta.

— Compreendo.

— Então, boa noite.

Pran se levantou, as pernas tremendo quando se virou, e se manteve de costas para eles propositalmente enquanto pegava uma das camas. Ele a estendeu o mais longe possível do banquete, em um canto escuro debaixo do sótão, cheio de provisões. Deitou-se ainda voltado para o outro lado.

Houve um retinido, o prato ou o cálice sendo empurrados para o lado. Um grito abafado.

— Vocês acham que são tão melhores em relação à gente — ele ouviu Jahal sibilar. — Todos vocês acham.

Pran encolheu-se em uma bola, vendo de relance um brilho de metal enquanto cobria os ouvidos. Ele não queria ouvir aquilo.

E então ergueu a cabeça subitamente, o reluzir do metal mais claro em sua visão.

Era um enorme arco prateado.

Ele piscou depressa, convencido de que estava vendo coisas. Meio escondido em um estojo feito de retalhos, o arco enorme tinha provavelmente metade da altura de Pran e um peso ao mesmo tempo imponente e impossivelmente delicado; sua superfície de prata era coberta por filigranas de bronze refinadas. Parecia a arma de alguma fábula, não algo para ser empunhado por qualquer homem moderno. Um artefato de valor incalculável e mortal.

Foi o que Pran disse a si mesmo... antes de perceber o feixe de flechas ao lado dele, suas pontas guarnecidas por penas frescas.

A porta escancarou-se.

Pran se sentou às pressas, com o coração na garganta. Esperando ver algum guerreiro gigantesco, o arqueiro vingativo que ele presumia combinar com o arco temível, virou-se em busca da própria espada.

Mas baixou a mão. Era outra mulher daeva à porta e, bem... não uma mulher particularmente assustadora. Era ainda mais baixa do que a garota. Mais velha também, pelo menos um século e meio, julgando pelo tom prateado de seus cabelos mal cortados. Trajando o casaco grosso e calças folgadas que os homens daevas tipicamente vestiam, a mulher tinha uma faca de caça enfiada no cinto e um chador de feltro sobre os ombros.

Seus olhos, no entanto, eram afiados: de alguma maneira, ainda mais escuros que os do restante dos Daeva, fugidios, como os olhos de uma coruja. Eles o ignoraram e pousaram sobre Jahal como a ave de rapina que ela parecia ser. Lábios sem sangue estavam premidos em uma linha fina.

Jahal riu com desdém. Ele segurava a garota pelas tranças.

— É dessa titia que eu deveria ter medo?

A garota olhava para a mulher com absoluta veneração.

— Sim.

A mulher daeva estalou os dedos e Pran ouviu a mão de Jahal despedaçar-se do outro lado do aposento.

O soldado geziri deu um grito, largando a garota. Pran observou enquanto ele segurava a mão arruinada, os dedos apontando para uma constelação de direções.

A mulher mais velha não se movera. Ela olhou de relance para a garota.

— Você está bem?

A garota anuiu, ainda tremendo.

— E-eles disseram que eram da Guarda Real.

A mulher mais velha assentiu e então se aproximou de Jahal como um leopardo talvez fizesse com um coelho ferido: seus movimentos terrivelmente graciosos, seu rosto um misto de ligeira curiosidade e fome fria.

— Um homem geziri tentando tomar o que não é seu — disse ela secamente. — Como lembra o seu rei.

Jahal segurava a mão ferida, os olhos ardendo de dor.

— Sua bruxa maldita! — berrou o soldado. — O que você fez comigo?

Pran não se mexeu, enraizado no lugar e congelado de choque. Jahal não podia pensar de fato que a mulher havia feito aquilo com ele. Era impossível. Vinho demais, talvez...

Ainda arfando, Jahal buscou a zulfiqar enquanto a mulher se aproximava, mas ele se movia lentamente pela dor. Ela a chutou com facilidade para longe e segurou o punho dele. De repente, uma fragrância acre de fumaça ergueu-se no ar.

O ruído que veio da boca de Jahal em seguida fez seus guinchos parecerem sussurros.

Ele *uivou*, um som que se tornou engasgado e estrangulado à medida que sangue escuro escorria de sua boca, juntando-se ao sangue pingando dos olhos, ouvidos e nariz. O corpo de Jahal convulsionava, tremendo com tamanha violência que poderia estilhaçar seus ossos, enquanto cinzas saíam e se acumulavam em sua pele como suor humano. No entanto, ele não desabou, não parou de gritar, mantido prisioneiro por uma das mãos delicadas da mulher. A garota observava de pé, seu rosto como uma máscara de vingança feroz.

— Uma sensação interessante, não é? — ponderou a mulher daeva. — Ter a direção do seu sangue abruptamente invertida? Isso deveria matá-lo, é claro, explodir seu coração. Há um truque para mantê-lo batendo no processo, um que me exigiu bastante prática para dominar.

Pran estava boquiaberto, sua mente e seus olhos não conseguiam entender o que ocorria à sua frente. Maldição, as aparências eram enganadoras; a mulher não podia ser uma djinn. A raça dele não tinha esse tipo de poder.

A não ser que... Havia alguns que um dia o tiveram.

— Que arrogância a sua — admirou-se a mulher. — Atacar uma terra que não é sua, achar-se tão superior, *tocar* uma mulher que não o quer.

A voz nítida dela era brusca, o sotaque quase familiar. Não, *era* familiar, Pran se deu conta. Era alto daevabadi.

Realmente alto.

Os livros nas prateleiras, os objetos de vidro torcido e os instrumentos de metal cobrindo a mesa. O *bisturi*.

Uma mulher daeva que podia quebrar os ossos de um homem do outro lado do cômodo, que podia fazer o seu sangue fluir na direção oposta. Cada vez mais horrorizado, os olhos de Pran se voltaram de novo sobre o arco terrível, um objeto saído de um mito.

Ele se ergueu com um pulo. Deveria ter ajudado Jahal, mas a cena aterradora à sua frente, enquanto sua mente gritava conclusões ridículas e histórias meio esquecidas do seu lar ancestral arruinado em Qui-zi, expulsou qualquer sentimento de dever que pudesse ter — além da maior parte de seus sentidos. Ele fugiu, irrompendo porta afora sem o casaco nem as botas.

Disparou para a escuridão nevada, sem pensar em nada a não ser colocar uma distância entre si mesmo e os gritos de Jahal, agora sumindo em guinchos gorgolejantes. Além dos lamentos de Jahal, os únicos sons que se ouvia eram dos galhos quebrando debaixo de seus pés e do arfar da sua respiração, a neve que caía abafando o restante do mundo. As árvores congeladas eram escuras, esqueletos acentuados contra o céu cinzento, coisas mortas subitamente acolhedoras: pois, a cada uma por que Pran passava, estava mais distante do evento impossível que acabara de testemunhar. Ele correria o caminho inteiro até Sugdam, o caminho inteiro até Daevabad, se isso o poupasse da mulher de voz fria e toque mortal. Subiu aos tropeços um aclive nevado, com o coração acelerado.

Não se ouvia ruído algum enquanto Pran se recompunha. E então veio um assovio no ar gelado.

Algo afiado atravessou suas costas, derrubando-o aclive abaixo. Ele caiu torcido, de lado, buscando o ar, dor e pressão a trespassá-lo.

Uma maldita flecha projetava-se do lado esquerdo do seu peito.

Deus tenha misericórdia de mim. Pontos pretos cintilavam diante dos seus olhos enquanto Pran tentava respirar inutilmente. A flecha devia ter atravessado um dos seus pulmões. Sangue quente e espumoso irrompeu do ferimento, descongelando a neve sob seu corpo. Ele desmaiou, vagamente consciente do vale que clareava com o tremeluzir de luz do fogo que se aproximava. Algum bando daeva, sem dúvida, vindo terminar com ele.

Mas não foi um bando que emergiu das árvores escuras com suas tochas seguras no alto. Era um único homem, e ele não portava fogo algum.

Ele *era* o fogo.

Uma pele de luz comprimida, tão vívida que quase doía de olhar. Mãos e pés descalços da cor do carvão. Olhos dourados e garras escurecidas pelo fogo. O homem avançava com uma elegância mortal, com a velocidade de ataque de uma serpente. O arco enorme que Pran vira no chalé estava meio puxado nas mãos com garras dele.

Pran teria gritado se pudesse inspirar uma única vez. Era um ifrit. O pior pesadelo do seu povo, seu inimigo mortal. Uma lamúria abafada escapou de seus lábios. O vale estava escurecendo de novo, sombras crescendo nos cantos de sua visão enquanto seu sangue vital escorria pela neve. Estava morrendo, ele sabia, as coisas que via não fazendo sentido.

Não podiam fazer sentido, não podiam ser possíveis. Pois, à medida que o ifrit se aproximava, erguendo o arco novamente, Pran percebeu uma tatuagem escura em sua testa dourada que não deveria estar ali. Uma flecha sobre uma asa estilizada.

Um símbolo Afshin.

Pran não teve muito tempo para contemplá-lo. Houve um reluzir prateado, e a flecha seguinte rasgou sua garganta. Ele teve consciência de rolar para trás, do sangue enchendo a sua boca, dos cristais de gelo ainda caindo do céu e das árvores desfolhadas pairando sobre ele. Sua morte foi rápida.

Realmente, foi tão rápida que Pran morreu antes que pudesse discernir as implicações do que ele e Jahal haviam acabado de encontrar nos ermos de Daevastana. O que isso significaria para os pais idosos que ele deixara para trás em Daevabad, acordando agora para fazer uma xícara de chá, seu lar à sombra do memorial Qui-zi. Para os soldados com quem ele treinara na Cidadela, resmungando enquanto prendiam suas armas que precisavam urgentemente ser substituídas. Para um reino já sob pressão e uma cidade mágica que desmoronava.

Para uma certa jovem do Cairo.

NAHRI

Eu peguei estas cenas de uma versão antiga (e muito diferente!) de O Reino de Cobre. *Eu as retrabalhei de maneira que pareçam algo que poderia ter acontecido antes dele, focando aspectos do casamento de Nahri com Muntadhir e no papel dela como a Banu Nahida. Spoilers para o primeiro livro.*

— Banu Nahida, *pare*!

Nahri não parou. Em vez disso, saiu correndo pelo corredor até a sua enfermaria. Com o coração acelerado, não perdeu tempo olhando para trás para ver quantos guardas do Tesouro a estavam perseguindo, mas, julgando pelas batidas dos pés no chão, eram ao menos meia dúzia.

Sua idiota, ralhou consigo mesma enquanto corria. *Você jamais deveria ter deixado suas habilidades enferrujar.*

Dois escribas surgiram no meio do caminho, conversando enquanto saíam vagarosamente da biblioteca, seus braços pesados com pergaminhos. Nahri quase bateu no primeiro e então derrubou o segundo de propósito, jogando o homem e seus pergaminhos por toda parte. Os documentos quicaram e rolaram pelo corredor. Ela apenas desejava que conseguisse derrubar alguns de seus perseguidores.

— Nahri, maldição, pare! — Desta vez, era o seu marido. Ele soava ofegante, e ela não estava surpresa; o emir Muntadhir não era do tipo que se desgastava fisicamente. Pelo menos, não desse jeito. O fato de ela o ter tirado do seu círculo de poetas bêbados para participar à força do seu roubo já fora um milagre.

Os guardas soaram mais próximos. Nahri conseguia ver as portas de sua enfermaria meio abertas logo adiante e fez o que pôde para correr mais rápido.

— Nisreen! — gritou ela. — Ajude-me!

Nisreen devia estar perto. Em segundos, ela estava no vão da porta, um bisturi terrivelmente afiado em uma mão e os olhos brilhando em alarme quando notou os guardas correndo.

— Banu Nahida! — exclamou, boquiaberta. — Pelo Criador, o que...?

Nahri agarrou a extremidade da porta e empurrou Nisreen para fora enquanto passava voando pelo vão.

— Perdoe-me — disse com pressa, antes de bater a porta na cara perplexa da mulher mais velha. Girou, pressionou as palmas contra o metal elaborado da porta fechada e então as arrastou para baixo, sibilando de dor enquanto as tachas rasgavam sua pele, o sangue escorregadio sobre os painéis decorativos. — Proteja-me — ela comandou com convicção em divasti. Já praticara o encantamento em preparação.

Ela praticara... e agora nada acontecia.

Nahri entrou em pânico, segurando a porta fechada contra Nisreen, que a empurrava do outro lado. Ela a chutou com força e praguejou em árabe.

— Maldição, eu disse "proteja-me"!

O sangue esfumaçou-se — o sangue dela, o sangue e a magia do povo que construíra aquele lugar tantos séculos antes. Nahri afastou-se do metal que rangia e que se entrelaçava, firmemente trancando as portas bem quando algo pesado bateu contra elas.

Ela escutou várias vozes abafadas discutindo do outro lado, incluindo o tom distintamente irritado de Muntadhir.

Ela jamais o ouvira tão bravo e, considerando o número de brigas que eles tiveram nos três anos desde que haviam se casado, isso era muita coisa.

Mais batidas na porta.

— Banu Nahri! — Ela ouviu Nisreen gritar. Julgando pelo tom de alarme em sua voz, ela ficara sabendo o que Nahri *talvez* tivesse roubado. — Por favor, deixe-me entrar. Podemos discutir isso!

— Sinto muito! — cantarolou Nahri. — A porta... Você sabe como a magia do palácio pode ser imprevisível!

Atrás dela, uma bandeja caiu com ruído no chão. Nahri se virou e se deparou com os olhares pasmos dos seus pacientes e ajudantes. A enfermaria estava tranquila naquela tarde — e por tranquila, ela queria dizer que não estava tão cheia a ponto de as pessoas serem literalmente empurradas para o jardim. As cem camas estavam todas ocupadas — sempre estavam, ultimamente —, mas apenas alguns dos pacientes recebiam visitantes.

Nahri mirou-os com severidade e então virou abruptamente para a porta.

— Qualquer um de vocês que se aproximar da porta vai adquirir feridas em alguns lugares bem desconfortáveis, entendido?

Ninguém falou, mas um número suficiente deles empalideceu e recuou para convencê-la de que haviam compreendido. Nahri atravessou a enfermaria correndo até o seu espaço de trabalho privado e fechou a cortina com um puxão, tentando ignorar as batidas em sua porta e as ameaças iradas — e extraordinariamente detalhadas — de Muntadhir. Apenas então tirou a lasca de pedra branca que enfiara na cinta sob o vestido no Tesouro. Mal tinha o tamanho do seu polegar e, embora reluzisse lindamente, exceto por isso não era algo a ser admirado.

Nahri ouviu um passo receoso, e então uma mulher daeva baixa de cabelos grisalhos se levantou de onde estivera se escondendo atrás de uma pilha de textos.

— É isso? — perguntou a mulher, cheia de esperança. Nahri olhou para a lasca de pedra.

— Se você acredita nas histórias. — Pois, se a pessoa fosse acreditar nas histórias, aquela minúscula pedra branca era um dos únicos pedaços que haviam sobrado de Iram, a lendária cidade dos pilares. Nahri conhecia relatos conflitantes sobre Iram. Em casa, no Cairo, fora mencionada como uma cidade destruída por sua maldade milhares de anos antes. Alguns djinns não compartilhavam dessa ideia, murmurando que os humanos realmente não deveriam ter posto os pés lá e como seus ancestrais poderiam saber quão destrutivos eram os ventos de fogo celestial.

Mas Nahri não estava interessada no fragmento de Iram por causa das histórias.

Ela estava interessada nele porque era aparentemente a única cura para uma das maldições mais traiçoeiras no mundo: a perda da própria magia. Nahri tinha lido sobre o efeito em um único texto Nahid, e a referência deixava claro quão traiçoeiro e imprevisível era o encantamento para obtê-lo. Ela também teria de *destruir* o fragmento de Iram — uma pedra rara, tão valorizada que os poucos fragmentos restantes eram mantidos no Tesouro — a fim de ter uma chance de sucesso. Somente para ter acesso ao Tesouro, tivera de enganar Muntadhir com uma briga em relação ao seu dote, um ardil que ela duvidava que funcionaria pela segunda vez.

A mulher daeva — Delaram — aproximou-se esfregando as mãos.

— Tem certeza disso, Banu Nahida? Não quero trazer mais problemas para você. Não valho o risco.

— Você é minha paciente e, portanto, vale o risco — insistiu Nahri, enquanto seguia a passos largos até a sua escrivaninha e pegava as anotações Nahid aninhadas entre dois livros em árabe. Ela mantinha o seu local de trabalho o mais bagunçado possível para desencorajar possíveis xeretas.

Correu os dedos pelo papel antigo, seguindo as manchas de tinta e caligrafia em volteios que seus ancestrais haviam escrito tanto tempo antes. Ela lera as anotações tantas vezes que as tinha memorizado, mas a sensação de algo tangível, que os próprios parentes lendários tinham lido, usado e tocado, a tranquilizava.

E Delaram *valia* o risco, tendo perdido a sua magia após ser amaldiçoada por um marido cruel. Por acaso, o problema dela também fora a razão para que Nahri talvez tivesse encontrado a cura em primeiro lugar. Sem sua magia, Delaram passara as últimas décadas tirando o pó, varrendo e reorganizando a biblioteca no Grande Templo após estudantes ansiosos a revirarem como ciclones acadêmicos destrutivos. Ela era tão diligente em seu trabalho — e em tomar as rédeas desse domínio de conhecimento —, que descobrira pelo menos uma dúzia de textos Nahid escondidos debaixo de assoalhos e enfiados em rachaduras.

Mas esse trabalho não fazia dela uma nobre. Não fazia dela uma djinn. Faxineiras daeva não valiam a "destruição de um item tão valioso", de modo que Nahri tivera seu pedido negado quando requisitou o fragmento de Iram, mesmo alegando que a maldição estava encurtando a vida de Delaram.

Realmente, não tive escolha a não ser *roubá-lo.* Nahri jogou a lasca para cima e a pegou com uma mão. Então começou o trabalho.

Em sua ausência, a lareira virara um amontoado de cinzas ardentes.

— Naar — comandou.

As chamas responderam, crepitando e apressando-se a alcançar os seus dedos. O calor queimou seu rosto, mas não a machucou. Nahri ajoelhou-se, puxando uma cesta preparada de baixo do sofá mais próximo.

— Terra de sua pátria — murmurou, pegando um punhado do solo reunido nas colinas de Daevabad e jogando-o no fogo. — Água purificada em nome do Criador. — Ela derramou um frasco de água apanhado do seu altar de fogo. Houve um sibilar de vapor quando a água atingiu as chamas, gotas insuficientes demais para apagar o fogo.

— Nahri, não *ouse* destruir esse fragmento! Abra a maldita porta!

Ah, vá pular no lago, Muntadhir. Ela só podia imaginar quão constrangido ele estava por ter sido trancado do lado de fora pela esposa, e esse prazer quase a distraiu.

Mas Nahri podia festejar mais tarde — agora, precisava concentrar-se. Ela expirou, acrescentando o ar dos seus pulmões à fumaça do fogo. Segurando o fragmento de Iram em uma mão, pegou o bisturi com a outra e então traçou uma linha precisa sobre a palma, o sangue imediatamente irrompendo e cobrindo a pedrinha branca. Sangue Nahid: mortal para os ifrits, capaz de desfazer toda sorte de magia e uma das substâncias mais caras no mundo.

O fragmento de Iram explodiu.

Nahri deu um grito de dor e praguejou, mas sua mão já estava curando. Jogou os restos do fragmento em chamas no fogo e então levou a mão ao peito.

— Você se machucou? — perguntou Delaram, boquiaberta.

— Estou bem — disse Nahri entre dentes cerrados. Talvez Nisreen tivesse razão, um pouco de razão, sobre não mexer com magia desconhecida. Com a mão boa, ela instou Delaram a se aproximar das chamas. — Respire a fumaça, o máximo que você conseguir.

Algo bateu na porta com tanta força que a enfermaria inteira balançou. Pedaços de reboco caíram do teto.

— BANU NAHIDA! — trovejou Ghassan, e o som da ira do rei foi o suficiente para que ela sentisse um calafrio na espinha. Alguns dos seus pacientes soltaram gritos abafados. — Pare agora mesmo o que está fazendo!

Sem esperar resposta, seja lá o que tivesse atingido a porta o fez de novo. O metal que a mantinha fechada começou a ranger e romper.

Mas aguentou, e isso significava que ainda havia uma chance.

— Continue respirando a fumaça, Delaram. Continue respirando...

Delaram lançou um olhar nervoso de volta para ela, mas seguiu inspirando a fumaça pungente até que, sobrecarregada, a paciente de Nahri começou a sufocar-se.

— Delaram!

A mulher caiu de joelhos e Nahri agachou-se ao seu lado.

— Estou bem — a outra sibilou através da fumaça girando em torno do seu rosto. Fragmentos brancos delicados faiscavam no ar. Ela massageou a garganta. — Eu só... — Ela parou de falar e ergueu a mão.

Chamas dançavam entre os dedos da sua paciente.

— Isto... isto sou *eu*? — sussurrou Delaram.

— É você.

Nahri sorriu — e então as portas foram enfim arrombadas. Infelizmente, porém, a enfermaria estava cheia de gente, e Ghassan era tão intimidante que os pacientes fugiram com pressa para evitá-lo e a seus soldados, causando atraso e comoção maiores do que teria acontecido se tivessem simplesmente esperado.

Quando Ghassan por fim abriu a cortina com um puxão e um palavrão bastante indigno, Delaram já havia partido e Nahri estava sentada à sua escrivaninha conferindo anotações sobre seus pacientes com a diligência profissional de uma curandeira.

— Onde está? — exigiu Ghassan. — Juro por Deus, garota, se você danificou aquele fragmento...

Ela olhou o rei com a expressão mais inocente possível.

— Que fragmento?

* * *

Nahri ajoelhou-se diante do antigo altar e juntou as pontas dos dedos, fechando os olhos. Fez uma mesura e então pegou um longo palito de incenso de cedro sobre a badeja de prata com ferramentas consagradas ao seu lado. Ficou na ponta dos dedos dos pés, levando o incenso até as chamas ardendo alegremente na cúpula do altar, até ele começar a queimar. Uma vez aceso, ela passou a reacender as lamparinas a óleo flutuando na enorme fonte de prata abaixo.

Fez uma pausa enquanto acendia a última, parando por um momento para apreciar a beleza do altar de fogo diante de si. Fundamental para a fé daeva, o estilo impressionante dos altares persistira através dos séculos. Era uma bacia — em geral de prata — de água purificada, com uma estrutura como um braseiro elevando-se no meio e na qual queimava um fogo de madeira de cedro, um fogo que se extinguia somente com a morte de um devoto. As cinzas do braseiro tinham de ser cuidadosamente varridas ao nascer de cada dia, marcando o retorno do sol. As lamparinas a óleo reluzentes na bacia abaixo mantinham a água sempre aquecida.

Nahri seguiu em silêncio por mais alguns momentos. Embora não fosse de rezar com frequência, ela tinha consciência do seu papel importante na fé daeva e aprendera a fazer a sua parte de acordo. Quando se virou, a parte de baixo do rosto estava coberta por uma seda branca Nahid, mas os olhos estavam livres para assimilar as pessoas aglomeradas abaixo dela. Ergueu a mão direita, a palma voltada para fora em consagração.

Quatro mil homens, mulheres e crianças — fiéis ocupando todo o espaço até as paredes — juntaram as mãos e fizeram uma mesura em respeito.

Alguns anos liderando cerimônias no Grande Templo ainda não tinham reduzido o assombro que Nahri sentia com aquela demonstração. O Templo em si ainda a deixava boquiaberta. Construído quase três mil anos antes, o enorme zigurate de pedra era um trabalho comparável às Grandes Pirâmides nas cercanias do Cairo. O salão de reza principal espelhava a sala do trono do palácio, embora estilizado de maneira bem mais austera. Duas fileiras de colunas, cravejadas com discos de arenito em uma variedade de cores, sustentavam o teto distante, e altares se alinhavam nas paredes, dedicados às figuras mais celebradas na longa história da sua tribo.

Nahri desceu de onde estava. Na plataforma abaixo, uma fileira de sacerdotes em túnicas vermelho-escarlate a mantinha separada do restante dos fiéis. Já tinham feito pelo menos meia dúzia de sermões louvando Nahri e a sua família e conclamando o Criador a ajudá-la em seu trabalho. Ainda bem que Nahri jamais fora chamada para dar um sermão; não teria ideia do que dizer. Além disso, tradicionalmente não se esperava que os Nahid interagissem com os fiéis no Grande Templo ou mesmo se dignasse a notá-los. Esperava-se que flutuassem acima de todos, sublimes e distantes, figuras merecedoras de uma veneração distante.

Mas Nahri nunca fora chegada a venerações elevadas. Ela desceu para a plataforma inferior, seguindo em direção à multidão.

Os sacerdotes abriram caminho para deixá-la passar. Um jovem acólito, cuja cabeça raspada estava coberta de cinzas, avançou depressa das sombras, com um banquinho de madeira na mão, enquanto alguns dos seus companheiros instaram o público a fazer uma espécie de fila. Ninguém resistiu, os fiéis ansiosos em obedecer na esperança de se dirigir a ela.

Nahri estudou a multidão. Era composta inteiramente de daevas, salvo alguns Tukharistani espalhados — ela se surpreendera ao saber que havia uma série de famílias das cidades mercantis de Tukharistan que mantiveram a sua fé original em segredo, apesar da guerra djinn. Fora isso, era um grupo diverso. Ascéticos em túnicas puídas compartilhavam espaço com nobres cobertos de joias enquanto peregrinos de olhos arregalados disputavam lugar com sofisticados daevabadi fartos da situação. Mais para a frente, Nahri viu uma garotinha agitada ao lado do pai. Ela usava um vestido simples de feltro amarelo, seu cabelo preto penteado em quatro tranças entrelaçadas com manjericão doce.

Nahri encontrou o olhar da garotinha e deu uma piscadela, convidando-a para vir até ela.

Claramente jovem demais para se preocupar com o protocolo, a garotinha abriu um largo sorriso desdentado para Nahri e correu do pai até ela, lançando os braços em torno dos joelhos de Nahri em um abraço apertado.

Nahri observou alguns sacerdotes fazendo uma careta. Quando seus ancestrais governavam Daevabad, qualquer pessoa que colocasse uma mão em uma Nahid fora do contexto de cura teria o membro cortado, uma tradição — uma entre tantas — que Nahri decidira que precisava ser revista.

— Banu Nahida! — exclamou a garotinha, com um sorriso, enquanto recuava, os olhos estreitando-se de admiração.

O pai se apressou para juntar-se a elas, fazendo uma mesura respeitosa. Ele cutucou o ombro da filha.

— Que os fogos...

— Ah! — A garota juntou as mãos. — Que os fogos queimem forte para você!

— E para você, pequena — respondeu Nahri com um sorriso enquanto os abençoava, marcando a testa da garota com cinzas. O sotaque deles era estranho. Peregrinos, presumiu Nahri. Muitos dos membros de sua tribo vinham de regiões distantes de Daevastana para rezar no Grande Templo. — De onde vocês são?

— Panchekanth, minha senhora — respondeu o pai da garota. Diante da visível confusão de Nahri, ele explicou. — Uma cidade humana arruinada na fronteira de Daevastana. Eu não esperaria que a senhora a conhecesse.

Nahri tocou o coração.

— Sinto-me honrada que vocês fizeram esta viagem. Rezo ao Criador para que recompense a sua devoção.

Ele fez uma mesura demorada, quase chorando.

— Obrigado, minha senhora. — A garotinha deu mais um abraço em Nahri, acenando enquanto os dois abriam caminho de volta à multidão.

Nahri sorriu por baixo do véu. Ela passara a viver por momentos como aquele, encontros que lhe davam a confiança para se pôr diante dos Daeva e a coragem para ignorar as insinuações ameaçadoras de Ghassan sobre ela "querer ser o centro das atenções". Nahri dizia a si mesma que era uma questão de pragmatismo. E se por acaso esses momentos também deixassem um calor gostoso em seu coração?

Bem, ela não negaria a si mesma uma rara felicidade que pudesse roubar de Daevabad.

A garotinha e o pai finalmente desapareceram, engolidos pela multidão, e Nahri acenou para o próximo. Cerca de metade das pessoas que vieram até ela padecia de doenças diversas. Ela curou os casos mais fáceis imediatamente, mandando os mais complicados para a enfermaria. Tentou dar atenção ao maior número possível de pessoas, mas, à medida que o sol se elevava alto detrás dos anteparos de mármore que davam para o pátio ajardinado, começou a querer voltar à enfermaria. As coisas tendiam a terminar em catástrofe quando não estava por lá.

Nahri abençoou os peregrinos à sua frente e então se dirigiu aos sacerdotes. As multidões tinham crescido demais para que ela abençoasse a todos pessoalmente. Nahri sabia que muitos voltariam no dia seguinte. Alguns vinham dia após dia. Ela ficava de olho nos rostos familiares, jamais deixando de sentir-se feliz com o óbvio prazer deles quando enfim chegavam até ela.

Kartir apareceu ao seu lado. Embora o Grande Sacerdote estivesse quase no seu terceiro século, muitas vezes provava-se surpreendentemente ágil — em especial quando estava prestes a passar um sermão. O que, julgando por seus braços cruzados e expressão cansada, Nahri estava prestes a ouvir.

— Banu Nahida, você está procurando *ativamente* por novas maneiras de provocar os Qahtani?

— O que o senhor quer dizer, Grande Sacerdote?

Ghassan conseguia arrancar com os olhos a pele de alguém que o desagradasse, mas o olhar penetrante que Kartir lançou para ela chegou a deixá-la sem palavras por um segundo. Então, abriu um sorriso conspiratório para ele.

— Na verdade, ninguém me *pegou* com nada.

Kartir lhe lançou mais um olhar severo e então começou a descer os degraus.

— Nós dois sabemos que isso não importa. Quanto mais poderosa e popular você se tornar aqui, maior perigo estará correndo. — O sacerdote suavizou o tom. — Sei que você quer ser uma boa Banu Nahida, mas eu preferiria vê-la viva e tratando somente machucados a ser executada por ter ido longe demais.

— Sou cuidadosa, Kartir — respondeu ela, tentando acalmá-lo. E o Criador sabia que Nahri era; realmente gostava de não ser executada pelo rei. — Mas dei a Ghassan o que *ele* queria — acrescentou, com uma nota de amargura aparecendo inadvertidamente em sua voz. — Não vou deixá-lo me impedir de cuidar de meus pacientes.

Foi um momento ruim para passarem pelo altar de Dara. A cortina estava aberta, revelando uma estátua de bronze no interior — um guerreiro daeva a cavalo, orgulhosamente de pé nos estribos para mirar uma flecha em seus perseguidores. Grandes velas de cera e lamparinas a óleo jogavam uma luz trêmula sobre as dúzias de oferendas dispersas na base da estátua. Lâminas não eram permitidas no templo, então uma série de armas cerimoniais simbólicas pequenas e feitas de cerâmica — na maior parte, flechas — era trazida em vez disso.

Embora o altar de Dara fosse um dos mais populares, não havia devotos ali agora. Nahri parou antes que pudesse mudar de ideia e fitou o arco de prata enorme pendurado atrás da estátua. Perguntou-se se era uma réplica ou se fora dele durante sua vida mortal. Se os dedos dele o seguraram e o prepararam para atirar.

Sim, talvez ele costumasse abater shafits como você em Qui-zi. Nahri fechou os olhos. Já haviam se passado quase quatro anos e ainda não assimilara o que se passara entre ela e o homem que havia entrado em sua vida em uma tempestade de areia e saíra dela tão violentamente quanto. O homem que ela tinha bastante certeza de que a havia amado, que talvez ela tivesse amado de volta um dia, e então que traíra a sua confiança de uma maneira que Nahri achava que nunca superaria por completo.

Kartir limpou a garganta.

— Eu posso certificar-me de que ninguém vá perturbá-la se quiser rezar.

— Não. — Nahri já tentara rezar ali, e geralmente não demorava muito para acabar chorando ou lançando acusações para uma estátua, suplicando a Dara uma última vez para retornar e salvá-la. Ela aprendera da maneira mais difícil que guardar para si as emoções e seguir em frente era o único caminho para a sobrevivência, fosse no Cairo ou em Daevabad.

Ela deu as costas para o altar.

— Devo voltar ao palácio.

Nahri flutuava no Nilo, a água fria como um bálsamo contra o sol quente. O rio estava parado, mas ela lhe deu pouca atenção. Com o vento sussurrando através dos juncos e os insetos zunindo nas árvores, estava tudo sossegado demais para que se incomodasse com algo como a água parada.

Aquele cheiro, no entanto. Aquilo a incomodava — era como metal fundido e cabelo queimado. Ela torceu o nariz, mas o fedor piorava à medida que a água aquecia. Enojada, ela finalmente se endireitou para voltar à terra firme.

Seus pés mal tocaram o fundo lodoso — Nahri devia ter flutuado para longe. Ela afundou e brevemente submergiu, engolindo um bocado de água. Cuspiu-a, encolhendo-se. Não era água.

Era sangue.

— Gulbahar!

Ela se virou na direção da voz — apenas para ver uma forma reptiliana escura deslizar para o rio.

Um crocodilo.

— Mamãe! — Nahri tentou escapar, batendo na água e chutando desesperada à medida que a criatura nadava em sua direção. A água vermelha de sangue criava ondinhas sobre suas escamas, sugerindo um corpo enorme. Era como se ela estivesse presa ao lugar, a margem do rio ficando mais distante. — MAMÃE!

Dentes cerraram-se em torno dos seus tornozelos e, antes que pudesse gritar, ela foi arrastada para baixo da água.

— NAHRI? NAHRI, *ACORDE*!

Nahri acordou sobressaltada. Respirava ofegante, um suor frio irrompendo da pele.

Muntadhir pairava sobre ela.

— Você está bem? — perguntou ele, a mão sobre seu ombro. — Você estava chorando no sono e gritando naquela sua língua humana.

Eu estava? Nahri piscou, os detalhes do pesadelo já evanescendo. Dentes afiados e um rio de sangue. Terror — bruto e doloroso e diferente de qualquer coisa que ela já tivesse experimentado antes.

E um *nome*. Havia um nome, não havia?

Ela ficou subitamente consciente de Muntadhir a encarando.

— Estou bem — insistiu. Livrou-se da mão dele, afastando os lençóis para sair da cama. Atravessou o quarto, o chão de mármore depois do tapete gelado sob os pés descalços, e serviu a si mesma um copo de água de uma jarra deixada sobre uma mesinha. Uma brisa brincava com as cortinas de linho, cheirando a terra molhada e jasmim. Além da porta que levava à sacada, os jardins estavam completamente escuros. Ela duvidava que estivessem perto do amanhecer.

Muntadhir falou de novo, com a voz suave.

— Eu também os tenho. Pesadelos, digo. Daquela noite no barco. Sempre penso que se tivesse me mexido mais rápido...

— Por que você está aqui? — A pergunta soou mais rude do que era a intenção, mas Nahri não discutiria aquela noite com ele.

Muntadhir sobressaltou-se com o tom dela e então ergueu uma sobrancelha.

— Agora, *isso* é um insulto.

Nahri limpou a garganta, um leve calor irrompendo na face.

— Quer dizer, por que você *ainda* está aqui?

— Caí no sono. — Muntadhir deu de ombros e se recostou nos lençóis desarrumados, um retrato da indolência real enquanto cruzava os pulsos atrás da cabeça. — Não sabia que era para deixar correndo a cama de minha esposa como uma concubina de olhos arregalados.

— Uma imagem com a qual você deve ter certo grau de familiaridade.

Ele a mirou fixamente, anuindo para seu cabelo solto e camisola amassada.

— Eu falo divasti, Nahri. Você definitivamente *não* estava fazendo objeção à minha presença mais cedo.

Não havia como evitar o rubor agora, mas Nahri se manteve firme.

— Quer algum tipo de elogio? Você dormiu com metade de Daevabad. Eu imaginava que teria alguma habilidade.

— Só você poderia fazer isso soar como um insulto. — Mas Muntadhir finalmente deixou a cama, buscando suas roupas. — Está certa, no entanto... Talvez seja melhor não dormir ao seu lado. Tenho certeza de que as anotações da sua mãe estão cheias de sugestões para o sangue Qahtani.

— Então pare de vir — ela disparou. — Com certeza tem um número suficiente de camas para você ocupar.

Ele pareceu surpreso.

— Deus, Nahri, foi uma *piada*. Por que você tem sempre que se irritar com tudo? — Muntadhir amarrou preguiçosamente o tecido ao redor da cintura. — E acredito que estava lá quando meu pai alertou que, se eu não estivesse usando determinadas partes para dar um neto para ele, não deveria usá-las de maneira alguma. — Ele estremeceu. — Então acho que continuarei visitando.

Nahri não disse nada. O pesadelo ainda estava em sua cabeça, uma memória, um significado tentando conectar-se. Houvera um *nome*. Uma voz. Uma ausência inexplicavelmente vasta abrindo-se em seu peito.

Muntadhir vestiu a sua túnica e então hesitou.

— Na realidade, falando nisso... tem mais uma coisa. — Ele pegou uma sacola preta que trouxera consigo, algo que Nahri ignorara, presumindo que fosse vinho ou só Deus sabia o quê, talvez algo que tivesse em mente para as diversões noturnas que planejara para depois de sua visita a ela. — Trouxe uma coisa para você. — Ele anuiu para as brasas apagadas na lareira; as noites em Daevabad eram quentes o suficiente para Nahri, e o fogo leve do seu altar bruxuleante era tudo de que precisava para dormir. — Você se importa?

Nahri deu de ombros.

— Deixarei você ficar se um presente estiver envolvido.

Muntadhir agachou-se junto à lareira e reacendeu o fogo com um estalo de dedos.

— Você sabe que, se fosse uma cortesã, seria investigada por corrupção por falar desse jeito.

— Que sorte que a minha posição é hereditária.

Ele se sentou em uma das cadeiras almofadadas em frente ao fogo. Nahri assumiu a cadeira oposta, apoiando os pés sobre um banquinho estofado e observando Muntadhir tirar o que parecia ser um livro grande da sacola.

Ela franziu o cenho.

— Não sabia que você sabia ler.

— Sim, estou ciente de como pareço comparado a seu amiguinho de correspondências real.

Nahri endireitou-se instantaneamente.

— Não sei do que você está falando.

Muntadhir lhe lançou um olhar avaliador.

— Eu sou o emir de Daevabad. Realmente acha que eu não descobriria que outro homem anda escrevendo para minha esposa?

Tudo sobre a resposta dele a enfureceu.

— Que maneira adorável de me lembrar de que você mantém espiões em meus aposentos. Decerto eles são talentosos o bastante para informá-lo de que aquelas cartas são imediatamente queimadas em meu altar de fogo?

— Não *imediatamente* — contrapôs Muntadhir.

Nahri baixou o olhar. Ali e suas cartas estúpidas. Ele passara a escrever para ela após ser despachado para sua guarnição em Am Gezira. Não eram frequentes e, talvez suspeitando que fossem interceptadas, ele não ousava falar da noite no barco. Em vez disso, suas anotações não passavam de devaneios quase impessoais que, assim como a sua amizade relutante, atraíram-na com quantidades iguais de afetuosa ingenuidade e inteligência. Desenhos de ruínas antigas, descrições de plantas medicinais locais, quaisquer breves notícias que ele tivesse ficado sabendo do vizinho Egito, histórias sobre os humanos da região.

Eram cartas mundanas e, no entanto, quase sempre terminavam do mesmo jeito, as palavras escritas em uma transcrição grosseira do dialeto egípcio que ela lhe ensinara: "Sinto muito. Rezo a Deus que lhe conceda um pouco de felicidade".

Mesmo que não se preocupasse em ser pega, Nahri não teria escrito de volta. Ela não confiava no poder sobre o seu coração que Ali — seu inimigo de todas as maneiras — ainda tinha. Se não fosse pelo afeto que sentia por ele, talvez tivesse notado a maneira tranquila como ele estava esperando por soldados naquela noite horrível em vez de suplicar que fugisse junto com Dara e ela.

Nahri cruzou os braços.

— Você mencionou um presente, não um interrogatório. Podemos seguir para essa parte?

Muntadhir revirou os olhos, mas estendeu o livro coberto por um tecido. Nahri o desembrulhou com cuidado. No centro da capa, via-se uma pintura estilizada de um leão com asas — o shedu que era o emblema da família dela — rosnando para um sol nascente. A página seguinte trazia uma cena de jardim desenhada com esmero, nos mínimos detalhes, e na outra havia um belo soldado a cavalo.

— São do seu tio — explicou Muntadhir. — Ele costumava pintar e desenhar como passatempo. Poucas pessoas apreciam a arte daeva no palácio, mas eu sempre achei Rustam talentoso.

E era. Nahri estava entre aqueles com pouca compreensão sobre arte, mas mesmo ela podia ver o brilho que o tio conseguia alcançar nos seus trabalhos: o reluzir dos ornamentos na fantasia vibrante de um dançarino, a postura curvada e cansada de um velho erudito cercado de frascos de vidro fumegantes.

— Onde encontrou isto?

— Vários colecionadores.

Nahri virou a página até uma pintura do jardim da enfermaria e de uma criada shafit com um sorriso ligeiramente maroto colhendo o que ela se surpreendeu em reconhecer como plantas de molokhia. Passou o dedo sobre uma pincelada mais saliente. Nahri não tinha nada tão pessoal, tão precioso de um tio que jamais conhecera. Além do pavilhão lá fora, havia um pequeno pomar onde Rustam havia cuidado de laranjas e ervas raras, e ela sentiu vontade de levar o livro até lá. De se sentar e se deixar ficar com os desenhos em um lugar onde ele passara tanto tempo. De sentir *alguma* conexão com sua família desaparecida.

Em vez disso, ela fechou o livro, não querendo deixar o marido ver tal fraqueza. Muntadhir não era um homem atencioso: não que fosse rude; em vez disso, ela suspeitava que uma vida no palácio, servido de vinho e jantares como o herdeiro do poderoso trono dos Qahtani, simplesmente o tornara um homem incapaz de sentir empatia pelos outros. Ela não conseguia imaginá-lo aparecendo com um presente desses, muito menos gastando seu tempo para ir atrás de um monte de desenhos e pinturas espalhados por toda parte.

Conseguia, no entanto, imaginar outra pessoa que teria feito algo assim... Alguém que ficaria feliz em deixar Muntadhir assumir o crédito.

— Não esquecerei de agradecer Jamshid da próxima vez que o encontrar.

Muntadhir suspirou. Ele olhou para a mesa baixa entre eles, e seus dedos se contraíram, como se desejasse uma taça de vinho para aliviar o desconforto.

— Nahri, você não precisa ser sempre tão difícil.

— Como é?

— *Isto.* — Ele acenou para ambos. — Nós. O roubo no Tesouro. Você me humilhou por completo. E para quê? Eu poderia tê-la ajudado.

— Por favor. Como se você não obedecesse sem hesitação às ordens do seu pai como todos nós. Certamente não teve problemas em ordenar que os guardas me perseguissem.

Muntadhir se encolheu, inspirando fundo.

— Só estou tentando dizer que nosso casamento não precisa ser tão infeliz quanto você parece determinada que seja. Nós não sairemos dessa, você sabe disso.

— Então você me trouxe o quê? Uma oferta de paz?

— Parece tão despropositado? — Quando Nahri lhe lançou um olhar cético, Muntadhir seguiu em frente. — Não espero uma grande história de amor, mas poderíamos tentar não odiar um ao outro. Poderíamos tentar... cumprir a razão real para termos nos casado em primeiro lugar.

Ela se remexeu na cadeira, o significado das palavras deliberadas dele mais claro, e gesticulou para os lençóis desarrumados sobre a cama.

— Acabamos de fazê-lo.

— Nosso povo não concebe tão facilmente quanto os seus humanos — disse Muntadhir com delicadeza. — Uma vez a cada dois ou três meses não produzirá o herdeiro que todos estão esperando.

O herdeiro que todos estão esperando. Mesmo para Nahri — que se orgulhava de ser pragmática, que sabia que tudo aquilo era uma transação —, o lembrete brutal de seu valor foi demais.

— Eu sou a Banu Nahida de Daevabad, e não uma égua para dar cria — ela disparou. — Acredite ou não, ocasionalmente tenho outros deveres a cumprir.

— Eu *sei*, Nahri. Acredite ou não, sinto o mesmo. — Muntadhir passou uma mão sobre o cabelo. — Posso falar francamente?

— Não consigo imaginar como poderia ser mais franco.

A frase trouxe um meio-sorriso para o rosto dele.

— Justo. Muito bem... Não consigo deixar de sentir que todas as vezes que nós... *cumprimos* a razão para termos nos casado, você se afasta mais. E não entendo. No início do nosso casamento, costumávamos conversar. Costumávamos *tentar*. Agora não consigo tirar uma palavra de você que não tenha farpas.

O comentário a tomou de surpresa, assim como o fato de que estava certo. Quando se casaram, Muntadhir havia a cortejado com determinação. Eles talvez não dormissem *juntos*, mas ele insistia para que compartilhassem a cama na maioria das noites, assim como conversas, mesmo se fosse ele apenas passando adiante alguma fofoca da corte enquanto tomava uma taça de vinho. E, de maneira surpreendente, Nahri tinha começado a gostar do fim bizarro dos seus dias. Suas noites juntos a tiravam da enfermaria, e as fofocas muitas vezes eram úteis, preenchendo as lacunas do seu conhecimento político. Muntadhir era um grande contador de histórias, e Nahri não conseguia deixar de rir dos escândalos ridículos que ele compartilhava, com poetas humilhados por competidores e nobres mercadores enganados para comprar capas invisíveis que inevitavelmente falhavam quando eram pegos na cama com uma djinn que não era sua esposa.

Era um flerte com uma meta óbvia, e Muntadhir jamais escondeu as suas intenções. Ele procedeu lentamente, primeiro massageando as mãos dela após uma longa cirurgia e por fim o pescoço e as panturrilhas. Enquanto isso, os sussurros e comentários não tão velados se tornaram insuportáveis; o rei substituíra a equipe doméstica em ambos os apartamentos por criados que com certeza relatavam cada detalhe íntimo — ou falta de — diretamente a ele. E então, passado um ano do casamento, após a sua própria generosa taça de vinho, um misto de curiosidade, cansaço e pressão tinha enfim superado suas resistências. Nahri havia apagado as luzes, fechado os olhos e bruscamente dito para Muntadhir seguir em frente.

Ele obedecera... e ela gostara. Não faria sentido dizer o contrário; era uma das poucas habilidades dele, como ela admitira. Mas finalmente ter consumado o casamento tinha — de uma maneira que ela ainda não compreendia — envenenado qualquer afeto que ela tivesse por ele. Pois fora uma intimidade cuja profundidade ela não queria compartilhar com ele, e Nahri só percebera isso até ser tarde demais.

— Está vendo? — ele continuou, tirando-a de seus pensamentos. — Você está fazendo isso agora mesmo. Escondendo-se na própria cabeça em vez de conversar comigo.

Nahri fez uma careta. Ela não gostava de ser lida com tamanha facilidade.

Muntadhir tomou a mão dela.

— O que eu disse antes sobre meu pai e recusar-me a visitar a sua cama era brincadeira. Se você precisar de um tempo...

— Não podemos dar um tempo — murmurou Nahri. — As pessoas vão comentar.

E Ghassan descobriria. O rei era um homem determinado e havia pouco que desejasse mais do que um neto com sangue Nahid. Ele provavelmente tinha um criado que mantinha um livro com as datas e o tempo que Muntadhir passava no quarto dela, uma empregada para conferir os lençóis dela. Eram invasões de sua privacidade sobre as quais Nahri não podia nem pensar muito sem querer atear fogo no palácio. Saber que algo tão pessoal era contado para o homem que ela mais odiava no mundo, o homem que tinha a sua vida e a vida de todas as pessoas de que ela gostava em sua mão...

Era por isso que Nahri não conseguia gostar de Muntadhir. Porque, apesar de tudo que dizia a si mesma — que ela havia consentido com aquele casamento e tirado dos Qahtani cada moeda que pôde, que se casar por interesse político era o destino de toda mulher com sangue nobre, que seu marido era pelo menos decente e bonito e se importava com seu bem-estar —, tudo desaparecia diante de uma verdade inegável: nem ela nem Muntadhir queriam aquela união. Nahri era um prêmio para os Qahtani; ela dera a si mesma, o próprio corpo, em casamento para salvar sua vida e cessar o derramamento de sangue do seu povo por Ghassan. Se o negasse agora, haveria um custo.

— Então *o que* você quer? — implorou Muntadhir, soando frustrado. — Fale comigo. O que tornaria isso mais fácil para você?

Nada tornará isso mais fácil para mim. Nahri livrou a mão da dele para passar os dedos sobre o shedu que o tio havia pintado. Teria sido a arte uma fuga para Rustam, uma maneira para tornar sua vida como prisioneiro de Ghassan mais fácil?

Uma arte que o filho de Ghassan dera à única parente sobrevivente de Rustam na esperança de visitar sua cama com mais frequência.

— Qual número o deixaria satisfeito? — perguntou Nahri finalmente.

— Como assim?

Ela fitou Muntadhir nos olhos, a voz fria.

— Você disse que não estava satisfeito com a frequência com que eu o deixo tentar produzir um herdeiro. Então quantas noites por mês preferiria?

— Nahri, pelo amor de Deus, você sabe que não é isso que eu...

— Não é isso? — Ela tamborilou os dedos na pintura novamente. — Não seja tímido, emir. Você já pagou.

Muntadhir se encolheu. Porém, antes que Nahri pudesse sentir um momento de arrependimento — pois as palavras foram cruéis —, a ira irrompeu no rosto dele. Ótimo. Nahri preferia a ira à vulnerabilidade.

Ele a encarou.

— Você não é a única que não quer isto, que perdeu uma chance de felicidade com outra pessoa.

— Nossas situações não são nem *remotamente* parecidas — disparou Nahri, incapaz de manter o distanciamento fingido na voz diante de uma insinuação como aquela. Ela não fazia ideia de quem ele estava falando e não se importava. Muntadhir não era a pessoa que todos esperavam que gerasse o filho de um inimigo. — E para mim já chega dessa conversa

Ele apertou os lábios em uma linha fina e pálida, mas não discutiu. Em vez disso, vestiu-se em silêncio e então pegou a sua sacola.

— Pode levar o livro de volta, se quiser — disse Nahri rigidamente, embora isso a matasse. — Eu sei que ele não comprou o que você queria.

Muntadhir a olhou, cansado.

— O livro é seu. Eu disse para você na noite em que queimei a nossa máscara de casamento, Nahri: não sou aquele tipo de homem. — Ele suspirou. — Sabe, às vezes acho que você e eu poderíamos ser realmente bons governando juntos. Mesmo se jamais amássemos um ao outro. Mas você claramente precisa de um tempo.

— Não podemos...

— Eu cuido dos sussurros, está bem? Acredite ou não, sei como lidar com *algumas* coisas por aqui, e prometo que não vou colocá-la em risco. Apenas me avise quando estiver pronta para que eu a visite de novo.

Os olhos de Nahri encheram-se de lágrimas diante da generosidade inesperada e o peso da conversa. O peso do *dia* inteiro. Um dia que começara com ela acreditando que talvez tivesse enganado os Qahtani ao menos uma vez. Um dia em que ela se postara orgulhosamente no Templo diante do seu povo.

Um dia que terminara com um lembrete cruel de quão despida de poder ela de fato era.

— Obrigada, emir Muntadhir — agradeceu, sem jeito, com a maior educação possível. Não faria bem algum rejeitar um aliado poderoso, embora relutante. — Boa noite.

— Boa noite, Banu Nahida.

ALI

Esta cena ocorre durante O Reino de Cobre, *alguns dias depois de Nahri, Ali e Zaynab visitarem o templo daeva. Há spoilers para os dois primeiros livros.*

ALI OLHOU DE RELANCE ENTRE O DESENHO NO SEU COLO E o jardim do hospital, então bateu o lápis contra o queixo.

— Talvez outra árvore para fazer mais sombra — ele disse as palavras para si mesmo, pois não havia mais ninguém nas ruínas do gazebo meio desmoronado do jardim. Nunca havia. As colunas de madeira do gazebo, que um dia foram delicadamente entalhadas, estavam tão tomadas por buracos de cupins que a maioria tinha quebrado no meio, e o que restara do telhado era sustentado apenas por uma grande figueira. Acrescente a isso vinhas floridas entrelaçadas que escondiam o interior, assim como as cobras com asas que gostavam de fazer seus ninhos na cobertura, e o lugar era um ponto excelente para se trabalhar sem ser incomodado — contanto que a pessoa não se levantasse rápido demais. As cobras com asas vinham somente à noite, mas não queria dizer que elas gostassem que o seu sono fosse perturbado durante o dia.

O gazebo era *em geral* um lugar bom para se estar sozinho, de qualquer maneira.

— Aquela mula arrogante e condescendente... — Uma figura trajando roxo avançava a passos largos entre as vinhas, puxando para trás o galho de uma árvore e o soltando na direção dos contratos terminados que Ali empilhara com cuidado sobre o que restava de um velho banco de pedra.

Ele tinha um breve segundo para decidir entre salvar o seu trabalho e proteger-se de um súbito intruso — uma decisão que, após vários anos sendo caçado por assassinos, deveria ser intuitiva —, então é claro que mergulhou na direção dos papéis, deslizando sobre o chão rochoso com as canelas e saltando para pegar os pergaminhos antes que voassem para os arbustos encharcados de chuva.

— Alizayd, *pelo Altíssimo*. — Era Nahri. — Está tentando me causar um ataque do coração, saltando de um arbusto desse jeito?

Ali ficou de pé, mantendo a cabeça baixa para evitar a cobertura folhosa do gazebo.

— Diz a mulher que entra correndo aqui como se uma fera mágica a estivesse perseguindo. — Ele franziu o cenho, avaliando a face enrubescida e o lenço caído de Nahri. — Espere... *Tem* uma fera mágica perseguindo você?

A expressão de Nahri tornou-se sombria.

— Pior. Kaveh.

Ali estremeceu.

— Ele ainda está aqui?

— Não, acho que era para ser uma visita surpresa. Ele provavelmente estava torcendo para me pegar fazendo algo escandaloso com os shafits, como tratá-los como iguais ou trocando uma palavra gentil. Você se importa se eu me sentar? — Ela suspirou, gesticulando para o banco. — Preciso só respirar e não ver gente por alguns minutos.

Ali rapidamente começou a juntar suas coisas.

— É claro. É o seu hospital.

Nahri gesticulou para que parasse.

— Pode ficar. Você não conta.

Ali não tinha certeza se isso era um elogio ou um insulto.

— Tem certeza?

— Sim. Só não... Deus, de que jeito você se atirou no chão? Está sangrando por toda parte!

Ali olhou para suas pernas e viu o sangue brotando através das roupas. Ah, então era por isso que suas canelas queimavam tanto.

— Está tudo bem. É só um arranhão.

Mas Nahri já estava se erguendo novamente. Ela tirou a papelada das mãos dele e o empurrou na direção do banco oposto.

— Só um arranhão... Poupe-me do orgulho de homens idiotas. Levante as calças.

Um pouco envergonhado, Ali obedeceu mesmo assim. Então percebeu que não *tinha* mais pele entre os tornozelos e os joelhos, e o sangue estava enchendo suas sandálias.

— Ah.

— Ah, realmente. — Nahri revirou os olhos e então, com a prática de uma profissional que fazia aquilo todos os dias, fechou firmemente as mãos sobre as panturrilhas dele. Ali se sobressaltou com o toque.

Ela olhou para cima.

— Doeu? Não parece que tenha algo quebrado.

— Não — ele conseguiu responder enquanto a chuva começava a bater no telhado do gazebo mais rápido, acompanhando o ritmo de seu coração acelerado. — Estou bem.

— Ótimo. — Nahri fechou os olhos e uma onda fria o varreu como se ele tivesse submergido as pernas em um lago congelado. Ali tremeu, observando fascinado enquanto seus ferimentos paravam de sangrar e cobriam-se de cascas. Em segundos, não havia nada além de pele saudável cobrindo suas canelas, como se elas jamais tivessem se machucado.

— Deus seja louvado. — Ele suspirou. — Você não deve se cansar de ver isso.

— O dever ancestral tem suas vantagens ocasionais. Melhor?

— Sim — admitiu ele. — Obrigado.

— Some isso à dívida que já tem comigo. — Nahri soltou as panturrilhas dele. — Espero que os papéis tenham valido a pena.

Ali chutou as sandálias para fora do gazebo, na esperança de que, quando chegasse a hora de voltar, a chuva teria lavado o sangue.

— Não ter de ler e anotar todos esses contratos de novo vale muito a pena. Você sabia que as pessoas inserem sorrateiramente pragas de verdade contra os competidores em contratos de construção por aqui?

— Não. Eu não sabia.

— Nem eu. Agora tudo precisa ser lido duas vezes.

— Parece monótono.

Ali deu de ombros.

— Não me importo com um pouco de monotonia de vez em quando. Isso compensa os riscos de vida que enfrento.

Nahri bufou antes de reclinar-se contra o tronco da figueira. Um breve sorriso cruzou seu rosto enquanto fechava os olhos de novo.

— Imagino que sim.

Ela não disse mais nada, parecendo satisfeita em descansar. Apesar de suas garantias de que poderia ficar no gazebo, Ali hesitou. Provavelmente era melhor ir embora. Cinco anos atrás, ele teria insistido em fazê-lo. A situação era ainda pior agora, pois Ali só conseguia imaginar como as línguas tagarelariam se o ambicioso irmão mais novo do emir Muntadhir fosse visto escondido com a esposa dele em um jardim remoto. Daevabad vivia para esse tipo de fofoca.

E alguns morriam por causa delas.

Mas Nahri tinha pedido para que ele ficasse. E aquela era a conversa mais amigável — bem, menos pesada — que tiveram desde aquela noite terrível no lago. Parecia fugaz e preciosa, e ele se deu conta de quanto precisava dela.

Então, Ali ficou. Voltou para o seu lugar no banco oposto e recuperou seu desenho. Por sorte não molhara quando ele o deixara cair, e Ali voltou ao trabalho, tentando visualizar quais plantas e árvores se encaixariam melhor naquele lugar. A chuva tinha aumentado, as gotas d'água tamborilando contra as folhas como música, e o ar chuvoso estava carregado de umidade e rico com o aroma de terra molhada e de flores. Era tranquilizador de uma maneira intensa e quase hipnótica. E, estranhamente, era muito bom ter Nahri como companhia, um silêncio confortável entre os dois.

Tão confortável que ele não tinha certeza de quanto tempo se passara quando Nahri falou de novo.

— O que você está desenhando?

Ali não tirou os olhos do desenho.

— Apenas planejando o que plantar no jardim.

— Eles ensinam muita coisa sobre jardinagem na Cidadela?

— O máximo que aprendi sobre plantas na Cidadela foi evitar arbustos espinhosos se você precisasse pular de uma janela. Jardinagem, agricultura... essas coisas eu aprendi em Bir Nabat.

Nahri franziu o cenho.

— Achei que você tivesse sido mandado para lá para liderar uma guarnição.

Ah, sim, a velha mentira do seu pai.

— Não foi bem assim — respondeu Ali, sem querer aprofundar-se em segredos de família violentos no momento. — Bir Nabat é construída sobre as ruínas de uma cidade humana em um oásis, e tentei restaurar seus sistemas de irrigação. Acredite, passei *bem* mais tempo pensando sobre plantas e colheitas do que sobre técnicas da Cidadela nos últimos anos.

— Alizayd al Qahtani, o fazendeiro. — Nahri sorriu de novo. — Tenho dificuldade em imaginar.

— Está mais para Alizayd al Qahtani, o cavador de canais. A vida glamorosa com que todo príncipe sempre sonha.

Ela ainda o estava estudando.

— Mas você gostou de lá.

Ali sentiu seu sorriso desaparecer.

— Sim.

— Quer voltar?

Não sei. Ali desviou o olhar. Os olhos negros dela eram avaliadores demais. Nahri talvez o considerasse um bom mentiroso, mas Ali sabia que não era, especialmente com ela.

Mas a pergunta seguiu com ele. Verdade seja dita... Ali não sabia. Mesmo a ideia de ter uma escolha era um conceito estranho a ele. Pessoas como Ali não tinham o direito de escolher coisas para si.

— O que quer que seja melhor para minha família — respondeu enfim.

Houve um longo momento de silêncio, o único ruído sendo o gotejar das folhas. Ali juraria que conseguia sentir o peso do olhar de Nahri, mas ela não pediu explicações para a resposta evasiva nem deu uma réplica sarcástica.

— Suponho que este possa ser um lugar perigoso para desejar coisas — murmurou Nahri.

— Sim — concordou ele simplesmente.

Nahri colocou-se de pé.

— Deixe-me ver. — Ela tomou o desenho das mãos de Ali e o cutucou para o lado com o cotovelo para sentar-se junto a ele.

— Não sou um artista muito bom — avisou ele.

— Não, não é. Mas consigo entender o desenho. — Ela o virou. — Ervas medicinais? — perguntou, lendo a anotação em árabe em voz alta.

— Eu sei que o jardim é essencialmente para recreação... ou, bem, para que seus pacientes relaxem, de qualquer forma.

— Ali apontou para o desenho que fizera de um cipreste-chorão. — Então vamos pôr muitas árvores para criar sombra, flores, balanços e cadeiras reclinadas... uma fonte nova. Mas, se tivermos espaço, podemos cultivar algumas plantas para você usar. Há um lugar bom aqui para um canteiro de ervas.

— E aí está a praticidade geziri. — Nahri curvou-se sobre o pedaço de pergaminho entre os dois. Ela estava tão próxima agora que Ali conseguia ver o brilho da umidade em seu rosto. Algumas mechas tinham caído do seu lenço e estavam grudadas à pele molhada. Ele respirou fundo, sentindo a fragrância das cinzas de cedro que marcavam a sua testa e das flores de jasmim trançadas em seu cabelo.

Ela ergueu o olhar com o ruído. Seus olhares se cruzaram, e então Nahri pareceu enrubescer, com uma expressão de vergonha que ele jamais achou que a sempre confiante Banu Nahida fosse capaz de revelar.

Ela rapidamente limpou a garganta.

— Isto é uma laranjeira?

— Uma o quê...? Hã, sim — gaguejou Ali, ainda surpreso com a proximidade dela. — Achei que poderíamos transplantar uma muda do pomar do seu tio, lá no palácio. Ou uma árvore diferente — ofereceu. Era difícil de pensar quando Nahri o observava tão intensamente. — Limão ou lima, qual você quiser, na verdade.

— Não... A laranjeira é perfeita. — Nahri hesitou. — É muito gentil da sua parte.

Ali coçou a nuca, encabulado.

— Você parecia gostar delas.

— É claro que gosto das laranjeiras. As raízes delas derrubam intrusos, fazendo-os cair de bunda no chão. — Ela sorriu mais calorosamente agora, os olhos dançando com um quê maroto que acelerou o coração de Ali. — Eu não teria pensado que você tinha lembranças boas também.

A alusão à reunião malfadada deles não passou despercebida.

— Eu não deveria ter ido aonde não fui convidado — defendeu-se Ali com a maior diplomacia possível.

— Ora, veja só você aprendendo com a vida. — Nahri devolveu o desenho. — Talvez eu possa enganar Kaveh para que venha ao meu pomar de laranjeiras e seja engolido pelo chão.

— A visita dele foi tão ruim assim?

Nahri fez uma careta.

— Eu odeio a maneira como ele fala comigo... a maneira como tantos deles falam. Como se eu fosse uma criança meio bestial que precisam limpar e proteger. Homens como Kaveh prefeririam que eu fosse um ícone silencioso que eles pudessem adorar a uma líder que realmente os desafie. É enfurecedor.

— Não acredito que a questão seja protegê-la — comentou Ali, lembrando-se de sua visita ao Templo e do choque horrorizado dos sacerdotes e de Kaveh quando Nahri anunciou o seu plano. — Acho que eles têm medo. Acho que você faz mais do que os desafiar.

— Como assim?

— Você os envergonha.

— Como eu os *envergonho*? Eu me comporto diplomaticamente em todas as oportunidades!

— Sim, você e a sua famosa diplomacia. Ah, você foi tão *diplomaticamente* ao templo daeva e *diplomaticamente* reverteu séculos de crenças ignorantes sobre os shafits. O tipo de coisa em que as pessoas se forçam a acreditar para poder olhar para os outros como inferiores e ainda assim crer que estão corretas. Coisas difíceis de ouvir — brincou Ali, lembrando-se dos ossos de curandeiros Nahid assassinados que eles encontraram nas ruínas do boticário. Ele e seu povo tinham a própria história para enfrentar.

As palavras dele pairaram pesadas por um momento. E então Nahri, no tom mais insolente e sarcástico que Ali já a ouvira usar, retrucou:

— Você realmente fez uma imersão devota de ouvir--vozes-e-perambular-pelo-deserto em Am Gezira, não é?

— Estou tentando ajudar. Sabe disso, certo?

— Eu sei. — Ela suspirou e, apesar do momento fugaz de constrangimento que se passara entre os dois, aproximou-se de novo, trazendo os joelhos para junto do peito. Sacudiu a bainha do chador, lançando pequenos pingos d'água sobre o chão musgoso. — Aliás, esta chuva é coisa sua?

A questão inesperada deixou-o subitamente temeroso.

— É claro que não.

— Uma pena. — Nahri o olhou de relance e, na escuridão de seus olhos, não havia acusação ou sarcasmo. Ela só parecia muito, muito cansada. — Estava torcendo que você pudesse mantê-la por mais alguns dias.

Naquele instante, Ali desejou desesperadamente ser melhor com as palavras. Gostaria de poder dizer algo, qualquer coisa para aliviar a tristeza na expressão dela.

— Mais um pouco de chuva e este telhado vai desabar — disse, tentando uma piada. — Você ficaria presa comigo.

Ela lhe lançou mais um breve sorriso e cutucou o ombro dele.

— Você nem sempre é tão ruim. Mesmo quando está pregando como um sacerdote exagerado de sexta-feira.

— Posso falar assim de novo? — Quando Nahri anuiu, Ali continuou: — Você deveria ter orgulho. Este hospital, trazer Subha e enfrentar os sacerdotes... tudo isso foi corajoso demais. Você está fazendo coisas maravilhosas aqui. Não deixe que os outros a façam sentir-se menor porque não conseguem estar à sua altura.

Nahri o encarou. Ele não conseguia ler a emoção ardendo em seus olhos, mas então ela expirou, como se parte de um peso tivesse sido tirado de suas costas.

— Obrigada. É bom ouvir que *alguém* não acha que estou sendo uma tola ingênua por querer unir os shafits e os Daeva.

— Nós, sacerdotes exagerados de sexta-feira, somos conhecidos por nossa sabedoria. De vez em quando.

Os dois ficaram em silêncio de novo. Nahri se ajeitara no banco com o ombro roçando o dele e, quando ergueu os olhos para a cobertura tomada pelas vinhas, Ali seguiu seu olhar.
— Acha que elas darão fruta? — perguntou Nahri.
Ali não sabia se era uma metáfora ou uma tentativa de mudar de assunto.
— Não tenho certeza.
— Achei que você fosse um fazendeiro agora.
— Cavador de canais. Especialidade diferente.
— Ah, claro. Perdoe-me pelo grave lapso ao diagnosticar equivocadamente o desejo do seu coração.
— E o desejo do seu coração? — perguntou Ali, olhando de relance para ela. — Já confessei minha preferência por uma vida de colheitas em vez de tarefas da realeza. O que faria se não fosse a Banu Nahida? E não diga médica ou farmacêutica. Isso é trapaça.
— Eu gosto de trapaças. — Nahri deu de ombros. — Não sei... Nunca pensei realmente nisso.
— Nunca fantasiou uma vida diferente?
— Não acredito em sonhar. Só traz decepções.
— Isso é a coisa mais *deprimente* que já ouvi na vida, e olha que aos seis anos tive um sheik que passou um ano inteiro detalhando cada punição existente na vida após a morte. Vamos lá — incentivou ele. — Além disso, não é sonhar. É uma fantasia que você sabe que não se tornará verdade. Uma distração. Uma poeta de vinho — brincou Ali, pensando na coisa mais distante que Nahri poderia ser. — Treinadora de simurghs. A escriba mais paciente de meu pai.
Nahri deu um tapa no braço dele.
— Eu preferiria ser envenenada. Hum, se eu não pudesse ser médica... Vendedora de livros, talvez.
— Vendedora de livros?
— Isso — ela respondeu, soando mais convincente. — Acho que eu gostaria de ter meu próprio negócio. Gosto de

conversar com pessoas, gosto de livros e, sobretudo, gosto de convencer os clientes a entregarem seu dinheiro. E consegue imaginar ter todos aqueles livros? Poder ler qualquer coisa que quisesse e encher o cérebro com informações novas todos os dias?

Ali abriu um sorriso largo.

— Sim, eu lembro como você ansiava por colocar suas mãos em tudo na biblioteca.

— Com licença, não fui eu quem derrubou uma prateleira e voou contra uma parede levado pela curiosidade.

Ele enrubesceu, lembrando-se de sua expedição às catacumbas da biblioteca.

— Doeu tanto — admitiu Ali. — Tentei agir como se estivesse tudo bem, mas eu estava vendo estrelas o tempo inteiro.

Nahri riu. Foi um riso genuíno e profundo, não uma de suas risadinhas desdenhosas. Ali não sabia dizer quando fora a última vez que o ouvira. Queria segurá-lo, memorizar a maneira como o sorriso iluminava o rosto dela e mantê-lo pelo máximo de tempo possível — tanto na vida real quanto na memória.

Mas o sorriso dela já estava desaparecendo.

— Eu realmente gostava daquelas tardes — confessou Nahri, um indício de vulnerabilidade insinuando-se na voz. — Eu estava tão sobrecarregada quando cheguei pela primeira vez a Daevabad. As expectativas de todos, a política que eu não conseguia entender... era demais. Era tão bom fugir por algumas horas por dia. Falar árabe e ter minhas perguntas respondidas sem que você me fizesse sentir ignorante. — Ela fitou as mãos. — Era legal sentir que eu tinha um amigo.

Qualquer piada implicante que Ali pudesse ter dito morreu em seus lábios.

— Não poderíamos ser amigos de novo? Ou não amigos! — emendou quando a expressão de Nahri fechou-se mais ainda. — Apenas duas pessoas que se encontram de vez em quando em um gazebo extremamente perigoso para fantasiar as vidas diferentes que gostariam de estar vivendo.

Ela já estava balançando a cabeça.

— Não acho que seja uma boa ideia, Ali.

Ali. Era a primeira vez que Nahri o chamava assim desde que ele retornara a Daevabad.

— É por causa daquela noite no barco? — perguntou ele.

— Sinto muito. Eu não quis...

Nahri tomou a mão dele. Seus dedos deslizaram entre os dele, e Ali se calou no mesmo instante. Ele olhou intensamente o rosto de Nahri, mas ela estava encarando o próprio colo, como se evitasse olhá-lo diretamente. Mesmo assim, não havia como não perceber a dor em sua expressão, um eco da solidão que parecia prender-se a Nahri como uma sombra.

— Não é por causa daquela noite no barco — respondeu por fim. — É porque isso... parece tão fácil. Como se eu pudesse cometer um erro. E não posso. Não de novo.

Ali abriu e fechou a boca.

— N-não estou entendendo.

Ela suspirou.

— É como você disse antes: você fará o que é melhor para a sua família. Eu farei o que é melhor para os Daeva. Se chegasse um dia em que tivéssemos que fazer uma escolha... — Nahri encontrou o olhar dele, e a tristeza em sua expressão cortou Ali ao meio. — Acho que seria mais fácil se não fôssemos amigos.

Ela soltou a mão dele. Ali não disse nada enquanto ela se colocava de pé e cuidadosamente ajeitava o chador sobre a cabeça, reassumindo o seu manto de dever. Quase desejou discutir com ela, mas, como sempre, Nahri fora direto ao ponto.

— Não tem nada que eu possa fazer para ajudá-la? — perguntou Ali, condoído. — Parte meu coração vê-la tão infeliz.

— Tire-me escondida da cidade se seu pai o deixar sair? — Soou como se ela estivesse tentando fazer uma piada, mas não havia como negar a infelicidade em sua voz. — Certamente Bir Nabat aceitaria uma boa vendedora de livros.

Ali forçou um sorriso, mesmo que a desesperança tomasse conta dele.

— Vou ficar de olho em baús de viagem com espaço para uma Banu Nahida.

— Agradeço. — Nahri fez menção de ir embora, passando com cuidado pelos galhos emaranhados. — Embora, na verdade... tem uma coisa que você poderia fazer. Quer dizer, só se for fácil. Tendo em vista que já está planejando o jardim.

— O quê? — perguntou Ali. Ela não se virara completamente, e apenas parte do seu perfil estava visível atrás do chador cobrindo a face.

A voz dela soou hesitante, constrangida.

— Tem umas florzinhas roxas que crescem nas colinas. Jamais as vi de perto; e seu pai não permite que eu saia dos muros da cidade. Sabe do que estou falando?

Ali se surpreendeu ao perceber que sabia.

— Acho que são chamadas de íris.

— Será que poderíamos cultivá-las aqui? — sugeriu Nahri. — São uma das primeiras flores a brotar na primavera, e vê-las sempre me deixou esperançosa.

— Então vou plantá-las por toda parte — disse Ali automaticamente. Percebendo que parecia estar fazendo algum tipo de promessa solene, acrescentou depressa: — Tentarei, pelo menos.

O fantasma do que poderia ser um sorriso curvou os lábios dela.

— Obrigada.

Ali observou Nahri abrir caminho de volta através das vinhas. Ele manteve silêncio mesmo enquanto uma dúzia de frases inacabadas se formavam em sua língua, sentimentos e emoções que não conseguia desemaranhar.

Então, em vez disso, silenciosamente conjurou a magia marid que negara possuir e, com muito cuidado, parou a chuva antes que caísse sobre a cabeça dela.

ZAYNAB

Esta cena ocorre imediatamente após os eventos em O Reino de Cobre. *Spoilers para os dois primeiros livros.*

— Assim? — perguntou Ali, inclinando-se para deixar que ela examinasse o seu turbante.

— Não, assim não. Deixe que eu... — Zaynab rapidamente amarrou de novo o turbante, o tecido leve como uma pena em suas mãos. — Você quer dobras mais claras. E vai precisar de joias. — Ela se virou, cantarolando enquanto escolhia alguns adereços da pilha em sua cama.

Ali fez uma careta enquanto ela pendurava pérolas em torno de seu pescoço.

— Se eu não a conhecesse melhor, acharia que está gostando disso.

— Estou adorando. É como brincar com bonecas de novo e você vai ficar me devendo um favor. — Zaynab pegou uma bandeja de incenso, balançando-a sobre a cabeça de Ali para que a fumaça deixasse sua fragrância sobre as roupas.

— Mencionei aquela parte toda de "estar com pressa", não?

— A realeza não se preocupa com a pontualidade. — Ela deslizou um anel de prata pelo polegar dele. — Um diamante rosa para

Ta Ntry. Se você fosse sábio, irmãozinho, se certificaria de que pelo menos um elemento de seus trajes diários fosse ntaran. Lembraria às pessoas que você vem de duas famílias poderosas.

— Zaynab, não se passa um dia da minha vida em que alguém não me lembre do fato de que sou ayaanle. Geralmente de maneira rude. — Ali deu um passo para trás e endireitou-se. — Como estou?

Zaynab piscou. Ela poderia ter sido a arquiteta por trás do plano deles de roubar as roupas cerimoniais de Muntadhir em uma tentativa de última hora de salvar o encontro de Nahri com os sacerdotes no Templo, mas a visão do irmão em trajes reais ainda a deixou chocada. Havia pouco do garotinho tagarela que a seguia pelo jardim do harém no homem alto e imponente diante dela agora. Com a ajuda de uma de suas criadas, elas tinham usado um feitiço para aumentar o comprimento da túnica ebânea de maneira que ondulasse em torno dos tornozelos de Ali, escura como a noite. Ele impressionava nas cores dos Qahtani, os padrões roxos e dourados entremeando-se. Ainda trazia consigo sua zulfiqar e sua khanjar, as lâminas mortais com seus punhos gastos contrastando ainda mais com a elegância do irmão.

— Você parece um rei — disse Zaynab com delicadeza, o coração apertado do jeito que sempre ficava quando ela se sentia dividida entre os irmãos. Era simplesmente tão difícil. Ela amava Muntadhir e queria apenas o melhor para ele. Porém, após uma vida inteira sendo tratada como um pouco "diferente" tanto pelas nobres geziri quanto pelas ayaanle, Zaynab não conseguia negar o orgulho intenso que ardia dentro de si ao ver um homem ayaanle trajado como um rei. — Certifique-se que amma jamais o veja assim — avisou. — Isso daria ideias perigosas demais para ela.

Ali estremeceu.

— Nem brinque com isso. Ela ouve tudo. — Ele correu uma mão sobre a barba. — Acha que isso vai funcionar?

— Você tem outra ideia?

— Eu posso prometer a Dhiru que saltarei no lago de novo se ele for ao Templo.

Zaynab deu um tapa no ombro dele.

— Nem brinque com isso. — Ela gesticulou para a pilha de pergaminhos que ele andava carregando consigo. Ali e papeladas eram companheiros constantes ultimamente. — Você precisa de algum deles?

Ali procurou na pilha.

— Talvez alguns dos planos básicos... embora os sacerdotes já saibam da maior parte disso. É da parte dos shafits de que precisamos convencê-los. — Ele enfiou um papiro debaixo do braço. — Deus, espero que isso funcione. Não posso desapontá-la de novo.

Não posso *desapontá-la* de novo. *Não o hospital. Nahri.* Zaynab se perguntou se Ali chegara a ouvir as próprias palavras. Se o seu irmão sem noção fazia ideia do caminho perigoso que parecia determinado a trilhar.

Ela pegou o outro braço dele.

— Nós daremos um jeito — prometeu. — Agora vamos. Ainda precisamos roubar o cavalo de Muntadhir.

Um novo choque de dor trouxe Zaynab de volta ao presente, suas memórias de Ali desaparecendo. Ela se encolheu e disse com a voz rouca:

— Você está terminando?

— Não — respondeu a médica shafit; Subha, lembrou Zaynab. — Fique parada.

— Sabe quanto tempo...

— Você deveria parar de falar. — Zaynab ficou chocada ao ser interrompida tão rudemente, mas a médica nem chegou a tirar os olhos do seu trabalho. — Sua garganta está ferida e precisa de descanso. Da próxima vez que planejar passar a noite gritando para metade da cidade, tome um pouco de óleo de oliva aquecido antes.

Zaynab achou "gritando para metade da cidade" uma maneira banal de descrever avisar os Geziri de Daevabad que suas relíquias estavam prestes a matá-los, mas estava exausta e enlutada demais para discutir. Em vez disso, apenas fez uma careta e tentou se manter imóvel enquanto Subha prendia uma tala em seu punho. O corpo inteiro doía. Zaynab considerava-se uma cavaleira experiente; Muntadhir a colocou sobre selas desde que ela aprendera a caminhar. Na noite anterior, porém, ela tinha aprendido da pior maneira possível que uma coisa era cavalgar nas trilhas privadas dos jardins do palácio, outra era galopar furiosamente por Daevabad, esquivando-se de djinns em fuga e ghouls gemendo, para alertar aos gritos quaisquer Geziri ao seu alcance.

A lição valera a pena, no entanto. Quando o vapor de cobre mortal tragou o Quarteirão Geziri, movendo-se como uma névoa malévola e faminta, o seu povo estava pronto — suas relíquias removidas e enterradas. Zaynab talvez tivesse acabado com a própria voz, e ela não chegaria perto de um cavalo por dias, mas ela e Aqisa tinham salvado milhares de vidas. Elas eram heroínas.

Mas Zaynab não se sentia uma heroína. Heroínas não levavam seus irmãos menores à morte arrastando-os de volta a uma cidade de que poderiam ter finalmente escapado. Mais uma vez, a lembrança de Ali em roupas reais passou pela mente de Zaynab. Ele construíra uma vida para si em Am Gezira. Fora feliz.

Agora provavelmente estava morto. Pois Zaynab e Aqisa tinham completado apenas a primeira parte da sua missão — elas deveriam avisar o Quarteirão Geziri da praga vindo em sua direção, sim, mas então deveriam ir à Cidadela para alertar Ali e os oficiais que tinham se juntado à sua rebelião de que um golpe pior já tinha chegado. E o exército — a temida Guarda Real de Daevabad, com seus milhares de guerreiros bem treinados e bem armados — era necessário para salvar o dia.

Quando elas chegaram, contudo, não havia mais Cidadela.

Zaynab e Aqisa encontraram em vez disso uma cena saída do inferno: a imponente fortaleza de Zaydi al Qahtani — o primeiro lugar que sua família construíra em Daevabad e o último lugar em que Ali tinha sido visto — não existia mais. Sua torre enorme fora arrancada de suas fundações, derrubada e jogada no lago. O resto tinha se saído um pouco melhor. Todas as estruturas foram reduzidas a ruínas e o pátio, transformado em um poço enlameado, desfigurado por trincheiras tomadas por água e sangue, como se uma fera gigantesca tivesse rasgado o chão com suas garras.

E os corpos. Mais corpos do que Zaynab podia contar. Esmagados, afogados e partidos em pedaços — seus fragmentos de uniformes ensanguentados muitas vezes eram a única coisa que os identificava como homens que um dia estiveram vivos. Estavam meio enterrados pelos destroços e dispersos pela areia molhada, flutuando no lago e presos debaixo da torre caída. Vários claramente foram comidos vivos, restos de ghouls entrelaçados aos seus membros arruinados.

Zaynab perdera a cabeça. Ela galopara em direção ao buraco em que estivera a torre, gritando o nome de Ali. Porém, como se atendendo à sua dor, um terremoto estremeceu a ilha. O cavalo dela assustou-se e jogou-a no chão, e Zaynab caiu mal, quebrando o pulso. Cercada por prédios balançando, multidões em pânico e destroços caindo, ela procurou se abrigar — mas não conseguiu a tempo de perder a visão do próprio céu fraturando-se, o véu que separava o reino dela do mundo humano se descolando. À medida que desaparecia, levava consigo os fogos conjurados pelos djinns que escavavam à procura de sobreviventes e os tapetes voadores encantados que usavam para transportar os feridos em busca de ajuda. E, enquanto toda a magia de Daevabad era arrancada, os gritos de verdade começaram.

A essa altura, Aqisa a alcançara e a colocara de pé, jogando Zaynab no seu cavalo e correndo para o hospital.

— Vou acorrentá-la a um poste se você tentar fugir. — A guerreira a tinha avisado enquanto deixava Zaynab sob os cuidados de Subha. — Vou procurar seu irmão. Você não precisa ver isso.

Zaynab estava tonta demais de dor e choque para discutir, e só depois de Aqisa ter partido percebeu o significado das suas palavras.

A guerreira não esperava encontrar Ali vivo.

Isso fora horas antes. O quadrado de céu que Zaynab podia ver através da janela exibia no momento o azul pálido da manhã; o tom carmesim do amanhecer já evanescera. Mas se já amanhecera...

Ninguém soou a adhan para fajr. O pensamento a deixou nauseada; Zaynab não se lembrava disso jamais ter acontecido em sua vida. Não que ela mesma se sentisse capaz de rezar no momento. Se tentasse invocar Deus, começaria a chorar e não pararia mais.

Amma, eu preciso de você. Eu preciso de abba. Eu preciso de meus irmãos.

Não havia ninguém em sua mente para responder, no entanto, então Zaynab inspirou fundo, tentando firmar-se.

— Você ficou sabendo de alguma notícia do palácio?

A médica balançou a cabeça.

— Tudo o que ouvi é loucura. As pessoas estão gritando que outro Suleiman veio para tomar nossa magia e trazer a ira do Criador sobre nós.

— Você acredita nisso?

— Não. — Subha lhe lançou um olhar sombrio. — Acho que os deuses lavaram as mãos deste lugar há muito tempo.

Um movimento no vão da porta chamou a sua atenção, e então Aqisa entrou. Qualquer alívio que Zaynab pudesse ter sentido ao ver sua companheira foi fugaz. Aqisa estava coberta de sangue e seu rosto, pálido.

— Aqisa! — Zaynab se mexeu para ir até ela antes que uma pontada de dor a lembrasse que Subha ainda estava terminando a tala. — Ajude-a! Ela está ferida.

— Não estou. Não é meu sangue — disse Aqisa, rouca. Talvez não estivesse ferida, mas estava mal. Entrou na enfermaria aos tropeços, sua graça mortal perdida, e recostou-se pesadamente contra a parede. Parecia assombrada, mais abalada do que Zaynab imaginava que sua amiga rude, orgulhosa e aparentemente destemida poderia parecer.

O coração dela desabou ao chão.

— Você o encontrou.

Aqisa se esforçou com um breve menear de cabeça.

— Não Ali. Encontrei Lubayd. Um ifrit o matou. — Lágrimas brilharam nos seus olhos cinzentos. — Deu uma machadada em suas costas. Aquele idiota. Ele não tinha por que ser morto por um ifrit.

Lubayd. O amigo risonho e grande como um urso de Ali, e outro homem que não estaria em Daevabad se não fossem as maquinações de Zaynab.

— Aqisa, eu sinto muito. Sinto muito mesmo.

Aqisa recusou as palavras dela com um gesto.

— Não foi culpa sua, Zaynab. Isso... isso não tem nada a ver conosco.

Subha terminara a tala sobre o pulso de Zaynab, o cheiro de cal e gesso forte no ar.

— Lubayd era um homem bom — comentou Subha delicadamente. — Eu tinha sempre de expulsá-lo por fumar no hospital, mas ele era tão doce com os filhos dos empregados.

— Eu vou matar a criatura que fez isso. Juro em nome de Deus. — Aqisa secou os olhos e então inspirou tremulamente. — Zaynab, o seu irmão... Falei com os sobreviventes que pude encontrar, e todos disseram a mesma coisa. O ifrit que matou Lubayd... Ele levou Alizayd.

— O-o q-que você quer dizer com *levou*? — perguntou Zaynab. — Para onde?

— Não sei. Dizem que o ifrit desapareceu. Houve um raio e ambos sumiram.

Sumiram. A palavra ressoou em sua cabeça. Zaynab abriu a boca, mas não tinha palavras. Preferiria encontrar o corpo de Ali pessoalmente, não importava o estado dele. Poderia tê-lo cremado e rezado à maneira do povo deles. Pelo menos Ali teria morrido como um mártir e aberto os olhos no Paraíso.

Agora ele despertaria diante de um mestre humano. Diante de séculos de sofrimento nas mãos do povo cujo mundo ele tanto admirava.

— A culpa é minha — lamentou ela, engasgada. — Isso tudo é culpa minha. Eu jamais deveria tê-lo trazido...

— Zaynab. — Aqisa estava subitamente à sua frente, segurando os seus ombros. — Ouça-me. Nada disso é culpa sua. Você não tinha como saber que a cidade estava prestes a ser atacada. E Alizayd ainda pode estar vivo. Não sabemos o que o ifrit queria dele.

Lágrimas ardiam nos olhos de Zaynab.

— Eles só querem saber de uma coisa.

— Você não sabe disso — insistiu Aqisa. — Os ifrits talvez estejam por trás disso com os Daeva. Por qual outra razão estariam aqui agora?

Subha ficou boquiaberta.

— Os *Daeva* estão por trás disso?

— Foi aquele grão-vizir frouxo quem matou o rei e soltou o veneno contra o meu povo — cuspiu Aqisa. — Vou matá-lo também.

As declarações assassinas de Aqisa tiraram Zaynab brevemente da nuvem de dor entorpecente que ameaçava consumi--la. Ela não tinha tempo para ficar se lamentando.

— Não acho que sejam todos os Daeva — respondeu a guerreira. — Foi Nahri quem nos alertou, afinal de contas. Ela e Muntadhir ficaram para trás, no palácio, para que pudéssemos alertar o Quarteirão Geziri e então trazer Ali e a Guarda Real de volta para lutar.

Subha andava de um lado para o outro.

— Isso não é bom. Tenho dezenas de pacientes daeva aqui, vítimas do ataque ao desfile do Navasatem. Se circular a notícia de que os Daeva estavam por trás do que aconteceu à Cidadela... — Ela olhou para Zaynab. — Você tem aliados fora do palácio que poderiam nos ajudar? Algum parente?

— Meu pai e avô eram filhos únicos. Tenho alguns primos e tios distantes servindo em Daevabad, mas... — Zaynab engoliu o nó na garganta. — Eles estariam no palácio ou na Cidadela.

— E do lado da sua mãe? — pressionou a médica. — A rainha financiou metade deste lugar. Ela tem de ter conexões, paren...

— A maioria voltou para Ta Ntry com ela. — Falar isso em voz alta fez Zaynab se sentir terrivelmente só. O pai estava morto; a mãe, a um mundo de distância. Muntadhir e Nahri, do outro lado da cidade, e Ali...

Ela inspirou bruscamente para aliviar a dor no peito. Não, Zaynab não pensaria em Ali no momento.

— Então você não tem aliados — concluiu Subha, sem rodeios. — Uma princesa sem poder é apenas uma pessoa ocupando uma cama no hospital. Como vamos evitar que o que restou da Guarda Real venha aqui e se vingue dos meus pacientes daeva?

— Lembrando-os de que ela é a princesa. — Os olhos de Aqisa brilharam. — A Guarda Real vai ouvi-la. Zaynab é tão descendente de Zaydi al Qahtani quanto seus irmãos. Nosso povo é leal. Eles ficarão ao lado dela.

— Seu povo é conservador — argumentou Subha. — É mais provável que a tranquem em uma mansão para que fique protegida enquanto disputam os resquícios do regime do pai dela e a cidade cai em ruínas. — Quando Aqisa soltou um sibilo, Subha riu com desdém. — Não me olhe desse jeito. Eu já vi meu próprio povo ser abandonado vezes demais para me assustar com a careta de uma bandida.

— Vou lhe mostrar a careta de...

— Já chega. — Zaynab se virou para Aqisa. — Com quem você estava conversando lá fora?

Aqisa respondeu após um último olhar para a médica.

— Soldados, na maior parte. Há algumas dezenas que sobreviveram, mas ninguém de patente muito alta. Encontrei alguns nobres que parecem prontos para mijar nas calças, o jardineiro-chefe e o ministro de provisões de honra.

— Provisões de honra? — perguntou Subha. — Isso quer dizer armamentos?

— Quer dizer túnicas — falou Zaynab sem jeito. — Túnicas de honra para os convidados.

— Ah. — A médica apertou a ponte do nariz. — Vamos todos morrer.

— Nós não vamos morrer. — Segurando-se a Aqisa, Zaynab pôs-se de pé tropegamente. Suas pernas pareciam ter se transformado em borracha onde não doíam, e um cheiro terrível pairava no ar. Zaynab enrugou o nariz apenas para se dar conta de que *ela* era a fonte do cheiro. Seu vestido estava imundo, e lama, sangue e Deus sabia lá mais o que manchavam a capa escura com que ela se cobrira às pressas.

Felizmente, seu turbante ainda estava intacto, e ela foi capaz de puxar o suficiente da extremidade para cobrir o rosto.

— Deixe-me falar com essas pessoas.

Aqisa a encarou.

— Você está parecendo uma ghoul.

— Uma ghoul da realeza?

A guerreira inclinou a cabeça.

— Quem sabe?

— Você é uma grande fonte de conforto. Terá de ser o suficiente. — Segurando o braço quebrado, Zaynab seguiu Aqisa para fora do aposento pequeno e em direção ao corredor principal do hospital.

Vozes altas vinham do pátio, a cadência geziri familiar, mas terrivelmente incompreensível. Apesar de vários tutores prudentes, Zaynab jamais dominara a língua do pai, uma rejeição que nunca deixara de doer.

Agora ela só esperava que não fosse uma fraqueza que a impedisse de assumir as rédeas do poder que ainda pudesse reivindicar.

— Idiotas! — gritou Aqisa em djinnistani quando elas adentraram o pátio cheio de djinns discutindo. Zaynab silenciosamente a agradeceu por trocar de língua. — Parem de chorar e ranger os dentes. Sua princesa está aqui para falar com vocês.

Zaynab não sabia que homens podiam calar-se tão rápido. Ela saiu de trás de Aqisa. Cerca de uma dúzia de homens geziri a encararam, trajando uma mescla de uniformes ensanguentados e roupas rasgadas. Nem um único rosto era familiar, e Zaynab lutou contra o instinto de recuar.

— Vossa... Vossa Alteza — gaguejou um homem com um nariz *muito* quebrado. Os olhos se arregalaram sobre o hematoma inchado que era o seu rosto, e então ele abruptamente os baixou, ajoelhando-se sobre uma das pernas tão rápido que devia ter doído. Ele deu um tapa no homem ao seu lado e então todos se ajoelharam sem que um único deles olhasse para ela.

Isso fez Zaynab se sentir mais deslocada ainda. Ela provavelmente conhecia algumas de suas mulheres; as esposas e filhas que comandara com confiança no harém. Era o tipo de poder com que Zaynab estava familiarizada: as cadeias de comando que existiam no mundo das mulheres e podiam derrubar um trono. Dinheiro, casamento e alianças comerciais, uma fofoca sussurrada... Essas eram as ferramentas que Zaynab dominava e empunhava com o sorriso adorável que suas cortesãs se esforçavam tanto para merecer. Ela *gostava* daquele poder. Usara-o para salvar a vida de Ali e trazê-lo para casa; tentara usá-lo para acabar com a guerra crescente entre seus irmãos. Zaynab em geral odiava as restrições físicas do seu papel — que ela sabia que se originavam mais das preocupações do pai com sua segurança do que de um senso de decoro — e ansiava por ver mais da cidade, mais do *mundo*, mas o papel era ao menos familiar.

Nada disso era familiar. Zaynab não deveria estar lidando com soldados. Deveria ser Muntadhir ali com eles; deveria ser Ali.

Deveria, mas não pode *ser — só pode ser você. E cada momento que desperdiça os coloca mais em perigo.*

Zaynab endireitou os ombros e tentou se lembrar de tudo que vira sua mãe fazer. Hatset lidava com homens o tempo inteiro, não se dando ao trabalho de fingir obediência ao costume da realeza de isolar as mulheres nobres. "Você esquece que fui a soberana de minha própria corte em Ta Ntry, minha filha querida", ela dissera mais de uma vez. "Não me preocupo com os costumes peculiares desta rocha daeva."

Ah, amma, eu preciso tanto de você agora. Reunindo alguma coragem, Zaynab deixou que uma nota de comando se infiltrasse na voz.

— Eu gostaria de saber o que está acontecendo. Começando com o que sabemos sobre o ataque ao palácio.

Um idoso usando um uniforme de camareiro amassado deu um passo à frente.

— Não muito, princesa, peço desculpas. Vossa Alteza e lady Aqisa parecem ser as únicas djinns que conseguiram escapar. O príncipe Alizayd protegeu o distrito shafit e o Quarteirão Geziri com barricadas mais cedo na última noite; saberíamos se alguém tivesse tentado entrar.

Um arrepio percorreu a espinha de Zaynab.

— Barricadas? O que você quer dizer com isso?

Alguns dos homens se entreolharam.

— Ele fechou os portões para a midan — explicou gentilmente o camareiro, em um tom que fez Zaynab sentir-se uma tola. — Ordenou que fortificassem as muralhas e montassem postos de guarda. Isso significa que nossos bairros, o dos

Geziri e o dos shafits, estão relativamente bem protegidos e separados do restante da cidade. O que coloca uma sólida muralha e soldados entre nós e quem quer que tenha atacado o palácio, mas...

— Mas significa que qualquer pessoa do outro lado está presa — terminou Zaynab.

— Tudo isso é culpa dos adoradores do fogo — sibilou um soldado. — Eram soldados daeva na praia. Deveríamos nos livrar dos que estão aqui antes que eles se voltem contra nós.

— Se alguém colocar uma mão nos daevas deste hospital, vai perdê-la — disparou Zaynab. Devia ter evocado um pouco da voz do pai, pois metade dos homens imediatamente se encolheu. — Foi a própria Banu Nahri quem veio até mim para que eu pudesse avisar vocês sobre o veneno. Não vou ouvir afrontas contra a tribo dela. — A princesa considerou o grupo de homens novamente, lembrando-se do que Aqisa dissera sobre como alguns soldados tinham sobrevivido ao ataque à Cidadela. — Nós precisamos de ajuda. Wajed deixou Daevabad antes do ataque, mas não deve estar muito longe. Algum de vocês é batedor? Talvez não tenhamos magia, mas poderíamos enviar alguns mensageiros de barco e a cavalo.

Uma inquietação imediata pareceu tomar o grupo. Alguns dos homens se remexeram, mas ninguém falou.

Ótimo, agora ela tinha falado como Ghassan para valer e os calara de susto.

— O quê? — perguntou, tentando soar menos intimidadora. — O que foi?

— Não... não há barcos, princesa — esclareceu um dos soldados. — Dois ifrits vieram ontem à noite e colocaram fogo nos ancoradouros. Não pouparam nada, nem mesmo uma embarcação pequena, e mataram vários homens que tentaram apagar as chamas. Não temos como sair da ilha.

Aqisa soltou um palavrão.

— Não temos como construir jangadas?

O soldado balançou a cabeça.

— Claro, podemos construir uma jangada. Então apostamos se será um ifrit ou o marid do lago que nos matará primeiro.

Zaynab pousou a mão sobre o punho de Aqisa antes que a outra mulher respondesse de forma violenta. Ela podia sentir o peso terrível dos homens encarando-a. Estavam assustados e incertos, e ela era uma Qahtani. Supostamente deveria estar no comando.

Mas Zaynab não fazia ideia de como assumir o comando de uma situação como aquela.

— Alguém ouviu alguma notícia dos meus irmãos? — Ela odiava perguntar. Só podia imaginar como isso a fazia soar fraca, mas não tinha como evitar. Sentia quase uma necessidade física de ver a família, abraçar forte Muntadhir e Ali e decidir o que fazer juntos.

O camareiro assumiu uma expressão sombria.

— Não, Vossa Alteza.

— Princesa Zaynab?

Zaynab olhou para trás. Um homem shafit enorme estava parado no arco, com um avental manchado de sangue e cheio de instrumentos médicos preso à cintura. Tinha uma expressão nervosa no rosto.

— P-perdoe-me — gaguejou ele. — Minha esposa... a doutora Sen disse que eu deveria procurá-la.

Aqisa se aproximara de Zaynab, a espada meio desembainhada.

— Por quê? — perguntou a guerreira, soando desconfiada.

— Nós encontramos um sobrevivente do palácio.

O garoto era pequeno e, com os joelhos recolhidos contra o peito e se balançando sob um cobertor, parecia menor ainda. Zaynab conseguia adivinhar pouco sobre ele — sua idade, suas roupas, sua origem —, pois estava inteiramente coberto de sangue e cinzas, os olhos negros e arregalados destacando-se no rosto sujo e assombrado.

A escuridão deles chamou a atenção de Zaynab.

— Daeva? — sussurrou a princesa para Subha enquanto o marido desta, Parimal, voltava para o lado do menino e começava a limpar seu rosto cuidadosamente.

A médica balançou a cabeça.

— Shafit, mas ele deve a sua vida a um daeva. Pelo visto, eles estão reunindo todos os djinns e shafits que sobreviveram ao ataque no palácio e os levando para a biblioteca. Um estudioso daeva o pegou e o tirou de lá dizendo que era o tio do garoto. Nossos soldados o encontraram na midan tentando escalar o muro.

— Por que vocês o trouxeram até aqui? — Eles estavam em uma sala bem-posicionada no último andar do hospital, a qual Parimal dissera ser o escritório de Nahri. Com uma fonte cheia de flores de lótus e um elegante assento à janela com almofadas de pelúcia bordadas e telas de madeira, era um lugar adorável, mas não o mais natural para se tratar uma criança traumatizada.

— Por causa das coisas que ele está dizendo. — Subha fitou Zaynab e, pela primeira vez, a médica parecia preocupada. Isso era alarmante considerando quão calma Subha parecera enquanto discutia ghouls e pragas mágicas. — De quem ele alega ter visto no palácio.

— Quem ele está alegando ter visto?

Subha hesitou.

— Ele é muito jovem e pode estar confuso. Vamos ver se diz o mesmo nome e então seguiremos a partir daí.

Não foi uma resposta reconfortante. Zaynab se preparou e se aproximou do garotinho.

— Que a paz esteja com você — saudou ela carinhosamente enquanto sentava ao lado dele e tirava o véu do rosto. — Meu nome é Zaynab. Qual é o seu?

Ele piscou para ela, os olhos vermelhos de choro.

— Botros — sussurrou, apertando um copo de cobre vazio.

— Por que não pegamos mais um pouco de água para você, Botros? — sugeriu ela, pegando o copo e acenando para Aqisa. — Você está bem? Dói em algum lugar?

Ele estremeceu.

— Eu machuquei meus dedos tentando escalar o muro, mas a doutora me enfaixou.

O garotinho ergueu as mãos. Zaynab empalideceu diante do sangue encharcando o linho na ponta dos dedos. Ele devia ter literalmente tentado escalar o muro com as mãos. O que o assustara tanto? Quem?

Ela limpou a garganta.

— Botros, você poderia me dizer o que viu no palácio?

— Monstros — falou, hesitante. — Monstros gigantes de fumaça e fogo.

Monstros gigantes de fumaça e fogo? Sobre o ombro de Botros, Zaynab encontrou com o olhar de Aqisa enquanto ela voltava com o copo de água. A guerreira apenas deu de ombros. Zaynab não podia culpá-la. Depois daquela noite, monstros gigantes de fumaça e fogo certamente pareciam pertencer ao campo de possibilidades.

Ela passou o copo para Botros.

— Poderia me falar de quem estava atacando? Você viu algum soldado?

Ele deu um gole trêmulo de água.

— Sim. Eram daevas.

Daevas novamente. Não havia como negar — fora Kaveh quem matara o rei e liberara o veneno, e soldados daeva estavam acompanhando os ifrits na praia. Aquele era o tipo de violência sectária que fora o maior medo de seu pai. A catástrofe que ele avisara ser a maior ameaça à paz de Daevabad: uma ameaça que poderia levar a um banho de sangue que sequer a Guarda Real seria capaz de reprimir e a uma contagem de corpos que rivalizaria o que aconteceu quando o Conselho Nahid caiu durante a guerra.

Uma catástrofe que Zaynab agora teria de evitar.

Subha tocou o ombro do menino.

— Você poderia dizer a ela o que viu na biblioteca?

Os olhos de Botros imediatamente se encheram de lágrimas genuínas.

— Não quero falar disso.

— Eu sei, pequeninho, mas é importante. — A médica ajustou o cobertor. — Só tente. Você está seguro aqui, eu prometo.

Ele estremeceu de novo e, ainda assim, continuou falando.

— Depois do terremoto, os soldados disseram que tínhamos de ir à biblioteca. Todos estavam gritando. Eles estavam matando qualquer um que tentasse lutar ou fugir. E então... e então... quando nos levaram à biblioteca... — Ele tremia tanto que parte da água se derramou em seu colo. — Eu vi ele.

Zaynab firmou as mãos dele.

— Viu quem?

Os olhos a encararam, arregalados e aterrorizados.

— O Flagelo.

Ela largou as mãos dele e recuou, sobressaltada.

— Você deve estar enganado. O Afshin está morto. O príncipe Alizayd o matou anos atrás.

O garotinho se encolheu debaixo do cobertor.

— Sinto muito, minha senhora. Não quis perturbá-la.

Ela foi tomada de vergonha. Por Deus, se não conseguia confortar uma única criança, como deveria tranquilizar e manter a paz sobre uma parte inteira da cidade?

— Não, eu que sinto muito. Não quis assustá-lo. Mas o que você está dizendo...

Subha interveio.

— Botros me disse que os outros daevas o estavam chamando de Afshin. — Havia um terror contido em sua voz.

— Ele disse que o homem tinha olhos verde-claros e uma flecha tatuada no rosto.

— Ele estava gritando muito — acrescentou o garotinho, tremendo novamente. — Era tudo em divasti, mas ele soava tão *bravo*. Estava lutando contra o emir e...

— O *emir*? — arfou Zaynab. — O emir Muntadhir?

Botros anuiu.

— Estavam amarrando ele quando nós entramos na biblioteca. Ele estava gritando com o Flagelo, e então o Flagelo... E-ele invocou alguma espécie de fera. — O garoto baixou o olhar. — Sinto muito. Eu estava com tanto medo. Comecei a chorar, e foi quando um dos estudiosos daeva me pegou.

O Afshin está aqui. O Afshin está com Dhiru. A imagem do irmão mais velho sorrindo deformou-se na mente de Zaynab. Muntadhir suplicando pela vida. Muntadhir sendo esfolado vivo pelo infame flagelo do Afshin...

— Não pode ser — sussurrou ela. — Simplesmente não pode ser. Você viu a Banu Nahida? — perguntou com urgência. Muntadhir estava com a esposa, afinal de contas. Que droga, por onde andava Nahri, a suposta aliada daeva deles, enquanto tudo isso acontecia?

Botros balançou a cabeça.

— Zaynab. — Aqisa estava parada junto ao parapeito da janela. Sua voz estava veemente. — Venha cá.

Sentindo-se nauseada, Zaynab levantou-se tropegamente e juntou-se a Aqisa na janela.

— Olhe para o palácio.

Zaynab espiou através de uma abertura em formato de diamante no painel telado da janela. Era difícil se localizar direito. Ela passara uma vida do outro lado daquela vista, olhando para baixo e para a cidade a partir das muralhas imponentes do palácio.

Mas por fim o encontrou. O palácio. Sua casa. O antigo zigurate daeva elevando-se orgulhosamente sobre uma colina, cercado por muros encimados por estátuas de shedus e enquadrado por um par de delicados minaretes e um domo dourado.

Ela ficou boquiaberta.

— As muralhas estão... *se movendo*?

— Elas estão subindo — sussurrou Aqisa. — Eu não tive certeza no começo porque o movimento é lento, mas estão definitivamente ficando mais altas.

— M-mas isso não é possível — gaguejou Zaynab. — Não temos magia.

Então, como se puxados por um mar de mãos invisíveis, todos os estandartes dos Qahtani que adornavam o palácio caíram.

Flutuaram como uma chuva de panos de cor de ébano — bandeiras menores que tremulavam de postes de cobre e estandartes maiores que cobriam a muralha. A bandeira de sua família sempre fora simples: nada de arautos, palavras ou escudos pessoais. Zaydi al Qahtani fora um plebeu, afinal de contas, lutando por um mundo igualitário e mais justo.

Os novos estandartes que estavam sendo desfraldados em meio a explosões de luz e delicadas lufadas de fumaça dourada não eram simples. Eram belos, feitos para chamar a atenção: seda azul-clara e um leão alado cor de bronze rosnando para o sol nascente.

A bandeira dos Nahid.

Aqisa também devia ter reconhecido o estandarte.

— Eu vou matá-la — praguejou ela. — Vou enfiar a khanjar de Lubayd no coração mentiroso dela, arrancá-lo e presenteá-lo ao seu Afshin em uma travessa.

Havia pouca dúvida a *quem* ela se referia. Porém, enquanto Zaynab encarava atônita os estandartes Nahid, algo a respeito deles não parecia certo.

— Não estou certa de que Nahri esteja por trás disso.

Aqisa se virou bruscamente para ela.

— O que, *em nome de Deus*, há de errado com a sua família quando se trata daquela mulher? É claro que ela está por trás disso! Aquela é a bandeira *dela* tremulando sobre o palácio! É o Afshin *dela* que está matando pessoas em seu lar!

Tudo que Zaynab sabia de sua relutante cunhada daeva passou por sua cabeça. Nahri era uma sobrevivente, uma sobrevivente brilhante. Já havia se provado superior a Ghassan e lutara para proteger o seu povo com um pragmatismo feroz que Zaynab sempre admirara em silêncio. Ela era astuta, capaz.

Mas não lhe parecia uma assassina.

— Não creio que tenha sido Nahri — defendeu, de maneira mais obstinada desta vez. — Não creio que ela tenha planejado isso.

Aqisa parecia como se agora considerasse atravessar sua khanjar pelo coração de Zaynab.

— Então quem foi?

— Não sei. — Zaynab voltou a olhar os estandartes Nahid tremulando no céu claro acima do palácio. O restante de Daevabad se estendia entre eles, casas, lojas e escolas fechadas e templos de dezenas de milhares de pessoas que chamavam de lar aquela ilha mágica e enevoada, com sua história de violência. Quantas delas viram as bandeiras dos Qahtani cair? A visão causaria medo em seus corações, incerteza de quem os governava?

Eles não vão se importar com quem os governa. O que *governar* queria dizer no momento? A magia deles se fora, milhares estavam mortos, e sua cidade era uma ruína ensanguentada. Era provável que o seu povo não se importasse com qual bandeira estava tremulando naquele dia. Eles estariam se escondendo com os filhos e correndo para conseguir alimento e provisões antes que o verdadeiro caos de estar preso a uma ilha tomada se tornasse realidade. Estariam pranteando seus mortos e planejando sua vingança.

Daevabad vem primeiro. Era o mantra constante do seu pai, seu alerta, e, pela primeira vez na vida, Zaynab entendeu o que realmente queria dizer. O *povo* de Daevabad vinha primeiro. Zaynab não tinha tempo para preocupar-se com seus irmãos. Chorar pelo pai ou rezar para que a mãe e Wajed voltassem para salvá-los.

Ninguém estava vindo salvá-los.

— Está bem — disse, mais para si mesma do que para qualquer um. — Está bem. — Zaynab afastou-se da janela, seus movimentos precisos. — Quero falar com os soldados que nos sobraram e certificar-me de que essa suposta barricada nos protegendo do restante da cidade está segura. Quaisquer Geziri ansiando por vingança podem canalizar essa energia na busca por sobreviventes no que restou da Cidadela e das construções que caíram durante o terremoto. Eles podem estar feridos, e não temos muito tempo. Quem tiver um problema com isso, que responda a nós.

— A *nós*? — repetiu Subha.

— A nós — concordou Zaynab com firmeza. — Venha, doutora. Eu gostaria de falar com os seus pacientes daeva.

MUNTADHIR

Esta cena ocorre no fim de O Império de Ouro. *Spoilers para os três livros.*

— Meu Deus, que bela visão — disse Muntadhir com admiração para o seu contrato de casamento em chamas.

Nahri brindou, batendo sua xícara de chá contra a dele.

— Ao fim do pior casamento político do mundo.

— Você não acha que o fogo é exagero, acha? Considerando que tanto Kartir como aquele seu paciente imã já dissolveram as coisas legalmente.

— Acho que fogo se adequa com perfeição aos meus sentimentos em relação ao nosso casamento.

— Então fico feliz que enfim concordamos com algo. — Muntadhir mudou de posição sobre a almofada para aliviar a dor nas costas. Embora se sentisse melhor do que no momento em que fora liberto do calabouço, de onde seu irmão e Jamshid tiveram de literalmente carregá-lo, seu corpo ainda estava frágil de forma surpreendente, e o breve movimento o deixou sem ar.

Nahri notou.

— Coma — sugeriu ela, empurrando a tigela de papa de semolina que o estivera forçando a engolir a manhã inteira como se Muntadhir fosse um bebê chato. — Você está parecendo um esqueleto.

— Isso é muito indelicado. A essa altura, pareço ao menos um ghoul ligeiramente atraente. — Muntadhir acenou com seu punho magro. — Creio que essa tenha sido a exigência para ser solto.

— Eu gostaria que ficasse no hospital por mais alguns dias. Você precisa descansar.

— Diz a mulher que desmaiou movendo montanhas menos de dois dias atrás e já está de volta ao trabalho. — Nahri o encarou e Muntadhir ergueu as mãos em um gesto de paz. Sua ex-esposa sempre o assustaria um pouco. — Vou ter Zaynab por perto. Ela vai cuidar de mim e forçar comida em minha boca de um jeito ainda mais grosseiro do que você faz, juro por Deus.

— Ótimo. — Os olhos atentos de Nahri (se é que se podia defini-los como atentos, porque Muntadhir estava acostumado a ver neles somente vários níveis de agressividade, de querer atear fogo no mundo a querer atear fogo *no próprio* Muntadhir) finalmente se desviaram do seu rosto e voltaram à xícara de chá. — Ali ficará com vocês dois?

— Não vi ou ouvi falar de Zaydi desde que ele deixou o hospital, nem imagino que vou vê-lo. Acredito que um caos civil no qual ele pode se matar trabalhando para reescrever o código tributário e transformar a sala do trono em uma cozinha comunitária é o paraíso para meu irmão.

— Humm. — Nahri fez um ruído cuidadosamente projetado para não demonstrar prazer nem descontentamento.

Os lábios de Muntadhir curvaram-se de leve no que poderia ter sido um largo sorriso, se ele achasse que seria de novo capaz disso algum dia.

— Zaynab disse que vocês dois estavam de mãos dadas no seu quarto de hospital.

Ah, lá vinha ele: o olhar assassino estava de volta. Mas brincar com a pessoa mais assustadora com quem ele já dormira era preferível a discutir tópicos mais perigosos, como a saúde frágil, a sanidade e o futuro imprevisível de Muntadhir.

— Ela disse que foi um momento carinhoso. Que foi a primeira coisa que você fez quando acordou.

— Muntadhir — a voz de Nahri era gelo puro. — Como você disse... eu movo montanhas agora. Você não quer ver meu lado ruim.

— Nahri, não seja ridícula. Todos os seus lados são igualmente hostis.

Ela sorriu, uma reação ainda mais alarmante do que a raiva, enquanto seu olhar deslizava por sobre o ombro dele.

— Jamshid — cumprimentou Nahri, uma nota de triunfo frio na voz. — Ah, que bom. Fico tão contente que conseguiu nos encontrar antes de Muntadhir partir. Ele estava falando agora mesmo da preocupação em não o ver.

Muntadhir sentiu um aperto no peito. Na realidade, ele torcera mesmo para não ver Jamshid. Não fazia ideia do que dizer ao homem que amava e cujo pai matara. Sumir como um covarde parecia uma ofensa menor.

Nahri já estava se colocando de pé.

— Fique fora da minha vida romântica — sibilou ela em seu ouvido. — E, se você machucar meu irmão, *jogarei* uma montanha na sua cabeça.

— Entendido, Banu Nahida — disse Muntadhir docilmente enquanto Jamshid tomava o lugar dela.

Parado de pé no jardim do hospital, o homem daeva parecia em cada detalhe o Baga Nahid que era; parecia tanto que Muntadhir se perguntou como não percebera antes. Jamshid tinha os olhos e o nariz longo de Manizheh, o perfil como um eco elegante e sinistro da mulher que supervisionara a tortura de Muntadhir. Suas posições tinham mudado tão rápido que Muntadhir sentia como se o mundo tivesse virado de cabeça para baixo. Trajando um jaleco de curandeiro cheio de instrumentos e coberto de poções e cinzas, Jamshid era a realeza de verdade ali, um Nahid na cidade dos seus ancestrais. Agora ele podia curar as pessoas apenas com a pressão dos dedos, tirar sua dor e angústia. Reunir famílias, amigos e amantes que de outra maneira ficariam distantes para sempre.

Jamshid era realmente o oposto absoluto de Muntadhir. Os instintos de reação do emir não foram a bravura que Zaynab demonstrara unindo seu grupo de Geziri e shafits, tampouco o sacrifício de Ali diante da marid. Não, Muntadhir revidara contra seus inimigos com mentiras, artimanhas e vingança, definitivamente nada que trouxesse paz para alguém.

Jamshid gesticulou para o lugar que Nahri deixara.

— Posso sentar?

Muntadhir enrubesceu, uma reação ridícula.

— É claro.

Jamshid sentou-se, seus movimentos naturalmente graciosos. Muntadhir talvez tivesse sido o diplomata, o político cujos gestos eram todos treinados e deliberados, mas Jamshid abria seu caminho pelo mundo de um jeito que sempre parecera a Muntadhir quase etéreo.

— Como está se sentindo? — perguntou.

— Bem — mentiu Muntadhir. — Nunca me senti tão bem.

O velho Jamshid teria revirado os olhos e chamado a atenção do seu emir pela mentira evidente. O novo Jamshid não chegou nem a piscar.

— E o seu olho? — perguntou ele com o tom profissional de curandeiro. — Posso dar uma olhada antes de você partir.

— Não — respondeu Muntadhir depressa. Só a ideia de ter os dedos de Jamshid sobre o seu rosto, examinando com diligência o ferimento com que ainda não se acostumara, foi quase o suficiente para derrubar a fachada controlada que Muntadhir estava tentando manter. Se Jamshid chegasse a tocá-lo, ele desabaria.

— Sinto muito — disse Jamshid, o remorso suavizando sua expressão. — Gostaria que Nahri e eu pudéssemos ter feito mais.

— Por favor, não se desculpe. Você não tem que se desculpar comigo por nada. Jamais teve. E estou bem. — Ele não estava, é claro. Embora não tivesse tido muita esperança, parte dele ainda se abalou quando ficara sabendo que tudo que Nahri podia fazer em seu ferimento era impedir que infeccionasse e garantir que cicatrizasse bem; seu olho já era. Mas seria uma vergonha se ele jogasse o peso da sua dor sobre qualquer uma das pessoas valentes que amava, então Muntadhir contou a Jamshid outra verdade: — Outros pagaram um preço muito pior. Não se preocupe comigo. Como você está?

Jamshid expirou, parecendo hesitante pela primeira vez.

— Bem... recentemente me tornei órfão após conhecer minha mãe, a pior tirana que jamais verei e por quem não posso chorar. Sou o mais novo de um trio de curandeiros encarregado de cuidar do número, ao que tudo indica, infinito de baixas da guerra civil que a tal mãe provocou. E tudo isso após passar meses trancado e esperando para ser executado enquanto chorava pelo suposto assassinato do homem que eu amava. — Ele mirou fixamente as mãos e então passou os olhos pelo jardim do hospital, parecendo confuso. — Não sei como deveria me sentir. Eu sou um Nahid... Isso deveria ser um sonho. E estou bastante certo de que é o seu contrato de casamento que está queimando diante dos meus olhos, o que deveria ser outro sonho. No entanto, sinto como se estivesse caminhando por um pesadelo, Muntadhir. Estou tão bravo. Estou tão... *perdido*. Tenho tantas perguntas para as quais jamais terei respostas. Tenho coisas que quero gritar e rogar e suplicar e, no entanto... no entanto... — Ele se virou para Muntadhir. Lágrimas reluziam em seus olhos. — Só estou triste. Posso ficar triste? Não deveria, não é? É uma coisa boa que nós vencemos, não?

Muntadhir pegou a mão de Jamshid e a segurou firme.

— Você tem todo o direito de ficar triste. Foi ao inferno e voltou. Qualquer um em seu lugar acharia que está preso em um pesadelo. E você ainda está se recuperando após despertar daquela escuridão, ainda está suando e respirando com dificuldade e percebendo que o pesadelo terminou. Permita-se lamentar, permita-se sentir-se irado ou feliz ou triste ou seja lá o que precise.

Mas Jamshid apenas soou mais exausto quando respondeu.

— Vamos entregar minha mãe às chamas hoje à noite, e não sei nem se conseguirei ficar ao lado dela. Eu não sabia que era possível sentir amor e nojo ao mesmo tempo.

Muntadhir hesitou.

— Gostaria que eu fosse com você?

— Eu não pediria isso a você.

— Não há nada que você não possa pedir de mim.

Jamshid cerrou os olhos, claramente se esforçando muito para não chorar. Muntadhir precisou de todas as suas forças para não o abraçar — mas ele era a causa de pelo menos parte da dor de Jamshid e desesperadamente não queria piorá-la.

— Não isso, emir-joon — negou Jamshid por fim.

O coração de Muntadhir se partiu.

— Creio que você não deve mais me chamar assim já que não sou o emir.

— Você sempre será o emir-joon para mim. — Jamshid secou os olhos. — Nahri disse que você vai ficar com Zaynab no Quarteirão Geziri?

— Não posso voltar ao palácio — confessou Muntadhir. — Ainda não contei para meus irmãos, mas jamais quero voltar para lá. Para mim, só há morte naquele lugar.

— Não vou fingir que ficarei desapontado se você nunca mais colocar os pés lá de novo. — Jamshid correu o polegar sobre os nós dos dedos de Muntadhir. — Gostaria de dar uma caminhada?

— Uma caminhada?

— Nós precisamos conversar, e é uma conversa para a qual imagino que não estou preparado. Sou novo como Nahid, mas não creio que cair no choro diante dos meus pacientes seria muito inspirador.

A boca de Muntadhir ficou seca. Ele sabia qual conversa seria. E que Deus o perdoasse, mas ele não estava pronto.

— Temo que agora não serei um companheiro de passeio muito atraente ao seu lado.

Jamshid o encarou.

— Sabe que não precisa fazer isso, não é?

— Fazer o quê?

— Brincar com coisas que machucam você.

Ah, mas aquele homem iria parti-lo ao meio. Muntadhir tentou e fracassou em abrir um sorriso.

— Não sei fazer de outro jeito.

— Você é inteligente. Acredito que possa aprender.

— Jamshid enganchou os braços por baixo dos ombros de Muntadhir. Lágrimas brotaram em seu olho com a pressão familiar do corpo de Jamshid e a maneira carinhosa como ele o colocou de pé.

— Você não precisa fazer isso — protestou Muntadhir debilmente. — Não mereço a sua ajuda.

— Muntadhir... — Jamshid colocou a mão brevemente sobre a face dele. — Por favor, cale a boca. Apoie-se em meu braço com a mão esquerda e segure a bengala com a direita. Você consegue. Sinto os músculos em suas pernas. Elas só precisam de um pouco de exercício.

Muntadhir piscou com força, determinado a não chorar. Ele não jogaria esse peso sobre Jamshid. *Não* faria isso.

— Não me diga para não fazer piadas e então fale algo assim. Como vou responder de qualquer maneira que seja apropriada?

— Menos resistência, mais caminhada. — Jamshid segurou-o com mais firmeza e uma onda de calor percorreu o braço de Muntadhir, deixando um rastro de força como se tivesse tomado uma dúzia de xícaras de café.

Ele ficou boquiaberto, o corpo todo tremendo.

— Você não sabia que eu podia fazer isso, não é? — perguntou Jamshid delicadamente.

— Eu me curvo diante da sabedoria do Baga Nahid, aquele que tudo sabe. — E Jamshid estava certo. Quanto mais ele caminhava, mais forte Muntadhir se sentia. — Deixe-me tentar sozinho.

Jamshid o soltou e eles caminharam, Muntadhir tentando apoiar-se cada vez menos sobre a bengala. Se pudesse se livrar daquela coisa maldita quando fosse ao encontro de Zaynab, melhor ainda. Não queria que ela se preocupasse com ele quando sabia que a irmã tinha coisas mais importantes para fazer.

Todos têm coisas mais importantes para fazer. Zaynab e Ali, Jamshid e Nahri. Um comerciante ou trabalhador qualquer na rua. Era tão fácil ver onde eles se encaixavam naquele mundo novo que queriam criar, uma Daevabad construída com base em igualdade e justiça. Não a Daevabad que Muntadhir conhecia, a Daevabad que funcionava à base de mentiras, enganações e o tipo de política letal que seu pai havia enfiado em sua cabeça muito tempo atrás. Muntadhir talvez tivesse sobrevivido à guerra, mas o papel para o qual ele fora criado estava morto e enterrado.

Jamshid levou-o para um quarto arejado de frente para o boticário. Parecia estar em construção, com telhas amarelo--limão empilhadas ao lado de prateleiras de cedro inacabadas. A luz do sol infiltrava-se no quarto sem cortinas, iluminando uma escrivaninha coberta de livros e pergaminhos azul-claros que Muntadhir observara Nahri e outros curandeiros usando para registrar as anotações sobre os pacientes.

— Meu futuro escritório — apresentou Jamshid, acenando com uma mão para mostrar todo o cômodo. — O que acha?

Muntadhir não deixou de perceber o orgulho ansioso na voz de Jamshid.

— Adorei — respondeu com sinceridade. — Que bom que você tem um lugar para chamar de seu aqui. Você merece. Merece toda felicidade.

— Não tenho tanta certeza. — Jamshid o encarou. — Tem algo que preciso contar a você.

— O quê?

— Você se lembra do banquete que o seu pai promoveu para dar as boas-vindas a Alizayd? A noite em que ele foi envenenado?

Havia uma tensão na voz de Jamshid que Muntadhir não conseguia compreender.

— Sim...

Jamshid engoliu fazendo um barulho alto. Pontos de cor haviam brotado em sua face.

— Eu... Fui eu, Muntadhir. Fui eu quem envenenou o seu irmão.

Muntadhir quase caiu para trás. Aquela era a última coisa que ele esperava ouvir Jamshid dizer no momento. O banquete no qual Ali quase fora assassinado parecia pertencer a outra década, outro mundo, mas não era preciso muito para se lembrar dos detalhes da refeição suntuosa que terminara em gritos enquanto o irmão mais novo agarrava a própria garganta. À época, Muntadhir ficara pasmo que alguém pudesse atingi-los tão perto. Sua família parecera estar no topo do mundo, a presença de seu pai deixando todos intocáveis.

Como foram ingênuos.

— *Por quê?* — Ele se viu perguntando. Um ato dessa natureza não pertencia ao Jamshid que ele conhecia. — Por que você faria algo assim?

Jamshid expirou.

— Porque eu estava com medo. Temia tanto por você, Muntadhir, que me levou à loucura. Eu estava convencido de que Alizayd tinha voltado para roubar a sua posição e que seu pai não ia protegê-lo. Então fiz isso. E foi errado. *Eu* estava errado e, por causa disso, terei para sempre nas mãos o sangue daqueles que foram punidos em meu lugar.

A apreensão trespassou Muntadhir. Sempre havia um preço para esse tipo de segredo em Daevabad.

— Alguém...

— Sabe? Sim. Confessei tanto para Nahri quanto para o seu irmão. Mas não é por isso que estou lhe contando agora. Estou lhe contando agora porque preciso esclarecer as coisas entre nós. Porque preciso que você fale comigo sem temer ser julgado. — Jamshid aproximou-se, os olhos negros prendendo Muntadhir no lugar. — O que dizem sobre a morte do meu pai é verdade? Ele morreu nas ruas como... como eles dizem que morreu? Foi pelas mãos dos nobres daeva que você comandava?

Muntadhir sabia que Jamshid colocaria essa questão para ele e sabia que isso acabaria com o que havia entre eles. Mesmo assim, respondeu honestamente:

— Sim.

A expressão de Jamshid não se alterou; era óbvio para os dois que ele já sabia.

— Por quê? — perguntou ele em vez disso, repetindo a resposta de Muntadhir à sua confissão sobre Ali.

— Porque eu não vi outra alternativa. — As pernas de Muntadhir ameaçaram ceder brevemente e ele se agarrou à beira da escrivaninha de Jamshid. — Kaveh liberou o veneno que matou meu povo. Meu pai. Meus primos. Todos os Geziri que eu conhecia no palácio desde que era um garoto, dos meus tutores ao meu criado. Mulheres. *Bebês*. — Ele se engasgou com a palavra. — Você se lembra dos viajantes que vieram do sul de Am Gezira e que eu tinha tanto orgulho de recepcionar? O acampamento e o mercado que montamos no jardim do palácio? — Falar do acampamento em voz alta fez Muntadhir querer vomitar. Não podia ter previsto o seu destino terrível, mas mesmo assim a culpa o consumia. — Eu vi o que restou deles antes de cremarem os corpos, Jamshid. As pessoas pisotearam umas às outras tentando escapar. Havia garotinhos ainda segurando doces na mão, e eu... — Um choro finalmente irrompeu do peito dele. — Sinto muito.

— Então foi vingança? — perguntou Jamshid delicadamente.

Muntadhir balançou a cabeça, o movimento trêmulo.

— Não foi só por vingança. O Afshin tentou me trazer para o lado deles depois do ataque, sabia? Acho que ele e Kaveh até tinham essa intenção, mas eu conhecia Manizheh bem demais. — Muntadhir sentiu um nó na garganta. — Eu sabia o que Daevabad tinha feito com ela, porque tinha feito o mesmo comigo. Daevabad fez o mesmo com meu pai. Os Geziri deixados vivos na cidade sempre seriam uma ameaça para ela. Minha irmã livre do outro lado era uma ameaça. Você não deixa que as ameaças cresçam.

Agora era Jamshid quem parecia nauseado.

— Então você não deixou.

— Não, eu não deixei. Ela precisava dos nobres daeva do lado dela. Eu os atraí para o meu lado. Ela precisava do seu capanga, do seu Afshin. Eu arranjei para que fosse assassinado. — Muntadhir fechou o olho, evitando o olhar de Jamshid. — E ela precisava do seu pai. De uma maneira que não precisava de ninguém mais. Precisava das habilidades políticas e da presença dele. Então, quando vi a oportunidade...

— Você a aproveitou. — A voz de Jamshid estava embargada. — Daevabad vem primeiro.

Aquele clima ficou pairando sobre eles por um longo tempo; as palavras que tinham assombrado a relação dos dois desde o começo, a crença que moldara a vida de Muntadhir.

Jamshid finalmente continuou:

— Você não achou que poderia haver outra maneira de resistir? Que Nahri e Ali poderiam voltar? Que eu poderia estar vivo?

— Não — respondeu Muntadhir com honestidade. E ele não achara mesmo. — Talvez em um primeiro momento, mas quando ela me colocou naquela cela...

Ele se calou, procurando palavras. Como iria contar a Jamshid o que tinha acontecido a ele durante aqueles dias intermináveis na jaula escura, na qual outros prisioneiros foram deixados para apodrecer por séculos? Que, aterrorizado com ser torturado até dar informações que colocariam o seu povo em perigo, tentara se matar, batendo o crânio contra a parede até ser acorrentado de maneira que não pudesse mover nem o pescoço? Que, após anos de descaso, ele enfim voltara a rezar — apenas para suplicar pela própria morte e pela de seus inimigos? Que suas orações não foram respondidas por Deus, mas pelos demônios zunindo em sua cabeça, sussurrando suas piores crenças paranoicas de volta para ele? As crenças de que Ali e Nahri provavelmente foram jogados para morrer no lago por uma Manizheh que precisava deles fora do jogo, mas contando ainda com a lealdade do seu Afshin. De que Wajed — devoto ao rei que amava como um irmão e ao príncipe que criara como um filho — teria matado Jamshid por vingança assim que ficou sabendo o que Kaveh fizera. De que Muntadhir não lutara com a bravura necessária, que ele não agira rápido o suficiente para salvar os milhares de Geziri no palácio de mortes dolorosas.

Zaynab, no entanto, Zaynab estava viva — ele vira esse fato no frenesi de Manizheh para caçá-la. Vivos também estavam os cidadãos de Daevabad que resistiram à invasão inicial. E, assim, Muntadhir não ficou chorando suas perdas. Ele ficou *planejando*. Deixara se transformar na arma cruel que o pai nem teria sonhado que ele se tornaria. E quando Darayavahoush o libertara, seu único pensamento era como colocar fogo em todos.

Como poderia contar isso a um homem que fora colocado na terra para curar?

— Foi a única maneira de contra-atacar que eu encontrei, Jamshid. A única maneira de proteger o povo que eu amava e que restara, a cidade que eu deveria servir... era me livrando de tudo que os tinha ferido, por mais cruelmente que isso tivesse de ser feito. Eu sei... eu sei o que isso faz de mim.
— E o que isso faz de você?
Um monstro. Um assassino.
— Meu pai — sussurrou Muntadhir.
Jamshid ficou de pé e se pôs a andar de um lado para o outro. Muntadhir não podia culpá-lo por manter uma distância entre eles, mas, na parte mais egoísta do seu coração, isso o fez querer chorar. Querer jogar-se aos pés de Jamshid e soluçar pedidos de desculpas até não poder mais falar.
— Você não precisa ser isso, sabe. — Muntadhir ergueu o olhar, mas Jamshid não estava virado para ele, as palavras do Baga Nahid aparentemente direcionadas para a parede. — Não se você não quiser. Nenhum de nós precisa.
Havia uma estranha urgência na voz de Jamshid que ele não conseguia compreender.
— O que quer dizer com isso?
Jamshid se virou.
— Eu quero que você volte para casa comigo.
Muntadhir piscou rapidamente.
— Não estou entendendo.
— Venha para *casa* comigo, emir-joon. Você mesmo disse que não gostaria de retornar ao palácio. Que não sabia o que a vida guardava para você. Então construa uma comigo.
Muntadhir sentiu como se tivesse sido golpeado. Construir uma vida com Jamshid era o que ele mais queria. O que quisera por anos. No entanto, não podia aceitar isso. Não agora. Não assim.
— Não posso — conseguiu dizer. — Não posso pedir o seu perdão.

Jamshid atravessou o espaço que os distanciava para tomar o rosto de Muntadhir nas mãos, e Muntadhir finalmente perdeu a batalha contra as lágrimas.

— Não é você quem está pedindo alguma coisa. *Eu* estou.

— Jamshid secou as lágrimas do seu olho. — Eu amo você. Talvez isso me torne o pior filho no mundo, mas eu ainda amo você. Eu sempre amei você. Venha para casa comigo.

O coração de Muntadhir batia tão rápido que ele mal conseguia respirar. Aquilo era impossível. Impossível.

— As pessoas vão falar.

— Não estou nem aí. Nós não somos os primeiros, não somos os últimos e, se devo passar uma vida servindo esta cidade, terei o homem que amo ao meu lado.

Muntadhir mirou Jamshid fixamente, desejo e desalento partindo-o ao meio.

— Eu não mereço você.

— E eu não mereço *perdê-lo* por causa das escolhas de meus pais. — Ele passou a mão pelo cabelo de Muntadhir. — Você estava falando sério quando conversou com Nahri naquela noite? Quando disse que me amava? Que desejava ter me defendido mais cedo?

Muntadhir colocou uma mão no peito de Jamshid sem nem perceber. Se era para trazê-lo mais para perto ou mantê-lo afastado, ele honestamente não saberia dizer.

— Sim — ele respondeu com a voz rouca.

— Então me defenda agora. Defenda a nós dois. Ao menos... — Jamshid vacilou. — Ao menos nos deixe tentar. Nós podemos tentar, não podemos? Não conquistamos isso?

Havia uma súplica sincera em seus olhos negros marejados. Os olhos em que Muntadhir se perdera havia mais de uma década. Os olhos que ele temera jamais se abrirem de novo quando Jamshid levou seis flechadas para protegê-lo sem um instante de hesitação.

Você é meu, Jamshid tinha dito, entorpecido, quando finalmente acordara do ataque no barco após meses pairando próximo à morte. Muntadhir suplicara para entender o que, em nome de Deus, aquilo significava. Delirando, Jamshid não dissera aquilo porque Muntadhir era o seu emir ou porque era o seu dever.

Ele simplesmente pertencia a Jamshid, de corpo e alma.

E o seu Baga Nahid conquistou isso. Talvez Muntadhir não conseguisse se recuperar por seu próprio benefício, mas por Jamshid ele poderia tentar. Ele tentaria.

Ele encostou a testa contra a de Jamshid, respirando a fragrância de sua pele.

— Eu vou defendê-lo, meu amor. Leve-me para casa.

UM EPÍLOGO ALTERNATIVO PARA *O IMPÉRIO DE OURO*

Spoilers para os três livros.

DARAYAVAHOUSH E-AFSHIN HAVIA LIDERADO BATALHAS E orquestrado um movimento de resistência. Ele havia viajado com os ventos como nenhum daeva fizera em milênios e derrotado Banu Manizheh e-Nahid. Ele havia deixado o próprio paraíso, determinado a conquistar a sua paz e a pagar penitência por seus crimes.

Nenhum desses feitos parecia tão intimidante quanto entrar em uma taverna amaldiçoada pelo Criador.

Dara aproximou-se lentamente do teto em arco do mudhif arruinado. O prédio construído com juncos de maneira engenhosa devia ter sido uma visão e tanto na época de seus habitantes humanos. Colunas enormes de juncos bem compactados foram amarradas e encurvadas para criar uma grande câmara arejada. Telas delicadas de relva trançada serviam como janelas e, embora a parede leste tivesse sido queimada, o mudhif parecia seguro o suficiente para que os humanos o reconstruíssem — não tivessem os djinns se mudado para lá primeiro. Na realidade, no momento, Dara apostaria que não havia um único humano a três dias de viagem dali.

Pois aquela não era uma parte qualquer do pântano ao longo do Eufrates — era Babili, a confederação dispersa de ruínas assombradas, postos avançados criminosos, vilarejos escondidos, mercados noturnos que surgiam inesperadamente e tavernas agitadas que durante muito tempo foram consideradas o coração da fronteira entre Daevastana e Am Gezira. Era barulhento. Era perigoso. E, pela experiência de Dara, humanos tendiam a fugir gritando de lugares cujas noites eram repletas de discussões aos berros e risos de espíritos invisíveis.

No momento, Dara continuava sendo a própria versão de um espírito invisível. Permanecera sem forma desde a sua chegada em Babili, preferindo pairar sobre o mudhif e espionar os frequentadores da taverna como um vento quente. Mais de um djinn estremecera à sua passagem, e ele derrubara acidentalmente um tabuleiro de xadrez com uma rajada mais forte — o jogador comandando as peças brancas deveria agradecê-lo.

Ele se esgueirou até a beirada do telhado e mirou com inveja o trio de comerciantes rindo e fofocando com suas taças de cerâmica fumegantes enquanto arrumavam mercadorias em esteiras de lona. Dara queria desesperadamente aquela liberdade para si. Queria a coragem para entrar em uma taverna, uma cidade, um vilarejo. Queria pedir uma bebida e conversar sem que a marca de Afshin em seu rosto afastasse as pessoas.

Essa foi uma das razões para você deixar Daevabad, não foi? Dara se lembrava da confiança com a qual havia assegurado Nahri de que ele não precisaria se esconder mais. Ao escolher caçar os ifrits e servir ao seu povo, provavelmente seria capaz de juntar-se a eles de novo. E, de algumas maneiras menores, Dara fizera isso. Durante suas viagens pelos rincões mais distantes de Daevastana, tinha parado e ajudado uma série de pequenos povoados: expulsando os rukhs alojados na plantação de couves de um vilarejo agrícola (ajuda pela qual ele fora generosamente — embora com infelicidade — pago com licor caseiro de couve) e matando um gigante com cara de lobo que vinha devorando pastores em uma cidade isolada nas montanhas.

Mas não havia monstros para caçar ali — bem, talvez um, dependendo de para quem você perguntasse. E Babili não era um pequeno vilarejo daeva no fim do mundo, intocado pela guerra que ele trouxera a Daevabad. Pelo contrário, recebia djinns e daevas de toda parte do reino mágico. Era um lugar aonde as pessoas vinham para trocar notícias e ideias, fazer escambo, se aliar e lutar. Eles *tinham* opiniões sobre a guerra e muitos foram afetados pela violência. Viajantes bebiam e oravam abertamente em memória daqueles que tinham perdido, praguejando contra os governantes que lhes provocaram tanta miséria.

Dara sabia bem disso — vinha espionando a taverna e espreitando seus habitantes há cinco dias. A essa altura, sabia que o nome da daeva que atendia no balcão era Rudabeh, e ela merecia passar o seu terceiro século de vida com alguém melhor que o marido vadio. Sabia que o carregador que levava as mercadorias dos comerciantes para o armazém tinha um problema com bebida e sonhava com ganhar dinheiro suficiente para voltar para casa na costa sahrayn. O velho pastor de órix agnivanshi que mirava com pesar as estrelas tinha dinheiro somente para mais duas refeições, a não ser que fosse contratado por uma caravana, e o jovem neto de Rudabeh chegava mais cedo para varrer a fim de flertar com a garota geziri que trazia o pão do seu vilarejo rio abaixo de manhã.

Eles falavam da guerra e da tumultuada reconstrução de Daevabad, e Dara agradecia ao Criador silenciosamente a cada vez que ficava sabendo que nenhum outro episódio grande de violência estourara. Nahri era elogiada na maior parte das vezes, com mais de um viajante shafit alegando com orgulho que ela era uma deles, e Dara vira um mercador de sal com um ferimento terrível na altura da barriga ser aconselhado a partir o quanto antes para Daevabad, onde "pelo menos o hospital está funcionando bem". Um grupo de navegadores de areia passara uma tarde conspirando aos sussurros sobre como evitar os novos impostos de importação estabelecidos por aquele "fanático com olhos de marid" que Dara presumia ser Alizayd, e uma dupla de peregrinos daeva se entusiasmava com o fato de o trono de shedu Nahid ter sido levado ao Templo.

Sobre si mesmo, Dara ouviu pouco. O que talvez não fosse surpreendente em um posto avançado que precisava manter o tenso equilíbrio de paz entre os Geziri e os Daeva. Em vez de longas admoestações, seu nome evocava um sussurro nefasto que parecia matar instantaneamente qualquer bom humor. "Uma maldita tragédia", ouviu uma vez. "Flagelo", ouvia com mais frequência.

Talvez seria mais sábio esperar alguns anos para que as emoções se acalmassem antes tentar reentrar na sociedade. Algumas décadas. Mas Dara estava aprendendo da maneira mais difícil que ele não tinha esse tempo, não se quisesse encontrar Vizaresh e os receptáculos levados. Ele precisava de rumores para ir atrás: visões de raios pouco naturais e histórias de humanos com habilidades incomuns. Dara podia ser poderoso, mas os ifrits tinham milênios de vantagem quando se falava em esconder seus rastros. Foram Vizaresh e Aeshma que ensinaram a Dara o pouco que ele sabia dos encantamentos originais dos Daeva. Como exercer esse tipo de magia contra eles era algo que ele não conseguia nem imaginar.

E você não terá pistas melhores de onde encontrar Vizaresh se tudo que fizer for andar de um lado para o outro neste telhado por mais cinco dias. Dara respirou fundo. Ele podia sempre voltar ao vento de novo se as coisas não se saíssem bem, não é? Não deixaria a impressão mais inspiradora, mas sua reputação não podia piorar muito.

Reunindo coragem, ele voou para baixo e recuperou sua forma, vestindo uma capa azul-escura sobre calças e botas como um homem daeva normal trajaria. Resistindo à ânsia de cobrir o rosto — nunca funcionava —, Dara conjurou um chapéu de topo plano, o qual colocou sobre a cabeça, inclinando-o para sombrear a marca de Afshin.

Seu coração estava acelerado quando deu a volta no mudhif. Tarde demais, Dara se deu conta de que viajantes normais carregavam pelo menos alguma bagagem — não usavam só magia antiga para conjurar provisões. Mas ele já estava passando pela entrada, e isso pareceu o menor dos seus problemas.

Dara parou para fazer uma avaliação ampla e cuidadosa da taverna, de olho em qualquer hostilidade potencial. Seus ocupantes não pareciam perceber que estavam sendo avaliados por uma hostilidade potencial — ou mesmo que estavam sendo avaliados. Nem estavam em condições de soletrar *avaliados* naquele momento. A maioria estava bêbada. Um homem com uma barba grisalha impressionantemente longa estava se balançando e cantando para um pouco de fumaça aninhada nas mãos. Na sua frente, um trio de catadores geziri estava discutindo sobre um mapa gasto cujas marcações se deslocavam e mudavam, rearranjando as fronteiras de alguma terra desconhecida. Um grupo maior de djinns e Daeva se reunia em torno de dois homens jogando dados ornados com joias que reluziam em centelhas arroxeadas e bronzeadas ao ser lançados, como fogos de artifício em miniatura.

O que isso tudo queria dizer era que ninguém chegou a erguer os olhos para sua chegada, de maneira que Dara seguiu em frente, mantendo o olhar abaixado enquanto se aproximava do balcão alto onde Rudabeh servia suas bebidas. Parecia ter sido construído a partir de um barco humano roubado, o casco virado ao contrário e colocado sobre dois troncos de árvores bojudas para criar uma superfície robusta.

— Eu já disse uma dúzia de vezes: você precisa realmente *esfregar* as taças, não apenas contar com o álcool para limpá-las.

— A atendente daeva dirigiu-se a Dara. — Que os fogos queimem forte para você, desconhecido. Do que gostaria?

Dara ponderou suas opções. Tinha ouvido mais de uma vez que a sua bebida favorita — vinho de tâmaras — era considerada uma relíquia intragável de tão doce, apreciada por titias fofoqueiras com problemas com o álcool, uma opinião que o ofendia profundamente, mas que ele supunha não tornar o vinho de tâmaras popular em um boteco de terceira categoria na rota empoeirada entre Daevastana e Am Gezira.

— Qualquer vinho que você tiver aberto — respondeu ele secamente, tentando mascarar o seu sotaque. Outra relíquia de uma era muito distante.

— Muito bem. — Ela pegou uma taça de cerâmica gasta de uma prateleira cuja pintura rosa alegre já vira dias melhores e serviu um pouco de vinho de uma ânfora grande de argila que estava meio afundada no chão de terra. Então encontrou o olhar dele.

— De onde você está vin... *ah*!

Rudabeh deu um salto para traz com um gritinho e largou a taça. A mão de Dara voou para pegá-la.

— Daevabad — respondeu ele com franqueza. Não havia por que mentir. Dara podia ver que o choque horrorizado da mulher era o reconhecimento de sua identidade.

Uma concha de madeira tremia terrivelmente no punho dela.

— Pelo Criador — sussurrou. — Você é ele. Você é o *Afshin*.

Se o gritinho dela já não atraíra atenção, aquela única palavra silenciou a taverna dos risos ébrios e negociações acaloradas com uma velocidade que Dara não acharia possível. Um dos jogadores largou os dados e eles irromperam em centelhas alegres no silêncio atônito e absoluto.

Dara limpou a garganta nervosamente.

— Olá — cumprimentou sem jeito, tentando tirar vantagem do momento de choque antes que os djinns à sua volta pegassem em armas. Ele começou a erguer a mão em um aceno e então parou de imediato quando o movimento fez com que várias pessoas dessem um salto. — Só estou de passagem e não desejo mal a ninguém. — Ele abriu um sorriso forçado. — Tudo bem?

Houve um longo momento de silêncio, e então o trio geziri pôs-se de pé sem dizer uma palavra. Uma mulher enfiou o mapa em uma sacola enquanto outra jogou um punhado de moedas em pagamento pelas taças ainda cheias.

Mas ninguém puxou uma arma, contentando-se em lançar olhares odiosos para ele, em vez de algo mais mortal, enquanto deixavam silenciosamente a taverna. Dara tentou não reagir, a vergonha ardente percorrendo seu corpo inteiro. Ele não podia julgar a inimizade dos Geziri. Não depois do que Manizheh fizera com seu povo em Daevabad.

O que você a deixou fazer.
O que você mesmo fez.

O rosto dele ardeu mais ainda, e chamas surgiram na ponta de seus dedos. Dara as apagou rapidamente. Pelo Criador, ele queria ficar bêbado. Com relutância, abaixou a taça sobre o balcão e fingiu procurar algo em um bolso, conjurando algumas moedas de ouro.

— Por seu incômodo, Rudabeh. O que quer que alguém venha a pedir, será por minha conta.

A atendente não se mexeu.

— Como você sabe o meu nome?

Estou espreitando você há cinco dias.

— Eu... hum... devo ter ouvido de passagem. — Dara empurrou as moedas para a frente. — Por favor.

Rudabeh mirou o dinheiro de maneira um pouco mais implacável.

— Dobre isso e garantirei que ninguém o incomode.

Bem, alguém se recuperou do seu susto rapidamente!

— Feito — concordou Dara, conjurando mais um punhado de ouro.

A atendente inclinou a cabeça, anuindo respeitosamente, e então varreu as moedas para a saia.

— O Afshin disse para pedirem o que quiserem — anunciou, removendo várias garrafas de vidro do armário. Uma era pintada de prata e outra, de porcelana azul, cravejada de pedras preciosas. — É presente dele.

Ela começou a circular pela taverna e Dara baixou o olhar, curvando-se sobre a sua taça. Tomou um gole do vinho e, embora deixasse um gosto amargo na língua, não era terrível. Os ouvidos dele ardiam com as fofocas e podia sentir todos os olhos da taverna fixos em suas costas, mas pelo menos nenhum sangue fora derramado. Ainda.

Você consegue, disse Dara a si mesmo, bebendo o vinho e então se inclinando sobre o balcão para pegar a concha de Rudabeh e se servir de mais uma taça. Era como qualquer tipo de treinamento, não era? Pequenos passos e tudo mais. Talvez ele não descobriria nenhuma informação útil de aparições misteriosas de ifrits naquela noite, mas poderia ao menos terminar a sua bebida, ter um gostinho de companhia e partir em paz.

Não era como se precisasse conversar educadamente com um inimigo *de verdade*.

Zaynab al Qahtani teria liderado outra rebelião por um descanso.

Com o corpo todo dolorido, ela mudou de posição na sela para reduzir as cãibras na parte baixa das costas e quase caiu quando suas pernas estavam entorpecidas demais para segurar-se ao cavalo direito. Com um resmungo, reajustou-se e cuspiu a areia que se juntara na boca. Como a areia continuava passando pelo tecido que cobria a parte de baixo do seu rosto, Zaynab não fazia ideia. Ela largara mão dessa batalha mais ou menos quando sua cabeça começara a latejar tão terrivelmente que podia ouvir o som nos ouvidos.

Por Deus, o que eu não faria por um banho e uma cama de verdade agora. Zaynab olhou de relance para ver se Aqisa estava se saindo melhor. Logo à sua frente, a guerreira cavalgava sem sela sobre um órix com metade do tamanho do cavalo de Zaynab, uma única mão preguiçosa segurando-se a um chifre. Envolto pela tempestade de poeira dos cascos do órix, seu corpo balançava-se com delicadeza. Sua companheira lembrava perfeitamente uma guerreira sobrenatural misteriosa saída de pesadelos humanos. Sua túnica de segunda mão tremulava ao vento, suas tranças esvoaçavam atrás dela. A luz do sol reluzia contra as duas espadas curvas presas às suas costas, deixando-as incandescentes.

Nada a respeito de Aqisa sugeria que ela precisasse de um descanso, agora ou em qualquer outro dia, e Zaynab tentou não se desesperar. Elas não poderiam estar tão longe de Babili, não é? Aqisa jurara que chegariam ao posto avançado no pôr do sol, e ele mal estava acima do horizonte no momento. Ansiando impressionar a outra mulher, Zaynab quisera passar pelo menos um dia de viagem sem precisar de um descanso extra.

É isso que você ganha por escolher a aventura em vez da sua família. Se Zaynab tivesse sido uma boa filha, teria ido na direção oposta e partido para a costa oeste de Am Gezira, onde poderia ter embarcado em um barco para Ta Ntry para visitar a mãe e sua terra natal. Teria conhecido parentes distantes cujas histórias crescera ouvindo e perambulado pelos corredores do castelo ancestral deles em Shefala. Sem dúvida alegraria muito o coração da mãe e aliviaria seus fardos ao assumir as obrigações da corte e parte do trabalho de reorientar a delicada relação dos Ayaanle com uma Daevabad no fluxo de uma revolução.

Zaynab, contudo, não fizera nada disso. Ela não tinha como, não ainda. A perspectiva de voltar à política — a um mundo onde tudo, de suas joias ao seu cabelo, passando pelo seu sorriso, seria cuidadosamente analisado — lhe dava vontade de gritar. Muitas coisas ultimamente a faziam ter vontade de gritar: seus pesadelos encharcados de sangue da batalha nas ruas de Daevabad e os gritos dos prisioneiros sendo torturados no calabouço, onde esperavam morrer. O bater de tapetes e o tilintar das ferramentas de ferreiros que a jogavam de volta às suas lembranças de prédios desmoronando sobre famílias e lâminas cortando carne.

Então ela fugira, escrevendo uma carta confusa para a mãe e rezando para que Aqisa tivesse dito a verdade em Daevabad sobre querer viajar juntas após terem visitado Bir Nabat. Ali não tinha exagerado enquanto tagarelava sobre o calor e a paz da cidade no oásis que o abrigara um dia. Era uma comunidade maravilhosamente unida que tratou Zaynab mais como uma filha que voltava para casa do que como uma princesa distante. E Aqisa *era* uma de suas filhas, com toda uma horda de parentes cacarejando ao seu redor.

No entanto, mal haviam completado um mês em Bir Nabat e sua amiga começou a querer partir também.

— Lubayd está por toda parte aqui — confessara Aqisa uma noite quando ela e Zaynab estavam sozinhas, no alto de uma das imponentes tumbas humanas. Era um lugar impressionante, com uma fachada de pedra entalhada tão alta quanto uma torre e uma série de degraus que pareciam subir para o céu. — Nossas mães eram muito amigas e ele foi minha sombra desde o dia em que nascemos. Não posso ficar aqui sem vê-lo constantemente.

Zaynab lembrava-se de ter fitado a expressão da outra mulher, as linhas duras do seu rosto suavizadas pelo luar. Fora a primeira vez que elas se encontravam sozinhas em semanas, e a percepção a enchia de uma incerteza nervosa que ela não compreendia.

— Você o amava? — perguntou Zaynab sem pensar.

Aqisa tinha se virado para vê-la de frente.

— Sim. Ele era como um irmão para mim. — Os olhos dela eram indecifráveis. — Por que a pergunta?

Zaynab — a princesa criada para afiar suas palavras como uma arma, que sempre tinha uma resposta inteligente, uma réplica certeira, uma brincadeira carismática — se atrapalhara com a dúvida.

— Eu, bem... Vocês pareciam combinar perfeitamente.

O olhar de Aqisa permanecera tão inescrutável que o rosto inteiro de Zaynab enrubesceu. Após um momento tão longo a ponto de ser penoso, ela respondera:

— Sabe que não precisa mais pensar desse jeito, não é? Sobre casais. Sobre o amor como uma espécie de contrato.

Ela estava certa, é claro. Porém, destinada a um casamento político, Zaynab não fora criada com noções românticas. Ela devia amor à sua família e a seu povo antes de a qualquer nobre estrangeiro com quem um dia precisaria navegar a mais íntima das alianças. Ela não se deixara contemplar outra opção, antecipando apenas um coração partido se tentasse.

— Eu não sei outra maneira — confessou Zaynab. — Esse não é o tipo de vida que eu vivi.

Com isso, os lábios de Aqisa se curvaram no que poderia ter sido um sorriso.

— Sua vida também não lhe deu grandes oportunidades para o treinamento de armas, mas consertamos isso rápido o suficiente. — Ela erguera a mão, e Zaynab se lembrou de perguntar-se o que faria com ela. Se Aqisa tocaria seu rosto, se atravessaria o curto espaço que as dividia.

Em vez disso, Aqisa deixou a mão baixar, um indício de relutância em seus olhos cinzentos.

— Dê-se um tempo, Zaynab — disse a guerreira, um pouco asperamente, como se estivesse lembrando a si mesma também. — Você aprenderá.

Elas deixaram a conversa ali, mas, já na manhã seguinte, Aqisa começara a juntar as coisas, e então as duas partiram. Elas nem tinham um destino apropriado em mente, apenas "longe". Zaynab jurara a si mesma que não seria um fardo.

Aqisa deixara seu lar para acompanhá-la, e Zaynab a ajudaria. Ela aprenderia a caçar e lutar, ler as estrelas e acordar cedo o suficiente para fazer café para as duas.

No momento, porém, ela não tinha certeza nem de quanto tempo mais conseguiria permanecer sentada direito naquela sela. Por sorte, bem quando o chão parecia se aproximar dela, Aqisa reduziu o passo do seu órix.

— Babili — anunciou, acenando para que Zaynab parasse.

Zaynab piscou para limpar a poeira dos olhos e a névoa da mente. O sol havia finalmente se posto e o resquício de brilho púrpura não ajudava muito a iluminar a vastidão de pântanos escuros e água reluzente. Isso tornava a vista ameaçadora, e Zaynab não conseguiu distinguir nada que parecesse um povoado, apenas árvores pontiagudas e arbustos que se projetavam para o céu como garras cerrando-se em torno de algo.

— Isso é uma cidade? — perguntou ela roucamente.

Aqisa lhe passou o cantil ainda cheio de água.

— Beba. E não, não exatamente. Babili não é uma cidade. Pense mais em um lugar onde um bando de djinns e daevas reivindicam para si várias ruínas e brigam pelo direito de conduzir viajantes para o outro lado do rio… ou, dependendo do seu humor, roubá-los.

A boca de Zaynab ficou seca de novo.

— E é aqui que você quer descansar?

— Há mais lugares como Babili do que como Bir Nabat, princesa. É bom você ir se acostumando. Pelo que lembro, há uma taverna mais adiante. Podemos pegar algo para comer, tomara que um maghrib, e nos atualizar de alguma notícia que nos diga respeito.

— Podemos nos certificar de que nossa chegada não seja parte das notícias? — Zaynab tirou e sacudiu seu turbante sujo.

— Podemos tentar. — Aqisa a observava, mas, quando seus olhos se cruzaram, a guerreira rapidamente desviou o olhar. — Você é um tanto memorável.

Os dedos de Zaynab atrapalharam-se com o turbante. *Eu sou um tanto o quê?* Mas Aqisa já havia desmontado e começado a caminhar em direção a uma enorme estrutura de juncos à margem do rio.

— Mantenha a zulfiqar junto de si — alertou Aqisa sobre o ombro. — Este é um lugar do tipo "esfaqueie primeiro e faça perguntas depois".

— Você me leva aos melhores lugares — murmurou Zaynab, mas seguiu a dica, segurando o punho da zulfiqar com firmeza. Estava frio. Ela e Ali haviam encaixado o maior número de lições possível antes de sua partida, mas Zaynab ainda não conseguia conjurar chamas da lâmina de sua família com sucesso. Ela seguiu Aqisa, as sandálias rangendo sobre a terra pedregosa e a relva amassada. O ar cheirava a água suja e um pouco de fumaça.

— Esquisito — ponderou Aqisa enquanto avançavam em direção à taverna. — Lembro-me deste lugar ser mais animado. Mais barulhento.

Um trio de djinns emergiu das sombras da taverna, puxando alguns órix como se tivessem a intenção de partir. Ao ver Aqisa, um dos homens foi em sua direção. Zaynab parou onde estava. Será que era uma situação do tipo "esfaqueie primeiro"?

Mas ele apenas tocou o próprio coração e a testa em um cumprimento educado.

— Que a paz esteja convosco, irmãs. — O djinnistani dele era grosseiro, carregado com um sotaque geziri similar ao de Aqisa. — Poderia sugerir que vão a outro lugar hoje à noite? A companhia nesta taverna deixa muito a desejar.

Aqisa franziu o cenho.

— O que você quer dizer com isso?

O homem soltou um ruído de nojo.

— O Flagelo está aqui. Acho que finalmente decidiu se arrastar para fora de qualquer que seja o buraco imundo em que estava se escondendo.

— O *Flagelo*? — repetiu Zaynab sem acreditar. — Certamente você não quer dizer o...

— O Afshin está aqui? — perguntou Aqisa. Sua voz era baixa e letal. — Aquele Flagelo? Você tem certeza?

— Gostaria de não ter. Ele está lá dentro bebendo como se não tivesse o sangue de milhares nas mãos. — O outro djinn balançou a cabeça, parecendo furioso. — Não há justiça neste mundo.

Aqisa sacou as espadas das suas costas em um único movimento.

— Pode haver.

Zaynab ainda estava tentando entender o fato de que Darayavahoush e-Afshin — o inimigo que ela havia combatido, o ex-general mais conhecido-se-não-inteiramente-foragido, do mundo — estava na taverna arruinada e sinistra logo à sua frente. Ela entendeu a intenção nas palavras de Aqisa tarde demais.

— Aqisa, espere...

Mas Aqisa não estava esperando. Ela avançou em direção à taverna e afastou a cortina puída que alguém tinha pendurado preguiçosamente na porta, entrando a passos largos com Zaynab logo atrás.

O interior da taverna era sombrio, mas aquecido com um fogo que crepitava alegremente em um canto exposto ao céu. Lamparinas a óleo ardiam em apenas um conjunto de mesas — e "mesas" podia ser um exagero, pois não passavam de uma coleção de engradados virados de cabeça para baixo, um tonel de metal rachado e os barris vazios de alguma bebida sem dúvida proibida. A luz não era suficiente para expulsar a noite que começava a cercá-los, mas revelava uma série de imagens que Zaynab jamais vira. Um homem estava tomando chá com uma tartaruga grande com velas colocadas sobre o casco, enquanto outra dupla de djinns estava envolvida no que parecia ser um jogo de tabuleiro — um jogo de tabuleiro jogado com peças vivas de dentes serrilhados. Zaynab avançou apenas para recuar: ela pisara na mão macia de um homem roncando, curvado sobre uma pilha de, entre todas as coisas, sapatos.

No entanto, por mais cheia que a taverna estivesse, não passou desapercebido a ela que nenhuma atividade ocorria perto de um canto do salão onde um homem muito grande sentava-se sozinho, curvado sobre uma taça e com as costas voltadas para a porta. Seu modo de se vestir era simples, com um casaco azul-escuro e calças daeva, e fumaça espiralava de baixo de um gorro de lã que fazia um péssimo trabalho em conter seu cabelo escuro. Não que isso importasse.

Você não precisava de uma arma quando se era uma.

— Flagelo — sibilou Aqisa entredentes. — Tendo uma noite agradável?

Darayavahoush endireitou-se, tenso, e então olhou para trás. Zaynab ficou paralisada. Ela já vira o Afshin como um intruso vingativo na corte do pai e como o general assassino de Manizheh. Ela já o vira como um escravo alquebrado, tentando cortar a própria garganta, e como um convidado desconfortável e arrependido ao lado da cama de Nahri.

O Afshin à sua frente só parecia cansado. Cansado de uma maneira que fazia Zaynab achar que ele não estava nem surpreso em vê-las, como se já tivesse se resignado ao pior.

Darayavahoush bebeu o restante do líquido de sua taça e então a largou no balcão com um baque.

— Eu *estava*.

Ele estendeu a mão para o cabo de uma concha enfiada em uma ânfora de cerâmica meio escondida.

— Gostariam de uma bebida? Pode ajudar o seu humor.

— A única coisa que eu gostaria de fazer é enfiar uma espada na sua garganta.

A *isso*, a taverna reagiu, a guerreira geziri irada e armada talvez sendo o suficiente para tirar até a mente mais embriagada do seu estupor. As peças de jogo bateram umas nas outras enquanto os jogadores se afastavam, e o homem com a tartaruga apertou o enorme bicho de estimação contra o peito, agarrando o casco de maneira protetora.

Uma mulher daeva mais velha em um vestido de retalhos saiu de trás do bar, tomando a concha da mão do Afshin.

— Rua. Vocês duas.

Zaynab foi em direção a Aqisa e agarrou o braço da amiga.

— Vamos. — Mas Aqisa ficou onde estava, imóvel como uma rocha.

Darayavahoush ficou onde estava também.

— Não desejo fazer-lhes mal algum — disse com cuidado. — Prometo. Eu só... — Seus olhos brilhantes desviaram-se de Aqisa e fixaram-se em Zaynab, com alarme crescente. — Princesa *Zaynab*?

Ele disse as palavras alto o suficiente para serem ouvidas por todos, e Zaynab sentiu todas as cabeças no bar se voltarem para ela.

— Eu disse para irem embora? — A expressão da atendente mudou tão rápido que ela poderia ter sido trocada por outra mulher. Prontamente encheu a taça de Darayavahoush outra vez e então, com um sorriso radiante, pegou mais duas de um armário escondido. — Fiquem! Eu insisto.

Zaynab não respondeu. De repente, tinha dificuldade em desviar o seu olhar dos olhos esmeralda de Darayavahoush. Como podia lembrar-se daqueles olhos ardentes encontrando os seus do outro lado do hospital quando ela se entregou. A longa caminhada que se seguira a assombraria pelo restante da vida. Crédula como era, Zaynab mantivera a cabeça erguida, repetindo a declaração de fé na mente. Ela imaginava que seria executada na frente do seu povo, uma mártir da queda final de Daevabad.

Mas ela não morreu. Não ali nas ruas, tampouco no calabouço. Nem Darayavahoush. E cá estavam os dois agora.

Ele gesticulou cuidadosamente para as almofadas à sua direita.

— Sentem-se — sugeriu com delicadeza. — Por favor. Estamos em paz agora, não?

Aqisa não baixara as espadas.

— Eu acabei de enterrar as cinzas do meu melhor amigo. — A voz dela tremia de uma maneira que Zaynab jamais ouvira. — Um dos seus ifrits golpeou as costas dele com um machado. A sua "paz" não o torna menos morto.

Darayavahoush se encolheu, e Zaynab interferiu. O choque por encontrar o Afshin estava passando, substituído por uma nova determinação de descobrir que raios ele estava fazendo ali.

Dizer que Darayavahoush deixara Daevabad sob circunstâncias discutíveis era atenuar a situação. Dependendo de para quem você perguntasse, o Afshin era um monstro que fugira da justiça ou um herói trágico que escolhera um caminho de redenção. Zaynab sabia em qual lado da curva ela se encontrava. Ela perdera o pai e dezenas de pessoas queridas no ataque ao palácio e vira com os próprios olhos o horror da Cidadela arruinada. E isso fora antes de ele abrir um caminho de morte através da enfermaria. Antes do ataque final de Manizheh para capturá-la, uma carnificina que jamais esqueceria. Casas de diversas famílias reduzidas a poeira de tijolos e ossos. A academia no distrito ayaanle detonada com os estudantes dentro. E, embora parte dela pudesse aceitar que ele não fora inteiramente responsável pelo último ataque — Dara fora escravizado por Manizheh —, Zaynab não podia deixar de se perguntar quantas vidas teriam sido salvas se ele tivesse se voltado contra a Banu Nahida mais cedo.

Naquele instante, porém, os sentimentos pessoais dela não importavam. Darayavahoush não fora visto desde que fugira, e Zaynab não era o tipo de pessoa que dava as costas à oportunidade de reunir informações úteis sobre o inimigo ancestral da sua família. Ela se aproximou de Aqisa. Seu geziriyya não era bom, mas ela sabia falar algumas palavras e frases treinadas.

— *Informações* — sussurrou ela em sua língua nativa. — Para o nosso povo. Certo?

Aqisa lhe lançou um olhar irado, mas então se sentou, mantendo as armas no colo.

Zaynab sentou-se também e abriu seu sorriso mais gracioso para a atendente daeva.

— Você poderia me trazer um café? Minha companheira e eu não gostamos de vinho.

A mulher fez uma mesura respeitosa.

— Agora mesmo, Vossa Alteza.

Darayavahoush tinha voltado sua atenção para o seu vinho.

— Qual era o nome dele? — perguntou sem tirar os olhos da taça. — O seu amigo morto pelo ifrit.

Zaynab imaginou que Aqisa o golpearia por causa da pergunta. Em vez disso, Aqisa respondeu, apertando as armas com tanta força que os nós dos dedos empalideceram.

— Lubayd.

— Lubayd — repetiu Darayavahoush. — Sinto muito por sua perda. De verdade.

— Vá se foder. — Mas Aqisa embainhou uma das espadas e Zaynab decidiu ler o gesto como um bom sinal.

Após outro momento tenso, Darayavahoush falou de novo:

— Devo dizer que... uma princesa de Daevabad talvez seja a última pessoa que eu esperaria ver em uma taverna de Babili. Por que você está viajando para Daevastana?

Havia um indício de suspeita em sua voz. Zaynab não podia culpá-lo. Ela provavelmente parecia maluca, mal disfarçada naquele lugar ermo com apenas Aqisa de companhia. Não, provavelmente parecia com uma espiã, com más intenções na terra natal dele.

— Eu precisava fugir — respondeu Zaynab, vendo menos dano na verdade do que numa resposta sarcástica. — Algum lugar novo, com menos lembranças, se entende o que quero dizer.

— Mais do que eu gostaria — ele murmurou.

A atendente voltou com duas xícaras fumegantes.

— Por conta da casa — insistiu ela. — Talvez você possa dizer para o seu irmão pensar em nós quando estabelecer os impostos sobre as caravanas, que tal? Ficamos sabendo que ele está assumindo como ministro das finanças.

Darayavahoush fez uma careta para a sua bebida. Zaynab tentou anuir com entusiasmo para a outra mulher.

— Eu... eu farei isso — disse, tomando um gole de café. Estava maravilhosamente amargo, do jeito que Zaynab gostava, embora não pudesse deixar de se perguntar se descumprir a proibição em relação ao álcool não poderia tornar todo o encontro menos incômodo.

A atendente deixou-os novamente.

— Ministro das finanças? — repetiu o Afshin. — Ele está se distraindo com contabilidade agora?

Aqisa riu com desdém.

— Tenho certeza de que ele e Nahri estão encontrando um número suficiente de outras maneiras para...

Zaynab pisou no pé dela.

— Sim, ministro das finanças. E os Nahid estão se saindo bem — ela acrescentou, mudando o assunto para algo que suspeitava que o interessaria mais. — Eles andam *ocupados*, incrivelmente ocupados. Mas Nahri parece feliz. Ela, Subha e Jamshid assumiram a sua primeira turma de estudantes de Medicina, o que os deixou muito empolgados. E ela tem a própria casa, uma casinha perto do hospital que está arrumando com o avô.

Darayavahoush sobressaltou-se com isso.

— Nahri encontrou o avô? — Quando Zaynab anuiu, a emoção tomou os olhos dele. — Que o Criador seja louvado. Fico... feliz em ouvir isso. Tudo isso. Ela merece toda a felicidade do mundo. Obrigado.

Zaynab meramente anuiu.

— De nada.

Ele voltou o olhar para a bebida.

— Eu lhe devo desculpas. Você estava certa sobre Banu Manizheh naquela noite na floresta, e eu gostaria de não ter demorado tanto para ouvir seu conselho. Eu... — Ele parecia não encontrar as palavras. — Eu pagarei o preço desse atraso pelo resto de minha vida.

— Como deveria — murmurou Aqisa.

Zaynab hesitou.

— As pessoas dizem que você deixou Daevabad para redimir-se. Ir atrás dos ifrits. Isso é verdade?

Darayavahoush fez uma careta, remexendo-se no assento enquanto enchia a taça.

— Estou tentando. Seria mais fácil se a minha presa não tivesse vários milênios a mais de conhecimento do que eu em esconder-se, à minha própria magia e a ser abominações em geral.

— Então não tem tido sorte?

O Afshin bateu a taça com força no balcão e Zaynab notou vários clientes da taverna darem um salto.

— Perdi todas as pistas. Persegui Vizaresh, seguindo o que eu podia sentir da magia dele, mas é como seguir um rastro que esfria depois de um dia, com olhos que não posso abrir completamente.

Zaynab estremeceu.

— Vizaresh é o que levou os receptáculos do Templo, não é?

— Isso. — Darayavahoush parecia assombrado. — Quando penso neles sendo dados para outros mestres humanos, mestres que controlarão cada um dos seus movimentos como Manizheh fez comigo... — Ele cerrou os olhos. — E tudo que posso fazer é voar por aí no vento, esperando que um dia finalmente o encontre.

— Creio que *caçá-los* é uma nova vocação para nós. Qualquer djinn ou daeva com alguma noção vai fugir para o outro lado. — Zaynab deu mais um gole de café. — Você sabe como contatar algum dos peris ou um marid? Talvez eles o tenham visto.

Darayavahoush fez uma careta de novo.

— Meus esforços para invocar um marid resultaram em uma onda gigante vindo me pegar. E os peris sumiram. Suponho que ainda estejam lambendo suas feridas depois que Nahri os humilhou.

— Você não poderia atear fogo nos reinos deles e matar seus habitantes até que respondessem? — perguntou Aqisa. — Achei que era assim que em geral você conseguia realizar as coisas.

— Estou tentando encontrar maneiras menos assassinas de atingir meus objetivos. — Darayavahoush acenou para a taverna toda. — É por isso que vim aqui. Achei que talvez eu pudesse sair perguntando em entrepostos comerciais para descobrir se as pessoas viram alguma magia estranha em suas viagens.

Zaynab olhou de relance para o homem ainda aninhando a sua tartaruga — que assumira um tom azul-cobalto vívido.

— Acho que é preciso muita coisa para um djinn considerar uma magia "estranha". — Mas uma ideia lhe ocorreu. — Se você está procurando os receptáculos e os ifrits que os estão escravizando... não deveria estar perguntando a *humanos* por magia? Afinal, se Vizaresh liberar os receptáculos para os mestres humanos, dificilmente serão discretos a respeito disso. Descubra quais criados importunados subitamente substituíram seus reis e quem está exibindo um sorriso novo que faz as pessoas se apaixonarem por eles.

Darayavahoush subitamente congelou.

— Essa... não é uma ideia terrível. — Então ele pareceu arrasado. — Mas não posso manifestar-me diante dos humanos, muito menos falar com eles. Eu não teria como dirigir as conversas que preciso ter.

Ah.

— Então suponho que seja uma pena você ter antagonizado com os shafits por completo — Zaynab não pôde deixar de salientar. — Talvez um deles possa ajudá-lo.

— Você não precisa ser shafit para aparecer diante de um humano — disse Aqisa. De repente a voz dela soava menos sarcástica.

Zaynab a olhou surpresa.

— Eu sei, mas ainda é um talento incrivelmente raro, não é? Não conheço ninguém que possa fazer isso.

— Eu certamente não consigo. — O Afshin tentou servir mais vinho e então fez uma cara de desgosto quando a concha veio vazia. — E agora acabou o vinho. Bom, tomarei isso como um sinal para terminar minha conversa com vocês duas nesse tom ligeiramente menos agressivo do que como começamos. — Ele se levantou, com muito menos graça do que Zaynab lembrava que tinha, e tentou fazer uma mesura. — Boa sorte em suas viagens.

Zaynab observou enquanto ele saía trôpego da taverna. Sentiu um dever estranho de tentar pará-lo, mas para quê? Ele podia transformar-se em vento. Com um suspiro, ela voltou para o café.

— Eu posso aparecer diante de humanos — disse Aqisa baixinho.

Zaynab engasgou-se com o líquido quente.

— Você pode *o quê*?

— Aparecer diante de humanos. Falar com eles. Não por muito tempo, mas... — Aqisa limpou a garganta. — O suficiente. O suficiente para conversas curtas.

A mente de Zaynab girava.

— Eu não fazia ideia. — Ela se sentia abalada de uma forma estranha. Não que tivesse qualquer direito. Aqisa não lhe devia segredo algum. Não era como se fossem... — Como? — perguntou, rapidamente redirecionando os pensamentos.

Aqisa balançou a cabeça.

— Não é algo que eu possa ensinar. Você precisa ter determinada proximidade com o mundo humano desde o nascimento. Quanto mais velho fica, quanto mais exposto à verdadeira magia... a oportunidade some. — Ela fez uma pausa e, quando falou de novo, suas palavras pareciam escolhidas com cuidado. — Um daeva com séculos de vida, que se transforma em fogo e voa com o vento, jamais será capaz de falar com um humano.

— Aqisa — disse Zaynab com delicadeza —, o que você está sugerindo?

A guerreira estava tremendo.

— Eu jurei, Zaynab. Jurei vingança por Lubayd. Ele faria isso por mim.

Zaynab hesitou e então pegou uma das mãos de Aqisa na sua. A palma da mão dela era áspera e quente.

— Você ouviu o que Darayavahoush disse. A missão dele é quase impossível. Vocês se odeiam. E os ifrits são perigosos. Você tem certeza, certeza *mesmo*, de que quer fazer isso?

— Não. Mas não porque eu estou com medo dos ifrits ou daquele homem abominável. — Aqisa olhou para os dedos entrelaçados delas. — É só que... é só que... bem, é você.

— *Eu?*

— Você. — Aqisa mirou-a nos olhos. Estavam angustiados, a guerreira parecendo mais vulnerável do que Zaynab já vira alguma vez. — Eu não quero deixar a sua companhia. Mas não posso pedir que me siga nisso.

Zaynab a encarou. Era a mulher que a havia assustado tanto quando se conheceram e a mulher que ela achara talvez fosse genuinamente maluca quando trouxe lâminas de treinamento para o apartamento real suntuoso e confortável de Zaynab, largou-as sobre a cama e insistiu que a princesa que passara a vida cercada por guardas armados precisava aprender a se proteger. Era a mulher cuja confiança em Zaynab não parecera vacilar uma única vez, nem mesmo quando a própria Zaynab duvidara de sua capacidade de governar, de manter seu povo unido e de sobreviver à guerra esmagadora de Manizheh.

Era a mulher que a fizera pensar que poderia haver algo mais a respeito da vida do que política e dever familiar. Que talvez, só talvez, Zaynab pudesse explorá-la. Perder-se.

Aprender a se apaixonar.

Zaynab se levantou, largando algumas moedas ao lado da sua xícara de café. Ela puxou Aqisa para cima.

— Venha. Temos que alcançar um Afshin.

— Zaynab...

Zaynab calou-a, brevemente segurando o rosto da outra.

— Aqisa, eu lhe devo minha vida e minha liberdade. Você não está me pedindo nada.

Agora o céu estava completamente escuro e pontilhado com estrelas, o calor carmesim do sol já desaparecera do horizonte e do ar frio. Não parecia haver alguém do lado de fora da taverna, e o único ruído era uma brisa farfalhando pelos pântanos. Zaynab vasculhou o céu, mas estava vazio, fora algumas nuvens finas refletindo o luar.

Seria uma delas Darayavahoush? Era assim que funcionava?

— Afshin! — chamou Zaynab, gritando para o céu.

— *AFSHIN!*

Houve um ruído de galhos atrás da taverna e então um Darayavahoush visivelmente irritado emergiu das sombras, com as mãos sobre os ouvidos.

— Por favor, pare com isso.

Zaynab franziu o cenho.

— O que você estava fazendo nos arbustos?

Ele a olhou incrédulo.

— Posso lhe dar uma lição sobre visitar tavernas? Não pergunte aonde as pessoas vão quando elas bebem muito. — Ela enrubesceu, contente pela escuridão, e o Afshin continuou:

— Mais importante, por que você está me seguindo e gritando meu nome para o céu?

Zaynab criou coragem, ajustando suas roupas de viagem imundas no mais próximo de uma atitude real e imperiosa que conseguiu.

— Vamos nos juntar a você na caçada pelo ifrit — ela declarou.

Darayavahoush encarou-a por um longo e inescrutável momento.

— Não. — Então se virou e saiu caminhando.

Zaynab correu para alcançá-lo.

— Como assim, não?

— A palavra *não* a deixa confusa, Vossa Alteza? Estou certo de que não a ouviu muito quando era garota. Mas, para deixar claro, não, vocês não virão comigo. Não estamos em Daevabad e, mesmo se estivéssemos, não aceito ordens dos Qahtani.

— Deixe passar mais uma geração — murmurou Aqisa. — Eles serão Nahid.

Darayavahoush se virou para ela.

— Quer ver uma coisa...

Zaynab colocou-se entre os dois.

— Ela consegue falar com humanos.

Ele a encarou de volta.

— Você está mentindo.

— Não estou. — Zaynab ficou ali, mantendo-se entre os dois guerreiros, uma situação que ela suspeitava que se repetiria com bastante frequência no futuro. — Ela passou a vida toda com eles.

— Há benefícios quando você não vê o sangue humano como algo contaminante — provocou Aqisa, implicante. — Eu posso aparecer diante deles. Falar com eles. Todas as coisas que você não pode.

— Você mesmo disse que não tinha pistas — insistiu Zaynab, antes que Darayavahoush pudesse argumentar.

— Quer informações? Quer ser capaz de caçar criaturas com mil anos de conhecimento a mais que você? Então precisa de ajuda e um plano que não seja ter a esperança de um dia dar de cara com Vizaresh enquanto finge ser uma brisa.

Ele cruzou os braços.

— Vocês me desprezam — disse com naturalidade. — Agora querem caçar comigo? Nós nos mataríamos em uma semana.

— Não vamos — insistiu Zaynab. — Você faz ideia de quantas pessoas amedrontadas e traumatizadas eu ajudei durante a guerra de Manizheh? Posso lidar com você. Além disso, todos queremos a mesma coisa: devolver os receptáculos.

— E Vizaresh morto — acrescentou Aqisa com veemência. — Ele é o ifrit que matou o meu amigo. Se isso significa vingá-lo, posso suportar até você.

Darayavahoush pressionou os lábios em uma linha severa.

— Isso é loucura. — Ele voltou sua atenção para Zaynab. — Se os seus irmãos descobrirem que a levei comigo...

— Não preciso da permissão dos meus *irmãos* para fazer coisa alguma — disparou Zaynab. — Você disse que queria se redimir, Afshin, não disse? Deixe-nos ajudá-lo a encontrar Vizaresh. A não ser, é claro, que tudo isso tenha sido apenas uma desculpa para escapar de Daevabad.

Ele se retesou tão rápido que Zaynab deu um passo para trás. Os olhos dele brilharam, o fogo remoinhando para dentro do verde e fazendo-a pensar se talvez tivesse sido imprudente fazer proclamações reais diante do homem que fora à guerra duas vezes na esperança de derrubar a sua família.

Mas ele não sacou um arco mágico nem desapareceu em uma nuvem de fumaça. Em vez disso, falou uma única palavra:

— Dara.

— O quê? — perguntou Zaynab, confusa.

— Se formos passar cada momento desperto na companhia um do outro caçando monstros, e então provavelmente

sendo mortos por eles, não desejo ser lembrado desse título. *Ou* do outro — disse ele antes que Aqisa pudesse abrir a boca.
— Vocês me chamarão de Dara. E este será o único aviso, compreendido? — insistiu, erguendo um dedo. — Encontramos Vizaresh e então seguiremos nossos caminhos separados.
— Que seja Dara — concordou Zaynab, magnânima. Ela olhou para Aqisa.
— Tudo bem para você?
Aqisa fez uma careta.
— Não vou chamá-lo de Afshin. Ou de Flagelo.
— Ótimo. — Zaynab tomou a mão de Aqisa novamente e apertou-a, um arrepio percorrendo-a inteira. — Então vamos encontrar alguns humanos.

NAHRI

Esta cena ocorre aproximadamente um ano e meio depois de O Império de Ouro. *Spoilers para os três livros.*

Terminando suas tarefas do dia, Nahri afastou-se da escrivaninha.

— E dê uma conferida em Yusef, o paciente que fez uma cirurgia hoje de manhã. Extraí os fragmentos de asas das costas dele, mas estavam perto demais da espinha, então quero tomar um cuidado especial para que não infeccione. Peça a um dos seus estudantes que examine as bandagens dele e aplique uma solução antibacteriana. — Ela passou o pergaminho do paciente para Jamshid. — Isso é tudo.

De frente para ela, Jamshid, com os braços já tomados por outros pergaminhos parecidos, parecia cético.

— Tem certeza de que isso é algo que um estudante pode fazer?

— Jamshid, nossos estudantes estão aqui há quase um ano. Sim, eu os considero todos capazes de olhar debaixo de uma bandagem e borrifar uma solução perfeitamente segura. — Nahri pôs-se de pé. O sol de fim de tarde entrava pelas telas de madeira cobrindo a janela, o ar em seu escritório doce e fragrante com o aroma de terra rico dos papiros e nenúfares egípcios na fonte. — Deixe-os ajudá-lo quando não estou trabalhando. E não ouse incomodar Subha. É o dia de descanso dela.

Jamshid lhe lançou um olhar magoado.

— Eu jamais incomodaria Subha. Você, no entanto, é família, e assim eu me sinto mais confortável de acusá-la de abandonar-me com as crianças. Estudantes. Tanto faz.

— Você sabe quantas dessas "crianças" são mais velhas do que você, não é? — Nahri deu a volta na mesa e ficou na ponta dos pés para beijar a testa dele. — Aprenda a delegar, irmão. Trata-se de uma parte crítica de ser um médico.

Jamshid soltou um grunhido evasivo.

— O que é aquilo? — perguntou ele, gesticulando para a sacola dela.

— Um presente.

— Um presente? — Ele inclinou a cabeça com um ar divertido. — Um presente que não pode ser dado mais tarde? Na frente de todo mundo?

— Um presente que não diz respeito a você — respondeu ela, ríspida. — Agora... tem mais alguma coisa relacionada ao *hospital* antes que eu vá?

Jamshid encarou a sacola por mais um momento com um ar de curiosidade entretida.

— Não. Mas você volta a tempo da festa?

— Junto com o convidado de honra que não suspeita de nada. — Nahri jogou sobre os ombros um xale tricotado à mão que uma paciente lhe dera e seguiu para a porta.

A biblioteca junto ao seu escritório estava praticamente vazia naquela tarde, com apenas alguns estudantes enterrados nos livros. Nahri anuiu para os que notaram sua presença, mas não os interrompeu — ela conhecia bem o olhar confuso de pessoas que estavam estudando por tanto tempo que teriam dificuldade de reconhecer o próprio rosto. Foi até Mishmish, que estava em seu ninho na sacada banhada pelo sol, um ninho que ela fizera rasgando um tapete antigo inestimável que tinha sido emprestado do Templo.

Nahri ajoelhou-se e enterrou as mãos na juba espessa do shedu, coçando atrás de suas orelhas.

— Olá, meu gatinho colorido corajoso — cantarolou ela em árabe, sua voz baixa para manter um grau de dignidade diante dos estudantes. Mishmish ronronou em resposta, alto o suficiente para fazer o chão vibrar. Ele estendeu as asas enormes e rolou para que ela pudesse coçar sua barriga. Nahri aquiesceu por um momento, então disse:

— Vamos dar uma volta?

Nahri suspeitava que sempre teria a alma de uma moradora de cidade. Da agitação constante do Cairo à perambulação pelas ruas que pareciam não ter fim de Daevabad, ela se maravilhava com a energia inesgotável de seus lares urbanos. Sempre havia alguém novo para encontrar ou um lugar novo para descobrir. Não mais uma prisioneira de Ghassan, Nahri se jogara na exploração da cidade que salvara enfiando uma adaga de gelo no próprio coração, e a cidade a ressarcira com mais alegria do que ela poderia imaginar. Ela levava Ali e Fiza para o iftar nos apartamentos abarrotados com a comunidade tagarela de shafits egípcios do seu avô para experimentar a comida e as tradições da sua infância e ia com Subha celebrar a puja no templo da mulher, encontrando-se com um povo e uma fé que mal sabia existirem. Em raras noites de descanso, deixava que Jamshid e Muntadhir a arrastassem para as casas de nobres em quarteirões tribais diversos para recitais e leituras de poesia.

Isso não significava, no entanto, que não apreciasse a fuga ocasional para a vida selvagem além dos muros de Daevabad.

Mishmish planava sobre a vastidão esmeralda das montanhas. Sentada às suas costas, Nahri fechou os olhos, desfrutando o ar primaveril fresco e o som de nada exceto o vento. Embora várias seções das muralhas de bronze da cidade tivessem sido abertas, os parques e as casas sendo construídos ainda ficavam próximos da cidade em si. A maioria dos djinns e dos Daeva temia as florestas úmidas e as ruínas cobertas de vegetação que se espalhavam pela antiga ilha — para não dizer nada do novo e misterioso rio que os separava do lago marid coberto de névoa. Quando Nahri instou o shedu a pousar em um trecho de mata fechada, qualquer sinal da cidade ficara bem para trás. À sua frente, as linhas descobertas de uma trilha arenosa brilhavam ligeiramente à medida que ela serpenteava por entre as árvores escuras.

Eles caminharam, o som de seus passos abafados fundindo-se com o cantarolar dos pássaros. Nahri não tinha certeza de como as matas de Daevabad eram antes de ela assumir o anel de Suleiman no coração e rearranjar a paisagem, mas entre a curiosa mistura de árvores — pinheiros cobertos de gelo compartilhando espaço com bananeiras — e animais bizarros, como serpentes com asinhas e mangustos com dentes cobertos de joias, tudo a respeito da vida selvagem parecia mergulhado na magia. Anos antes, isso talvez a tivesse assustado. No momento, era como caminhar dentro da própria alma. As vinhas partiam-se para deixá-la passar, e mesmo a mais tímida das gazelas de olhos nebulosos não fugia dela. Seu povo talvez estivesse formando um sistema político em que todos eram iguais, mas pelo visto a ilha em si continuava tradicionalista, aferrando-se firmemente aos seus Nahid.

Essa conexão desapareceu quando Nahri aproximou-se do rio. Embora pudesse ouvir o ruído da correnteza ao longe, o trecho parecia calmo naquele dia. Mas Nahri sabia que isso não queria dizer muito: o rio de Ali era notoriamente tumultuoso; suas correntes mudavam de direção de um dia para o outro. A primeira vez que ela o visitara, uma enorme tromba d'água se elevara da superfície para girar em um belo arco naquele exato lugar. Botos das cores do amanhecer com chifres em espirais saltaram alegremente através do arco, enquanto Ali puxava a barba e se perguntava, impaciente, se deveria interferir. Aparentemente Sobek tinha dito a ele que rios recém-nascidos tinham que viver a própria juventude selvagem — um conselho que deixara até Nahri sem palavras.

Mas não havia nenhum encantamento que desafiasse a gravidade agora. Além de um emaranhado de plantas — papiros e tabuas, lírios e lótus dourados —, a superfície do rio estava parada. Ali não estava em parte alguma, mas suas sandálias e uma camisa caprichosamente dobrada foram deixadas em uma rocha perto de um círculo de tijolos espalhados. Quando Nahri passou por ali, viu os resquícios de uma fogueira e a pedra de fogo que Ali devia ter usado para acendê-la. O estômago dela se revirou. Ela odiava que ele precisasse disso.

Mishmish saiu do seu lado para cheirar os pertences de Ali.

— Não acho que ele trouxe fruta para você hoje, Mishmish. Não estamos sendo esperados. — Nahri tirou os sapatos, largou o xale e a sacola, e então se aproximou da água. — Alizayd al Qahtani, você é muito menos astucioso do que acha — falou para o rio silencioso. — Não tem como se livrar de hoje se escondendo aqui.

Não houve resposta. Ali talvez estivesse flutuando na próxima curva ou poderia estar nadando em um oceano do outro lado do mundo. Mas Nahri tinha aprendido que ele parecia sentir quando ela estava no rio, de maneira que adentrou a água, abrindo caminho em meio aos juncos. A água estremeceu ao seu toque, fazendo ondinhas a partir de seus tornozelos. Estava tão clara que Nahri podia olhar direto até os seixos tremeluzentes e as pedras musgosas que cobriam o leito. Aqui e ali, ela viu algumas das escamas reluzentes de Tiamat, arrastadas do lago. Ali as jogava nos arbustos quando as via. "Tiamat não é uma guardiã de rios", ele diria teimosamente, soando como Sobek. "Este lugar não é dela."

Não, era dele, da mesma maneira que Daevabad era de Nahri. Ela e Ali tentaram descobrir a fonte do rio diversas vezes, buscando com magia à medida que escalavam e exploravam as fronteiras do seu mundo alterado, mas sem resultados. Eles sempre se viam retornando ao mesmo lugar na mata onde haviam começado, como se a própria criação os lembrasse dos limites de seu conhecimento.

Nahri avançou rio adentro, sobressaltando um cardume de peixes prateados com barbatanas listradas de azul. Ela parou quando o rio estava na altura dos joelhos e ergueu o rosto para a luz do sol que atravessava as árvores, desfrutando a paz rara. Antigamente ela adorava nadar, não importando quão inapropriado isso fosse para uma dama e, mais tarde, quão inadequado um passatempo como esse poderia ser para uma *daeva*. Adorava, na época, a sensação de não ter peso enquanto flutuava, de como tudo ficava em silêncio debaixo d'água. Durante seus piores anos em Daevabad, costumava trancar--se no hammam para chorar e flutuar na banheira sozinha, fechando os olhos e imaginando que estava em outro lugar.

Mas nadar era um amor que Qandisha roubara dela quando tentou afogá-la no Nilo. Ela não conseguia mais submergir nem a cabeça em uma banheira, muito menos considerar nadar em um rio vivendo uma "juventude selvagem". Seu novo medo da água era mortificante, uma fraqueza que desprezava e não conseguia superar.

No entanto... a água estava tão calma naquele dia, a corrente mal passava de um carinho. Nahri era a Banu Nahida, pelo amor do Criador. Ela enfrentara peris, ifrits e sua tia assassina. Certamente poderia superar isso.

Deu mais um passo e então outro, até que a água chegou aos joelhos. À cintura. Ficou fazendo formas na superfície a fim de seguir calma. O leito era escorregadio e irregular, e era difícil manter o equilíbrio. Ela parou por um momento para respirar fundo, distraindo-se com a fragrância rica do ar lodoso e com o cantarolar doce da mata próxima. Não era tão ruim.

Continuou avançando, a água encharcando o seu vestido e então já na altura do seu peito e acima. Batia em seus ombros... E então, subitamente, era demais. Nahri deu um passo apressado para trás — mais rápido do que deveria. Ela perturbou algumas das pedras que formavam o leito do rio e um corpo de serpente musculoso passou veloz entre suas pernas, chocando-se contra os tornozelos dela.

Não era uma cobra-d'água. Ela sabia disso; podia vê-la nadando para longe. Mas as lembranças já tomavam sua mente — o barco dela em chamas enquanto afundava e o Nilo fechando-se sobre a sua cabeça. Os dedos mortos de ghouls puxando-a para baixo e a queimação nos pulmões enquanto lutava por mais uma respiração, um momento mais antes de a escuridão fechar-se em torno dela.

Nahri tropeçou para trás, desesperada para sair da água. Escorregou. A superfície do rio apressou-se para levá-la consigo...

E um par de braços a pegou.

— Está tudo bem — disse Ali carinhosamente.

Ela apertou os olhos contra o alfinetar das lágrimas, envergonhada e furiosa.

— Sou uma covarde.

— Você não é uma covarde. Você é a pessoa mais corajosa que eu conheço. — Ali tirou o cabelo do rosto dela, deixando que Nahri descansasse em seu peito. — Apenas respire.

A voz dele era um murmúrio calmante, misturando-se com o ruído do fluxo de água, e, aninhada assim nos braços dele, Nahri tentou fazer apenas isso, inspirar e expirar sucessivamente. Ela estava segura. Não havia ifrits nem ghouls. Não havia soldados de que se esquivar ou guerras para combater.

Por fim, o coração dela parou de acelerar. Ali ajudou-a a firmar-se de pé sem dizer uma palavra, mantendo uma mão em sua cintura enquanto Nahri encontrava equilíbrio.

— Melhor? — perguntou ele.

Ela se virou para encará-lo e sentiu-se imediatamente perdida quando tentou encontrar qualquer resposta coerente. Ali havia se curvado para ficar na altura dela, o rio correndo sobre os seus ombros como uma capa líquida. O brilho da água refletia em seus olhos, uma bruma prateada roubando sua cor dourada com pontos negros. Nahri havia muito se acostumara com as mudanças de aparência de Ali, mas, naquele rio, ele era algo absolutamente de outro mundo, e não havia como acostumar-se com isso. Uma névoa elevava-se do seu corpo, entrelaçando-se para cercá-los, e ela subitamente tinha plena consciência da pressão das mãos dele em seu vestido molhado. Ele estava próximo, tão próximo que ela poderia saborear as gotas d'água nos seus lábios, fechar as pernas em torno da sua cintura, e então...

Pelo olho de Suleiman, foi isso que levou um bando dos seus ancestrais a se afogar no Nilo após um encontro com Sobek.

Nahri estremeceu, tentando livrar-se da bruma de desejo que substituíra o pânico. Nenhum dos dois sentimentos a ajudavam, e ela ainda não contara a Ali como ele ficava fascinante no seu rio. Ele provavelmente faria algo irritante e exageradamente honroso, como insistir mais uma vez que Mishmish não era um acompanhante adequado.

Ou você poderia permitir-se possuí-lo. Mas Nahri sabia que Ali não queria um simples encontro marcado na água. Ele queria mais, muito mais. E às vezes Nahri achava que ela também — se fantasiar sobre ter alguém para encontrar ao chegar em casa, alguém que lhe prepararia chá ruim e leria livros na cama em um dia preguiçoso, não a deixasse maluca imaginando todas as maneiras terríveis como poderia perder tudo isso. Nahri ainda convencera o avô a fazer um exame Nahid uma vez por mês, certa de que o próprio ato de a encontrar encurtara o tempo de vida dele. O que ela poderia ousar construir com Ali... parecia algo frágil demais para criar expectativa, muito menos para falar em voz alta.

Mas você não precisa falar em voz alta. Não hoje. Esse era o motivo da sacola de veludo esperando na margem do rio. Era um pequeno passo, um substituto para as palavras que o seu coração ainda convalescente não a deixava dizer.

— Melhor — respondeu finalmente, tentando abrir um sorriso casual. — Há quanto tempo você estava me observando?

Ali parecia saber que ela estava mentindo, mas não disse nada.

— Eu não estava, juro. Estava no lago e senti quando você entrou na água, mas eu estava com dificuldade em me livrar das correntes de água. Então... houve uma espécie de choque... o seu susto, será? E de repente eu estava aqui. — Ele balançou a cabeça. — Jamais compreenderei a magia marid. Provavelmente tenho sorte que pensar em você não me mandou direto para o Nilo.

— Tenho certeza de que Sobek ficaria extasiado.

Ele revirou os olhos.

— Para começo de conversa, Sobek é a razão de eu estar no lago. Ele disse que, se eu passar mais tempo com meus "parentes", serei capaz de controlar melhor minhas habilidades.

— E como está indo?

A boca de Ali se torceu em um sorriso envergonhado.

— Acho que um sapo tentou entrar na minha mente. Tinha um monte de lembranças de saltar por aí e comer moscas... — Ele riu. — Digamos apenas que não me importei de ser chamado até você.

Nahri caiu na risada.

— Acha que os membros do conselho que você é forçado a deixar uma vez por semana para "manter nossa relação com os marids" fazem ideia de que isso envolve entrar na mente de um sapo?

— Rogo a Deus que não. Eles provavelmente levariam minhas ideias não tão a sério assim. — Seus olhos brilharam. — Que tal voltarmos para a margem?

Com a magia intoxicante do rio ainda se revolvendo à volta deles, Nahri estava muito mais interessada em recriar a situação que levara Ali a estar sem camisa debaixo dela em Ta Ntry — menos a cirurgia sangrenta e o ultimato marid. Mas Ali deixara claro então como se sentia a respeito de relações íntimas fora do casamento, e Nahri estava tentando respeitar isso. Na maior parte das vezes.

— Certo — disse ela, com uma alegria forçada na voz.

Eles seguiram até a margem do rio. Nahri tentava com todas as forças não olhar para ele — não passara despercebido para ela que Ali não estava trajando a armadura reptiliana que tipicamente cobria o seu torso —, mas, enquanto passavam pelos juncos, ele tremia tanto que foi impossível não notar.

— Frio? — perguntou Nahri enquanto ele corria para pegar a camisa.

— Sempre — respondeu ele, passando a peça pela cabeça. — Desde que... bem, você sabe.

O olhar de Nahri pousou novamente sobre a pedra que ele usara para acender a fogueira, e ela sentiu um aperto no coração.

— Não entendo como você não odeia os marids pelo que tiraram de você.

— É porque estou cansado de odiar, e compreendo por que eles fizeram isso. Sem contar que... — Ele acariciou Mishmish atrás das orelhas e então voltou até o lado dela. — Não posso negar que as habilidades que os marids me concederam em troca não tenham suas próprias bênçãos.

Nahri não era tão dada a perdoar, mas aquele não era o dia de fazer com que Ali lidasse com seu sacrifício. Em vez disso, passou o seu xale para ele.

— Fique com ele... Não, *fique* com ele — insistiu, enrolando a peça em torno dos ombros dele antes que Ali pudesse discutir. — Deixe de ser cabeça-dura. Não preciso dele, e temos um longo caminho até Daevabad. Certamente você sabe que fui mandada para buscá-lo.

O alarme reluziu em seus olhos dourados.

— Me buscar?

— Realmente achou que não descobriríamos?

— Sim — resmungou Ali. — Supliquei a Dhiru para que não contasse para ninguém. Ele prometeu.

— Ah, Ali, você não conhece o seu irmão? Ele mentiu. — Nahri abriu um largo sorriso. — Feliz quarto de século, meu amigo. — Quando Ali meramente pareceu mais deprimido, ela de um tapinha no seu braço. — O que há de errado com você? Não me diga que queria passar seu aniversário trocando de mente com um sapo comedor de moscas em vez de celebrando com amigos.

Ali estremeceu.

— Não sou uma pessoa de aniversários. Não gosto das pessoas alvoroçadas à minha volta; é tão indevido e estranho. *Especialmente* para meu quarto de século. Você conhece o tipo de piada que as pessoas fazem sobre casamento e... ah, meu Deus. — O horror tomou o rosto dele. — Você disse me *buscar*. Muntadhir está preparando uma festa, não é?

— Ele está decorando a minha casa agora mesmo. Está planejando essa festa há semanas, e você fingirá estar surpreso e feliz e fará um esforço para se divertir. — Quando Ali pareceu ainda mais aterrorizado, Nahri segurou o rosto dele entre as mãos. — Alizayd al Qahtani, você já enfrentou inimigos mais mortais do que uma festa com pessoas que o amam e algumas piadas inapropriadas. Pode sobreviver a isso, vá por mim. — Ela passou os nós dos dedos sobre a barba dele, e o protesto que viu crescendo em sua expressão virou confusão.

Ali pegou a mão dela.

— A sua casa? Espero que não esteja me intrometendo.

— Eu insisti. Sabia que isso manteria a lista de hóspedes pequena, um favor pelo qual você me deve. Adicione isso à dívida. — Nahri entrelaçou o braço no dele para evitar uma fuga e chamou Mishmish para segui-los. — Venha. O caminho de volta vai lhe dar tempo para reunir coragem.

Eles retornaram ao caminho estreito, deixando o rio para trás.

— Como foi seu atendimento hoje de manhã? — perguntou Ali.

— Muito bem. Ainda não sei como Yusef conseguiu fazer asas nascerem em suas costas, mas alguns dos meus estudantes estão atrás de teorias. — Nahri balançou a cabeça, pensando carinhosamente em seus médicos em treinamento. — Todos os dias eu agradeço ao Criador que os aceitamos no tempo certo em vez de esperar mais. Eles formam um grupo tão bom. Hani e Rufaida já estão falando em construir clínicas em outras partes da cidade quando se formarem.

— Isso seria maravilhoso. Certamente diminuiria a pressão do hospital, pelo menos. — Ali a olhou de relance, a preocupação cruzando seu rosto. — E tomara que isso alivie para o seu lado. Eu me preocupo com você, Nahri. Seu avô me disse que você dorme no escritório algumas noites.

— Diz o homem que dorme em reuniões do conselho.

— Isso é diferente. Eu desafiaria até a pessoa mais alerta a permanecer desperta durante aquelas reuniões intermináveis.

Ali disse as palavras com leveza, mas ela podia sentir o cansaço na voz dele. Eles não eram idiotas; sempre souberam que reconstruir Daevabad seria difícil, o trabalho de uma vida inteira. Mas havia dias em que aquele trabalho era realmente penoso, quando a promessa de paz, ainda mais a estabilidade política, parecia muito distante.

Nahri apertou a mão dele.

— Vai melhorar — ela prometeu. — Para nós dois. Já melhorou. E você não tem de se preocupar com nada disso hoje à noite.

Eles continuaram caminhando. O sol estava baixo no céu, infiltrando-se diretamente pelas árvores para lançar um brilho quente sobre a floresta. Nahri passou os dedos pela proliferação de musgo em um rochedo, e minúsculas flores azuis brotaram com o toque dela.

Um dom do pai que ela jamais conheceria. Nahri ainda lutava para se sentir em paz com o que aprendera sobre a morte dos pais — a vida que poderiam ter tido juntos e que fora roubada deles. Parecia que tantos começos promissores foram extinguidos. O amor frágil deles. O sonho do pai dela de retornar a Daevabad e criar Nahri como sua filha. A casinha e a vida que Duriya criara no Egito. Seus pais tinham trabalhado tão duro para construir algo, apenas para ver tudo desabar. Ou, melhor, ser destruído.

Mas pelo menos tiveram a coragem de tentar — uma coragem que Nahri agora tentava reunir, segurando a alça da sua sacola.

— Então... — começou a dizer — a sua mãe deve estar muito empolgada para hoje. Ela provavelmente tem feito listas e vetado candidatas há meses.

Ali a olhou, incrédulo.

— *Candidatas?*

Ah, Criador... Entre a confusão dele e a ansiedade dela, Nahri não conseguia imaginar aquela conversa procedendo efetivamente.

— Bem, você pode se casar agora, não pode? — perguntou ela, abordando o tópico mais diretamente. — Considerando que Zaynab parece mais contente em aventurar-se com Aqisa pelo mundo, você é a melhor esperança de Hatset por netos.

Ele bufou.

— Você deve estar lendo a minha correspondência. As cartas dela foram de insinuações a referências diretas à idade dela, à minha idade e aos anos em que já a privei de netos. Nada de candidatas, no entanto. Acho que deixei meus desejos claros para ela.

— É mesmo?

— Não tenho tempo para casamento.

Espere, o quê? Nahri parou ali mesmo.

— Apenas para esclarecer... Você acha que *eu* passo tempo demais trabalhando, e agora está pronto para comprometer-se à solteirice eterna de maneira que possa morrer sozinho ajustando impostos?

— Seu desprezo pela economia me ofende. — Mas Ali parou também. — E não, não espero postergar o casamento para sempre. É só que agora prefiro passar o pouco tempo livre que tenho trocando de mente com sapos e acertando a contabilidade de uma Banu Nahida muito particular. — A voz dele suavizou-se. — Eu não gostaria de perder isso.

Lágrimas brotaram nos olhos dela. Talvez ele não estivesse tão confuso quanto ela imaginara.

— E se a contabilidade estivesse cheia de erros? — sussurrou ela. — E se você levasse anos para acertá-la?

Ali sorriu, e Nahri sentiu o coração acelerar. Ela queria se enrolar na doçura daquele sorriso e ficar ali para sempre.

— Eu sou muito bom com contabilidade e tenho a paciência de um senhor do Nilo. — Ali se aproximou dela. — Nahri, não há um prazo para se curar. Para se livrar do seu medo de água ou tomar... outras decisões. De verdade. Esse é apenas o início da nossa história. Da *sua* história. E você pode fazer dela o que quiser.

Era a resposta mais promissora que ela podia esperar. No entanto, por um momento, Nahri hesitou, ainda incerta. Por enquanto, ambos ainda estavam dançando em volta do assunto. Se ela passasse a sacola para ele...

Tenha a coragem que os seus pais tiveram.

— Então eu tenho um presente para você.

— Um presente?

Nahri anuiu e pegou a mão de Ali, puxando-o para sentar-se ao lado dela sobre uma pedra grande e lisa logo adiante no caminho.

— É para o seu aniversário, mas eu não queria dá-lo na frente de todo mundo. Caso você não goste dele. Ou não queira usá-lo.

— Não consigo imaginar não gostar de um presente que você escolheu para mim — respondeu Ali. — Embora você não precisasse se incomodar. Sei como anda ocupada.

— Você procurou metade dos egípcios na cidade para reformar meu escritório enquanto *você* estava ocupado reformando o hospital.

Ali abriu outro largo sorriso.

— Aquilo foi diferente. Estou em dívida com você.

Nahri devolveu o sorriso, mas ele desapareceu à medida que o coração subia à garganta. Geralmente, ela nunca tinha problemas com as palavras; podia implicar e praguejar, comandar e enganar os trapaceiros mais hábeis e os tiranos mais ameaçadores. Abrir o coração desse jeito, porém, ainda era muito difícil.

Mas você abriu o seu coração para ele antes. É por isso que está aqui agora.

— Na realidade, foi o escritório que me deu a ideia — explicou ela. — Você lembra o que me disse naquela noite no hospital, quando eu estava sendo uma tola com saudades do Egito?

Uma expressão grave anuviou o rosto dele. Tanta violência se seguira àquela última noite de paz quando eles celebraram a abertura do hospital.

— Que você não estava sendo uma tola por sentir saudades da sua terra natal humana — respondeu com delicadeza. — Que aquelas eram suas raízes e faziam você ser quem era.

— Foi a primeira vez que alguém em Daevabad disse algo assim para mim. A única vez, na verdade. Você foi a primeira pessoa a realmente me ver, me ver *por inteira*, e achar que as partes que eu não conseguia conciliar, egípcia e daeva, shafit e Nahid, ladra e curandeira, eram mais fortes juntas. — Nahri respirou fundo, forçando-se a segurar o olhar de Ali. — Eu gostaria de fazer o mesmo por você.

Ali engoliu fazendo um barulho audível. Os dois sabiam do que ela estava falando. Se Ali se sentira dividido entre os povos dos seus pais, não era nada comparado com a situação em que se encontrava no momento. A situação em que estaria pelo resto da vida como o embaixador entre os marids e os djinns.

— Muito bem. — Ele expirou, com a voz trêmula. — Esta deve ser uma sacola incrivelmente poderosa.

Nahri não conteve um riso nervoso, o nó de ansiedade em seu peito afrouxando-se um pouco.

— É o que há *na* sacola. Eu tive uma paciente um tempo atrás, uma artista de Ta Ntry que esculpe todo tipo de talismã e joia a partir de pedras de sal. As peças são incríveis; ela me deu um colar lindo, mas me avisou para mantê-lo longe da água. Umidade demais, calor demais, e ele dissolveria. Eu... bem, eu pedi que ela fizesse algo para você.

Ali a olhou com curiosidade.

— Consigo ver a conexão ayaanle, mas não tenho certeza se deveria carregar qualquer coisa que dissolva na água.

— A ideia é que dissolva — explicou Nahri, o coração acelerado enquanto ela lhe passava a sacola. — Essa é a parte geziri.

Ainda franzindo o cenho pela confusão, Ali pegou a sacola. Pareceu levar uma eternidade para desfazer os nós que a mantinham fechada, mas então ele estava tirando o pacote enrolado em seda aninhado dentro. Ele abriu o tecido.

E ficou completamente imóvel.

Era uma máscara, magistralmente entalhada em sal róseo sólido. Reluzia forte ao sol, como uma joia com mil facetas. Um padrão enovelado de estrelas e diamantes, florações de maçã e íris, cintilava nos cortes em arco para os olhos e na elevação graciosa para acomodar o nariz.

A garganta de Ali audivelmente travou.

— Isto é...

— Uma máscara de casamento — gaguejou ela. — Ou pelo menos... poderia ser. Ela não queimará até virar cinzas como as de madeira, mas imaginei que, se você usasse as suas habilidades marid, poderia dissolvê-la. — O rosto dela estava ardendo de vergonha, mas Nahri continuou: — Não parecia justo que você abrisse mão de uma tradição de casamento geziri tão importante por ter abandonado a sua magia de fogo.

— Você me deu uma máscara de casamento — repetiu Ali, soando perplexo. Os olhos dele fixaram-se no presente. — Eu... Você tinha alguém em mente para usá-la?

Sim!, o coração dela parecia cantar mesmo que o terror absoluto o trespassasse diante da perspectiva de uma declaração tão direta.

— Alguém que ainda precisa de tempo — disse Nahri em vez disso. — Alguém que está tentando, realmente tentando, construir uma vida aqui apesar do medo constante de que, no momento em que ela estiver feliz, isso será destruído. — Lágrimas ardiam em seus olhos, e Nahri rapidamente as secou, envergonhada. — Mas alguém que espera que seus sentimentos estejam claros, mesmo que ela não os possa dizer no momento ainda.

— Ah, Nahri. — Ali buscou a mão dela. — Não sei se choro ou beijo você. Uma poderia ser uma reação um tanto alarmante e a outra é proibida. — Ele finalmente a fitou e, não importava o que dissesse, eles já estavam molhados. Nahri não deixou de perceber o desejo que ardia ali. — Seus sentimentos estão claros, minha luz — reconfortou em árabe. — Espero que os meus também.

Um peso pareceu escorregar — escorregar, e não cair de uma vez — dos ombros dela.

— Tem certeza? Se não quiser esperar, eu compreenderia. Não há nomes gravados...

— Só há um nome que eu quero gravado ao lado do meu nesta máscara. — Claramente incapaz de resistir contornar as regras um pouco, Ali levou a mão dela à sua boca e beijou suavemente os nós dos dedos, tão de leve que poderia ter sido uma brisa.

O breve toque dos lábios dele aqueceu o ventre de Nahri mais do que seria justo.

— Obrigada, Criador. — Ela suspirou. — Eu estava tão nervosa.

— Você não precisa ficar nervosa. — Com a outra mão, Ali percorreu a borda da máscara. — Este é o presente mais gentil e atencioso que alguém já me deu. Vou encontrar um lugar seguro para ele. Leve o tempo que precisar. E quando você estiver pronta... — As pequenas nuvens de névoa que tendiam a flutuar em torno dos pés dele, antes agitando-se como nuvens de tempestade, agora se acalmaram, fundindo-se com a pele de Ali. — Nós escreveremos a nossa história.

Nahri esperou que o pânico tomasse conta dela. A floresta, em geral cheia do cantarolar dos pássaros e do chilrear de vários animais mágicos pulando de galho em galho, ficara silenciosa e branda. O momento era doce demais, promissor demais. Mas o anseio de distanciar-se, de emparedar o seu coração e proteger-se de qualquer mágoa futura, não veio, e isso em si era um sinal esperançoso.

Ainda assim ela não pôde deixar de perguntar, meio brincando:

— Você acha que será uma história feliz?

Ali riu para ela.

— Acho.

GLOSSÁRIO

Seres de Fogo

DAEVA: O termo antigo para todos os elementais do fogo antes da rebelião djinn, assim como o nome da tribo que reside em Daevastana, da qual Dara e Nahri fazem parte. Um dia foram metamorfos que viveram durante milênios. Os daevas tiveram as habilidades mágicas profundamente reduzidas pelo Profeta Suleiman como punição por terem ferido a humanidade.

DJINN: Uma palavra humana para "daeva". Depois da rebelião de Zaydi al Qahtani, todos os seguidores dele e, por fim, todos os daevas começaram a usar esse termo para sua raça.

IFRIT: Nome dos daevas originais que desafiaram Suleiman e foram destituídos de suas habilidades. Inimigos declarados da família Nahid, os ifrits se vingam escravizando outros djinns para causar o caos entre a humanidade.

SIMURGH: Pássaro escamoso de fogo que os djinns gostam de fazer apostar corrida.

ZAHHAK: Uma imensa e alada besta cuspidora de fogo semelhante a um lagarto.

Seres da Água

MARID: Nome dos elementais da água extremamente poderosos. Quase míticos para os djinns, os marids não são vistos há séculos, embora digam os boatos que o lago que cerca Daevabad tenha sido um dia deles.

Seres do Ar

PERI: Elementais do ar. Mais poderosos do que os djinns — e muito mais ocultos — os peris se mantêm determinadamente reservados.

RUKH: Imenso pássaro de fogo predatório que os peris podem usar para caçar.

SHEDU: Leão alado místico, um emblema da família Nahid.

Seres da Terra

GHOUL: Cadáver reanimado e que se alimenta de humanos que fizeram acordos com ifrits.

ISHTA: Uma pequena criatura escamosa obcecada com organização e calçados.

KARKADANN: Uma besta mágica semelhante a um enorme rinoceronte com um chifre do tamanho de um homem.

Línguas

DIVASTI: A língua da tribo Daeva.

DJINNISTANI: A língua comum de Daevabad, um dialeto mercador que os djinns e os shafits usam para falar com aqueles fora da tribo deles.

GEZIRIYYA: A língua da tribo Geziri, que apenas membros dessa tribo podem falar e compreender.

Terminologia Geral

ABAYA: Um vestido largo, na altura do chão, de mangas compridas, usado por mulheres.

ADHAN: A chamada islâmica para a oração.

AFSHIN: O nome da família de guerreiros daeva que um dia serviu ao Conselho Nahid. Também usada como título.

AKHI: Em geziriyya, "meu irmão", um termo carinhoso.

BAGA NAHID: O título adequado para curandeiros do sexo masculino da família Nahid.

BANU NAHIDA: O título adequado para curandeiras do sexo feminino da família Nahid.

CHADOR: Um manto aberto feito de um corte semicircular de tecido, colocado sobre a cabeça e usado por mulheres daeva.

DIRHAM/DINAR: Um tipo de moeda usado no Egito.

DISHDASHA: Uma túnica masculina na altura do chão, popular entre os Geziri.

EMIR: O príncipe herdeiro, sucessor designado ao trono dos Qahtani.

FAJR: A oração do alvorecer/matutina.

GALABIYYA: Uma vestimenta tradicional egípcia, essencialmente uma túnica na altura do chão.

HAMMAM: Uma casa de banho.

INSÍGNIA DE SULEIMAN: O anel com insígnia que Suleiman um dia usou para controlar os djinns, dado aos Nahid e mais tarde roubado pelos Qahtani. O portador do anel de Suleiman pode anular qualquer magia.

ISHA: A oração do fim da tarde/vespertina.

KODIA: A mulher que lidera zars.

MAGHRIB: A oração do pôr do sol.

MIDAN: Uma praça urbana.

MIHRAB: Um nicho na parede indicando a direção da oração.

MUHTASIB: Um inspetor de mercado.

QAID: O chefe da Guarda Real, essencialmente o mais alto oficial militar no exército djinn.

RAKAT: Uma unidade de oração.

SHAFIT: Pessoa com sangue misto de djinn e humano.

SHEIK: Um educador/líder religioso.

TALWAR: Uma espada agnivanshi.

TANZEEM: Um grupo de raiz fundamentalista em Daevabad dedicado a lutar pelos direitos shafits e pela reforma religiosa.

ULEMÁ: Um corpo legal de acadêmicos religiosos.

VIZIR: Um ministro do governo.

ZAR: Uma cerimônia tradicional destinada a lidar com a possessão por djinn.

ZUHR: A oração do meio-dia.

ZULFIQAR: Lâmina de cobre bifurcada da tribo Geziri; quando inflamada, as pontas envenenadas destroem até mesmo a pele Nahid, o que a torna uma das armas mais mortais desse mundo.

AGRADECIMENTOS

Eu jamais teria chegado até aqui se não fosse a empolgação e o entusiasmo dos meus maravilhosos leitores. Obrigada por terem me proporcionado essa satisfação; espero que tenham gostado desta despedida expandida de Nahri, Ali, Dara e do restante do elenco de Daevabad. Jen, se eu não disse isso nos últimos tempos, sou extremamente sortuda por você ser minha agente e ter percebido em minhas divagações um projeto que poderia ser compartilhado.

Roshani, obrigada pelo encorajamento inicial de tentar realmente dar às minhas personagens alguns finais românticos não trágicos. Tasha, Rowenna e Sam... Não sei como dizer o quanto aprecio a ajuda de vocês durante uma leitura em pânico de última hora. Amigos do bunker, vocês continuam os melhores, e espero que os livros de vocês conquistem o mundo.

E para Shamik e Alia, todo o meu amor, como sempre.

SOBRE A AUTORA

S. A. CHAKRABORTY É ESCRITORA E MORA COM O MARIDO E a filha em Nova York. Sua TRILOGIA DE DAEVABAD rapidamente se tornou um best-seller mundial, sendo traduzida para mais de uma dezena de línguas e aclamada por público e crítica, com indicações para os prêmios Hugo, Locus, World Fantasy, Crawford e Astounding. Além disso, é organizadora do Grupo de Escritores de Ficção Especulativa do Brooklyn. Quando não está mergulhada em narrativas sobre retratos do Império Mugal e história de Omã, Chakraborty gosta de fazer trilhas e cozinhar refeições desnecessariamente complicadas para sua família.

Esta obra foi composta em Caslon Pro e impressa em papel
Pólen Natural 70g com revestimento de capa em Couché
Fosco 150g pela Geográfica para Editora Morro Branco
em junho de 2023